Zana Muh

No
mijn

Vertaald uit het Engels door Lilian Schreuder
(Hoofdstuk *Terug naar Jemen*
vertaald uit het Frans door drs. Rita Buenting)

Rainbow Pocketboeken

Rainbow Pocketboeken ® worden uitgegeven door
Uitgeverij Maarten Muntinga bv, Amsterdam

Uitgave in samenwerking met
Uitgeverij De Kern, Baarn

Oorspronkelijke titel: *Sold: a story of modern-day slavery*

Omslagontwerp: Brordus Bunder
Foto voorzijde omslag: Ben Gibson / The Observer
Foto achterzijde omslag: Eric Roberts / Sygma
Typografische verzorging: Studio Cursief, Amsterdam
Zetwerk: Stand By, Nieuwegein
Druk: Ebner Ulm
Uitgave in Rainbow Pocketboeken september 1994
Tweede druk september 1994

ISBN 90 6766 194 5 CIP NUGI 642

Inhoud

Inleiding

Dit zou een sprookje uit *Duizend-en-één-nacht* kunnen zijn, behalve dan dat het gebeurde in de jaren tachtig, en dat het een levende nachtmerrie bleek te zijn in plaats van een droom.

Jemen is een van de armste landen ter wereld, waar een groot deel van de bevolking nog leeft zoals ze dat in de afgelopen duizend jaar heeft gedaan. De meeste mannen die gezond van lijf en leden zijn, gaan in het buitenland werken om geld naar huis te kunnen sturen voor voedsel. Hun vrouwen blijven in het dorp achter, verborgen achter een sluier, zorgend voor het gezin, met uitputtende arbeid en geen verlichting aan deze kant van het graf.

Het is een trotse, gevaarlijke, primitieve wereld, waar de mannen totaal domineren en de vrouwen hun lot in het leven moeten aanvaarden, wat kan inhouden dat ze al op negenjarige leeftijd worden uitgehuwelijkt aan jongens die ze nauwelijks kennen, iedere dag van hun leven een paar kilometer moeten lopen naar een bron om water naar huis te brengen, of gewassen in dorre grond moeten aanplanten en oogsten, met weinig meer dan een handschopje, jaar na jaar.

Wanneer twee meisjes uit Birmingham, Nadia en Zana Muhsen, door hun vader op vakantie worden gestuurd naar Jemen, wordt hun verteld dat ze avontuur tegemoet kunnen zien. Ze krijgen te horen dat ze fantastische stranden, ongezadeld paardrijden en kameelraces kunnen verwachten. In plaats daarvan ontdekken ze dat ze zijn uitgehuwelijkt, op veertien- en vijftienjarige leeftijd, aan jongens in tribale dorpen in de streek Mokbana.

In deze middeleeuwse wereld hebben de vrouwen praktisch geen rechten en absoluut geen zeggenschap over hun eigen leven. Ze zijn volkomen in de macht van de mannen in de familie. De mannen hebben zo hun eigen wetten. Vreemdelingen die zich wagen in de bergen en vragen stellen, verdwijnen gewoon.

Nadia en Zana waren niet de eerste meisjes uit landen als Engeland en Amerika die in een huwelijk en in een leven van onderworpenheid in Jemen werden gelokt, maar Zana was wèl de eerste die wist te ontsnappen, met hulp van haar moeder en de Britse media.

Het kostte hun moeder zes jaar om de meisjes te vinden, verborgen in de bergen, en nog eens twee jaar om een manier te vinden om Zana het land uit te krijgen. Maar noch Zana noch haar moeder gaf ooit de hoop of de strijd op. Hoewel Zana werd gedwongen om uiterlijk een Jemenitische vrouw te zijn, net zoals de mannen daar haar wilden zien, bleef ze altijd dromen over haar terugkeer naar Engeland en haar familie. Ze liet nooit toe dat ze haar geest zouden breken door het eindeloze werk, de klappen, de ziekten, de geestelijke wreedheid, de verkrachtingen of de kwelling van het baren van een kind zonder enige voorzieningen.

In de acht jaar als Arabische boerenvrouw verkreeg Zana een ongeëvenaard inzicht in het leven van de vrouwen daar, en hoe het leven nog niet eens zo lang geleden moet zijn geweest voor vrouwen in vele andere landen, voordat dingen als stromend water, elektriciteit, contraceptie, narcose, gelijke rechten voor man en vrouw en medische zorg een vanzelfsprekendheid werden.

Nadia is nog steeds een gevangene in de streek Mokbana, en door het schrijven van dit boek hoopt Zana de mannen die haar zus gevangen houden, te laten inzien hoe erg ze haar laten lijden door haar een levensstijl op te dringen die voor hen heel gewoon lijkt, maar die zoveel pijn veroorzaakt voor meisjes die er niet mee zijn opgegroeid.

1 *Een jeugd in Birmingham*

Ik moet ongeveer zeven zijn geweest. Ik was in huis, en zat te klieren met mijn zus Nadia. Ik herinner me dat ik haar sloeg en haar aan het huilen maakte. Mijn moeder kwam achter me aan en ik rende de voordeur uit, Lincoln Street op, waaraan we woonden. Ik lachte, maar was tegelijkertijd bang voor wat mama zou doen als ze me te pakken zou krijgen.

Er stond een bestelwagen geparkeerd naast het trottoir, en ik dook erachter langs, de weg op. Het volgende dat ik me herinner is dat ik de lucht in werd geslingerd door een passerende auto. Het leek alsof ik een hele tijd door de lucht vloog, voordat ik met mijn knieën en mijn hoofd hard op de grond terechtkwam. Daarna was alles verwarrend, met mensen die schreeuwden en me van de weg droegen.

Ik herinner me dat de ambulance kwam en me naar het ziekenhuis bracht. Ik kreeg hechtingen in mijn hoofd, en mijn knieën vertonen nu nog de littekens. Dat is mijn eerste duidelijke herinnering.

Ik kan me niet veel herinneren van mijn leven daarvoor, maar ik kan me beslist niet herinneren dat ik ooit ongelukkig was. Ik had een fijn leven met mijn familie.

We leefden met een hoop mensen in Lincoln Street. Het was het huis van mijn oma, en we waren met z'n allen bij haar ingetrokken vanuit Sparkbrook, waar ik was geboren. Naast mijn vader en moeder woonden er nog vier van mijn moeders broers – mijn ooms. Deze ooms waren niet veel ouder dan ikzelf. Het waren meer broers dan ooms voor mij. Mijn moeder paste in die tijd vaak op hen. Ze was de oudste van de dertien kinderen van oma, dus toen oma ouder werd, nam ze het huishouden van haar over, evenals de zorg voor de broers die nog thuis waren, terwijl ze tegelijkertijd voor haar eigen kinderen zorgde.

Mijn vader en moeder hadden vóór mij nog twee kinderen gekregen, Leilah en Ahmed, maar mijn vader had hen meegenomen naar zijn familie in Aden toen ik nog maar twee was, en ze waren daar gebleven bij onze grootouders. Hij had mijn moeder verteld dat ze daar alleen heengingen voor een bezoek. Ze waren toen drie en vier jaar oud, maar ze kwamen nooit meer terug. Later heb ik ontdekt hoe overstuur mijn moeder was geweest dat ze hen kwijt was, maar ik wist daar toentertijd niets van. Mijn moeder vertelde nooit veel; wat ons betrof waren ze gewoon ergens anders gaan wonen, en wij vroegen nooit waarom.

Toen mijn vader zijn familie in Aden was gaan opzoeken, was hij daar heengegaan voor negen maanden, en al die tijd had hij niets van zich laten horen. Toen hij terugkwam zonder Leilah en Ahmed, kon mijn moeder niet geloven wat er was gebeurd. Hij vertelde haar dat het voor de kinderen het beste was om in Aden te blijven. Ze zouden bij hun grootouders een beter leven krijgen dan hij en mijn moeder hun in Engeland konden bieden.

'Mijn vader heeft een groot, mooi huis in het dorp Marais,' vertelde mijn vader haar. 'De kinderen wilden daar zelf blijven.'

'Hoe kunnen die nu kiezen?' vroeg mijn moeder hem. 'Het zijn nog maar kinderen.' Maar hij wilde niet luisteren.

Ze schreef naar het ministerie van buitenlandse zaken

en het ministerie van binnenlandse zaken, maar ze schreven haar terug dat Leilah en Ahmed een dubbele nationaliteit hadden – de Engelse van mijn moeder en de Jemenitische van hun vader. En nu ze dus in Aden waren, werden ze beschouwd als Jemenitische burgers.

Ze bleef twee jaar lang brieven schrijven naar allerlei mensen, maar niemand wilde helpen, en toen werd ze weer zwanger en moest ze doorgaan met haar leven in Engeland. Ze zei bij zichzelf dat het waar moest zijn dat Leilah en Ahmed een beter leven hadden bij hun grootvader, en we praatten niet veel over hen terwijl wij opgroeiden.

Nadia en ik hadden twee jongere zussen, Ashia en Tina, en een klein broertje dat Mo heette. We woonden allemaal samen in Lincoln Street.

Hoewel ik op de dag van het ongeluk de voordeur was uitgerend, was er in feite een behoorlijk grote tuin achter ons huis, waar we duiven hielden. Er waren altijd een hoop mensen over de vloer, waarvan de meesten familieleden van mijn moeders kant waren. Mijn vader had geen familie in Engeland, dus kregen we nooit veel te horen over zijn familie of zijn verleden, afgezien van datgene wat hij ons wenste te vertellen. Hij werkte in die tijd bij British Steel, en deed daarnaast nog klusjes om er wat bij te verdienen. Mijn moeder zal maar weinig geld hebben gehad met zoveel mensen om te voeden, maar ik kan me niet herinneren dat ik ooit iets tekort kwam. Nadat mijn oma was gestorven, begon iedereen uit het huis in Lincoln Street te vertrekken. Mijn ooms gingen het eerst, en daarna verhuisden mijn moeder en vader, mijn broer en zusjes en ik naar een huis in Washwood Heath, waar we een tijdje bleven wonen. Toen besloot mijn vader waarschijnlijk dat hij zijn leven een andere wending wilde geven. Ik denk dat hij moest afvloeien bij British Steel en besloot dat hij voor zichzelf wilde beginnen.

Ik was blij toen we naar Sparkbrook verhuisden. Ik was ongeveer tien en ik hield van de buurt vanaf het moment dat ik die zag. Mijn vader had woningruil gepleegd met een Turkse vriend van hem voor een winkel in Stratford Road waar hij patat met vis verkocht, en we gingen allemaal boven de zaak wonen. Het was een heel gewone straat, vol winkels en huizen, maar hij zag er vriendelijk uit en ik voelde me er meteen thuis. Ik wilde er wel altijd blijven wonen.

We kwamen voor de grote verhuiswagen aan, en mijn moeder vertelde me dat dit de buurt was waar Nadia en ik waren geboren. Toen we eenmaal alle spullen naar binnen hadden gebracht, begonnen we met z'n allen de patatzaak schoon te maken en de vloer te dweilen, om alles in gereedheid te brengen voor de opening. Nadia en ik hielpen mijn moeder altijd graag met haar werk. Mijn vader bracht wat veranderingen aan in de winkel en heropende hem ongeveer een week later.

Mijn vader besteedde niet zoveel aandacht aan ons, zijn dochters, toen we nog klein waren. Hij werkte overdag, en wanneer hij 's avonds thuiskwam, was hij gewoonlijk samen met zijn vrienden, waarbij ze Arabisch spraken. Pas toen we naar de middelbare school gingen, begon hij zich anders te gedragen dan de vaders van andere meisjes. In zijn ogen begonnen we te veranderen in jonge vrouwen, en hij vond kennelijk dat we werden omgeven door gevaarlijke verleidingen. Hij begon heel streng voor ons te worden.

Tegen de tijd dat Nadia en ik twaalf of dertien waren, hield hij ons constant in de gaten. Telkens als ik weg wilde, moest ik een smoes verzinnen. Ik zei bijvoorbeeld tegen hem dat ik ging babysitten bij mijn oom, wanneer ik naar een vriendin wilde, of naar en feest of disco. Er was een buurtcentrum net bij ons om de hoek, waar iedere week een disco werd gehouden. Ik ging daar graag heen met mijn vriendinnen. Als mijn oom mijn vader zag, dekte hij me en zei dan dat ik bij hem thuis was. Mijn moeder wist ook wat we deden, maar ze hield haar mond. Misschien kon zij beter dan wij begrijpen waarom hij zo prikkelbaar werd tegenover ons, maar ze zei niets.

Hij hield er niet van wanneer we een rok droegen die onze benen liet zien, zelfs al viel die tot over de knie. Hij had het niet op de vrienden met wie we rondhingen, en evenmin op de buurt Sparkbrook vanwege de mannen die er volgens hem na het donker over straat gingen. Hij had het vooral niet op zwarten. Al zijn Arabische vrienden dachten er net zo over. Er kwamen veel zwarte jongens in het buurthuis, en hij wist dat ik het goed met hen kon vinden. Hij had zelfs een hekel aan de reggae- en soulmuziek waarnaar ik luisterde, omdat die hoofdzakelijk door zwarte artiesten werd gemaakt. Ik vroeg mijn moeder wel eens: 'Wat heeft hij tegen zwarten?' Ze zei dan: 'Ik weet het niet, vraag het hem zelf maar.' Maar ik had nooit de moed om een dergelijke vraag te stellen. Hij zei wel dat waar hij vandaan kwam, de zwarten slaven waren, en zo hoorde het ook.

Ik was toen nog te jong om iets te begrijpen van de geschiedenis van de zwarten. Later zou ik ontdekken hoeveel de Ethiopiërs hadden gedaan voor de ontwikkeling van Egypte en de andere Arabische landen, en dat de Arabieren oorspronkelijk uit Afrika kwamen.

Ik kon maar niet begrijpen waarom hij er zo over dacht, omdat ik was opgegroeid temidden van mensen van allerlei rassen, en ik ze nooit had gezien als anders dan wij. Ik mocht alle jongens en meisjes die samen met mij op de St. Albans Church of England School zaten – ik had altijd veel lol met mijn medescholieren, welke huidskleur ze ook hadden. Mijn vader vond het niet erg als ik praatte met de jongens en mannen die in de zaak kwamen als klant, maar als hij me buiten met een man zag praten, of die nu zwart of blank was, dan begon hij zich vreemd te gedragen en stelde me vragen over wie dat nu weer was, ook al kende hij hem. Hij waarschuwde me dan dat hij me niet nog een keer wilde betrappen. Nadia had precies dezelfde problemen met hem.

Hij was nu en dan humeurig, en er waren momenten – zoals op een keer dat ik niet eens naar het huis van mijn oom mocht – dat ik dacht dat ik hem echt haatte. Mijn vriendinnen leken wel elke avond weg te mogen. Hun vaders vertelden hun weliswaar dat ze om negen uur of zo thuis moesten zijn, maar in ieder geval mochten ze weg. Ik mocht van mijn vader niet meer het huis uit nadat ik was thuisgekomen uit school, behalve als ik een smoes verzon. Ik was niet van plan om mijn leven door hem te laten verpesten. Tegen de tijd dat ik vijftien was, ging ik er gewoon stiekem vandoor, wat hij ook zei, en ik liet het aan mijn moeder over om uit te leggen waar ik was. Ik wist dat dat zou betekenen dat ik een klap of een uitbrander kon verwachten wanneer ik thuiskwam, maar dat was het me wel waard. Hij sloeg me nooit hard; het was meer een waarschuwing. Altijd als ik thuiskwam, ging ik regelrecht naar mijn kamer zonder iets tegen hem te zeggen, als dat mogelijk was. Omdat hij ons niet vertrouwde, volgde hij ons soms als we weggingen, om er zeker van te zijn dat we inderdaad daar naar toe gingen waarheen we zeiden dat we gingen. Als hij ons uit het oog verloor, vroeg hij om uitleg wanneer we weer thuis kwamen, en wilde dan precies weten waar we waren geweest, wat we hadden gedaan, met wie we hadden gesproken. Ik leerde om gewoon alles te ontkennen.

Ik begon te leren om hem te negeren, en dat maakte hem des te kwader. Ik geloofde geen woord van alle vreselijke dingen die er volgens hem met ons zouden gebeuren als we in ons eentje 's avonds weggingen. Ik voelde me nooit bang op straat, ik voelde me er altijd veilig. Dit was mijn buurt, ik kende iedereen die voorbijkwam, ik wist wat ik deed. Zelfs als we 's avonds om zes uur binnenkwamen, wilde hij weten waar we waren geweest. Ik zei dan meestal dat we van school kwamen, hoewel we meestal in het buurtcentrum en in het park waren geweest met onze vriendinnen. We wilden op die leeftijd nooit binnenblijven. Mijn moeder zei meestal niet veel, maar ik wist dat ze ons dekte als we niet in de buurt waren.

Niet dat we nu altijd weg waren. De meeste avonden bleven Nadia en ik thuis en hielpen mijn moeder in de zaak. Ze had vroeger wel gewerkt, maar ze had nooit in een patatzaak gestaan. Het was hard werken, maar we vonden het allemaal leuk. Er kwamen altijd een hoop mensen. Boven de winkel hadden we een eet- en zitkamer en drie slaapkamers. Mijn zussen en ik deelden samen een slaapkamer op zolder. We hadden vaak ruzie, zoals zussen dat meestal hebben, maar over het algemeen konden we goed met elkaar opschieten. Ashia was jonger dan Nadia en ik, en ze liep overal achter ons aan. Ik vond haar te jong en ik probeerde haar meestal zover te krijgen om weg te gaan. Ze chanteerde me dan weleens om haar te laten rondhangen, door te dreigen om aan papa te vertellen wat we van plan waren als ze niet mocht blijven. Nadia en ik konden het best met elkaar opschieten. Ik wilde altijd bij haar zijn. Ik vond dat ik op haar moest passen; zij was de belangrijkste persoon in mijn leven.

Hoewel Nadia en ik het grootste deel van de tijd samen waren, hadden we toch een andere vriendenkring. Nadia zat een klas lager en ze was een wilder kind dan ik. Zelfs als we samen in het park waren, dan was zij op het voetbalveld of klom ze in bomen met haar vriendjes, terwijl ik in het centrum aan het tafeltennissen of biljarten was of een boek zat te lezen. We hadden verschillende interesses, maar we wisten altijd waar de ander uithing. Nadia's vriendjes raakten vaker in de problemen dan de mijne, maar het ging altijd om onbeduidende dingen zoals vechten op straat; nooit iets echt ernstigs.

Er was altijd een hoop te doen in het buurtcentrum. We brachten het grootste deel van onze tijd daar door met het schilderen van dingen voor kinderactiviteiten, en het maken van tekeningen en nieuwe dingen om aan de muren te hangen. Het centrum was voor alle leeftijdsgroepen, en we vonden het leuk om de staf te helpen met de jongere kinderen. Ze hielden regelmatig wedstrijden, bijvoorbeeld wie het mooist verkleed was. Ik herinner me nog dat we eens een enorme kerstkaart maakten die iemand zou dragen voor een wedstrijd, en dat leverde een prijs van twee pond op. Ik wilde eigenlijk zelf wel het kostuum dragen, maar ik geneerde me er een beetje voor. Ik vond dat ik te oud was voor dat soort dingen.

De patatzaak leek goed te lopen. We verkochten patat met gebakken vis om mee te nemen, maar we hadden ook een paar tafeltjes voor klanten om aan te zitten. Er stond een biljart, dat bij de jongens uit de buurt constant in gebruik was, en er waren gokautomaten. Er leken altijd wel klanten te zijn. Door mijn moeder te helpen met de bediening leerden Nadia en ik iedereen uit de buurt kennen. Het ging er allemaal heel gemoedelijk aan toe en we hadden nooit problemen.

Nadia en ik waren allebei heel middelmatig op school. Nadia kwam nogal eens in de problemen, omdat ze in de klas zat te vervelen met haar vriendinnetjes, en de leerkrachten schreven bij mijn rapporten altijd: 'Kletst te veel.' Ik was goed in Engels, ik hield van lezen, schrijven en spellen. De leraar liet mij altijd opstaan om hardop voor te lezen in de klas, wat ik prachtig vond.

Ik had ook altijd boeken bij me die ik voor mezelf las. Overal waar ik heenging had ik een boekje uit de Bouquet Reeks in mijn tas bij me. Ik nam ze ook altijd mee naar het park. Wanneer ik eenmaal in zo'n boek was begonnen, kon ik het niet wegleggen. Sommige weekends ging ik gewoon naar het park in mijn eentje, en zat dan de hele dag alleen op een schommel te lezen, waarbij ik helemaal opging in de verhalen. Ik huilde meestal aan het slot van een droevig boek. Ik ben altijd al emotioneel geweest. Ik huil nog steeds bij droevige verhalen op de tv of in tijdschriften.

Toen ik een exemplaar van *Roots* te pakken kreeg, over de slaven die vanuit Afrika naar de plantages in het zuiden van de Verenigde Staten werden gevoerd, las ik dat telkens opnieuw. Ik denk dat ik het alles bij elkaar wel zes keer heb gelezen. Ik had toen onmogelijk kunnen weten hoe toepasselijk het later zou blijken te zijn op mijn eigen leven.

Op een zaterdagmorgen in 1979 gingen mijn moeder, Nadia en ik naar de stad om wat boodschappen te doen. We waren op een drukke markt, en snuffelden rond, kijkend naar de rekken met jurken en de kramen waarin van alles lag uitgestald, van handtassen tot grammofoonplaten. Nadia stond bij een kraam met sieraden, en keek naar wat ze hadden. Ze zag een ring die ze mooi vond, pakte die op en draaide zich om naar mijn moeder.

'Mam,' riep ze, 'wil je deze voor me kopen?'

De ring kostte negentig pence. Terwijl mijn moeder

op haar toeliep, rende de man achter de kraam op Nadia toe en greep haar beet, terwijl hij haar ervan beschuldigde dat ze er met de ring vandoor wilde gaan zonder te betalen. Iedereen begon te schreeuwen, en de marktkoopman riep de politie erbij en beschuldigde Nadia van diefstal. We moesten allemaal voor de rechter verschijnen, en mijn moeder en ik moesten getuigen. Er waren geen andere getuigen. We legden uit wat er was gebeurd, maar de marktkoopman beschuldigde Nadia er onder ede van dat ze had willen stelen, en de rechter geloofde hem. Mijn moeder kreeg een boete en Nadia werd voorwaardelijk in vrijheid gesteld. Ze kreeg een maatschappelijk werkster toegewezen. Niemand van ons had ooit in de problemen gezeten, en we waren er allemaal overstuur van omdat we wisten dat Nadia absoluut niet van plan was geweest om de ring weg te nemen.

Wat we ons niet realiseerden was hoe slecht mijn vader deze kwestie had opgenomen. Hij was niet met ons meegegaan naar de rechtbank, en had ook niet aangeboden om op de een of andere manier te helpen, maar tegenover zijn Arabische vrienden had hij het over de schande dat zijn familienaam door het slijk werd gehaald, en dat zijn dochter werd gebrandmerkt als een dievegge. Het leek zijn vrees te bevestigen dat we in moreel gevaar verkeerden en op het 'rechte pad' moesten worden teruggebracht en moesten leren hoe we ons als een goede Arabische vrouw dienden te gedragen.

Hoewel mijn vader er een hoop drukte over maakte dat Nadia werd gebrandmerkt als dievegge, kwam ik er later achter dat zijn familie geloofde dat hijzelf een dief en bedrieger was. Toen ik hen later in Jemen ontmoette, vertelden ze mij dat hij het goud van zijn stiefmoeder had gestolen om zo aan het geld te komen om naar Engeland te gaan.

Aan het einde van de jaren zestig ontving mijn moeder een telegram van mijn vader uit de Winson Green-gevangenis, waarin hij haar vroeg om een van zijn vrienden om het geld te vragen dat hij aan het gerecht moest betalen. Mijn moeder realiseerde zich toen dat hij naar het gerecht was gegaan om te praten over het geld dat hij hun schuldig was, maar ze had er geen idee van dat ze hem vasthielden, tot het moment dat ze het telegram ontving.

Ze deed wat hij vroeg en zijn vriend betaalde om hem vrij te krijgen, maar daarna moest mijn moeder iedere week naar het gerecht om boetes te betalen voor dingen zoals verkeersovertredingen en het niet betalen van belasting. Ze moest zelfs de deurwaarders voor hem gaan betalen, omdat hij er zich te veel voor schaamde om dat zelf te doen.

2 *Het geheime plan van een vader*

Zolang ik me kan herinneren hingen er altijd Arabische vrienden van mijn vader rond bij ons thuis. Ze kwamen bij hem langs op alle mogelijke tijdstippen, en ze praatten altijd in het Arabisch met elkaar. Ik raakte aan hen gewend toen ik klein was en lette nooit op hen. Ze betrokken nooit vrouwen of meisjes in hun gesprekken; het was alsof we niet bestonden voor hen.

Eén man in het bijzonder kwam al bij ons over de vloer vanaf de tijd dat we baby's waren. Hij heette Gowad. Hij en mijn vader waren dikke vrienden, en ze waren altijd met elkaar aan het praten en kaarten. Ik leerde wat losse Arabische zinnen zoals: 'Dank u' en 'Wilt u een kop thee?', maar ik had er geen idee van waar ze het met elkaar over hadden. Het interesseerde me ook niet; het waren mannengesprekken – niets wat met mij te maken had, voor zover ik wist.

's Avonds gingen de mannen vaak samen naar het café, en mijn moeder bleef dan in de zaak bij ons. We hadden nooit enig idee wat ze uitvoerden. Mijn moeder leek zich niet te storen aan de manier waarop hij haar behandelde. Ik veronderstel dat ze eraan gewend was geraakt. Ik denk dat ze mijn vader zo slecht nog niet vond, vergeleken met sommige van de mannen van haar vriendinnen. Ze klaagde nooit over hem tegenover ons, hoewel ik later van andere mensen hoorde dat ze zich vaak bedroefd voelde als ze in haar eentje met ons naar het park ging toen we nog klein waren, en zag hoe andere vaders zich bezighielden met hun gezin. Hoewel mijn vader en moeder bijna twintig jaar bij elkaar waren en samen zeven kinderen hadden, was mijn vader nooit met haar getrouwd.

Ze ontmoetten elkaar voor het eerst toen mijn moeder zeventien was. Mijn vader kwam uit een dorp dat Marais heette, in de buurt van de havenstad Aden in Zuid-Jemen. Hij had haar verteld dat hij naar Engeland was gevlucht toen hij vijftien was, omdat hij door zijn familie tot een gearrangeerd huwelijk werd gedwongen en daaraan wilde ontkomen.

Hij ging vaak weg voor lange periodes achtereen, zoals die keer dat hij Leilah en Ahmed had meegenomen naar Marais en negen maanden was weggebleven, waarbij hij mijn moeder in haar eentje achterliet op een kamer in Birmingham. De meesten van zijn vrienden waren zo. Ze gingen voor een paar maanden terug naar Jemen en kwamen dan weer een poosje naar Engeland om er te werken. Een hoop van hen gingen ook naar olielanden zoals Saoedi-Arabië en Koeweit om er geld te verdienen. Er is niet veel werk voor mannen in Jemen, dus de meesten van hen moeten naar het buitenland en sturen dan geld naar hun ouders en vrouwen. De meesten van hen schijnt die levensstijl van rondzwerven over de wereld wel te bevallen; het geeft hun vrijheid en zorgt ervoor dat ze zich kunnen gedragen zoals zij willen, in de wetenschap dat de vrouwen thuisblijven, hun kinderen grootbrengen en voor hun huis en stukje grond zorgen.

Net voor ik van school ging kreeg ik een part-time baantje als schoonmaakster van kantoren. Na schooltijd ging ik samen met Lynette, mijn beste vriendin van school, naar een kantoor en dan werd ons verteld wat we moesten doen. Zo had ik wat extra geld voor dingen zoals sigaretten en platen. Ik ben altijd gek geweest op reggae- en soulmuziek; ik koop nog steeds veel platen.

Ik begon met het roken van een paar sigaretten per dag, maar dat moest ik geheimhouden voor mijn vader. In die tijd kon je in de winkels ook losse sigaretten kopen, en voordat ik voldoende geld had om die zelf te kopen, pikte ik ze bij mijn moeder. We hadden een toilet op de binnenplaats achter de zaak, en ik ging daar wel heen om te roken. Op een keer ging mijn moeder achter me aan naar het toilet en zag toen rook. Ze waarschuwde me toen dat mijn vader me iets zou doen als hij me zou betrappen.

Ik kan me niet herinneren waarom ik met roken ben begonnen, maar ik kan me wèl herinneren dat mensen me vroeger altijd complimentjes gaven over mijn prachtige witte tanden. De sigaretten maakten daar al snel een eind aan. Maar pas toen ik uit Engeland weg was, begon ik zwaar te roken.

Meestal vond mijn vader het niet erg als ik met Lynette omging. Haar ouders hadden een winkel in de Stratford Road en daar ging ik vaak heen om hen te helpen als ik kon.

Ik was niet van plan om lang door te blijven gaan met kantoren schoonmaken. Ik deed het pas twee of drie maanden toen ik hoorde van de vakantieplannen voor ons in Jemen.

Ik wilde in feite een opleiding gaan volgen als peuterleidster in een kinderdagverblijf. Ik vond het heerlijk om met de kinderen op het centrum te werken, en ik had op school lessen gevolgd in kinderverzorging. Iedere woensdag mochten we een hobby kiezen waarin we daadwerkelijk verder wilden gaan. Sommige kinderen wilden later in een bibliotheek gaan werken, dus gingen die op woensdag naar de bibliotheek. Ik ging naar een kinderdagverblijf om op de kinderen te passen en te kijken wat de leidsters deden. Het was net een cursus. Ik wilde een beroepsopleiding gaan volgen in die richting. Ik had het altijd al leuk gevonden om met kleine kinderen om te gaan. Ik denk dat ik mijn leeftijd vooruit was.

Op een avond waren Nadia, Ashia en ik op het centrum. Toen we teruggingen naar huis, was het ongeveer negen uur. We renden allemaal naar boven naar de zitkamer, en troffen er een groep Arabieren aan die daar met mijn vader en moeder zaten te praten. Mijn vaders oude vriend Gowad was een van hen.

Mijn vader leek deze keer 'ns niet boos te zijn dat we te laat waren. Hij stelde ons voor aan de anderen, wat ongewoon was. Ze praatten allemaal Engels, waardoor wij ook bij het gesprek betrokken werden. De sfeer was heel ontspannen. Er was een man bij met zijn volwassen zoon. De man heette Abdul Khada, en zijn zoon werd Mohammed genoemd. Ik vroeg Mohammed hoe lang hij al in Engeland was, en hij vertelde me dat hij er nu vier jaar werkte op een fabriek. Daarvoor had hij een goede baan gehad in Saoedi-Arabië, waar hij een hoop geld verdiende. Ik denk dat hij in Engeland was om zijn naturalisatiepapieren te kunnen krijgen, zodat hij kon komen en gaan wanneer hij wilde. Dat is wat de meesten van hen doen. Ze willen graag Engels leren, omdat een tweede taal hun een voorsprong geeft als ze teruggaan naar Jemen. Mohammed sprak goed Engels en hij leek me heel aardig. Abdul Khada was een kleine, plompe man. Hij had een grote snor, krullend haar en grote ogen. Hij leek een kortaangebonden man te zijn, maar toen was hij aardig tegen me.

Gowad had foto's van zijn gezin, vooral van zijn zoon, die hij aan ons liet zien. We toonden beleefd belangstelling, maar besteedden er niet echt aandacht aan. Gowad was vooral aardig tegen Nadia. We zaten een poosje met elkaar te praten, en uiteindelijk gingen de andere mannen weg.

Nadat ze weg waren vertelde mijn vader tegen Nadia dat Gowad had aangeboden om haar voor een vakantie van een maand mee te nemen naar Jemen, om een bezoek te brengen aan onze broer Ahmed en onze zus Leilah. Hij had het er vaak over gehad hoe prachtig zijn vaderland wel niet was, en nu schetste hij een beeld waardoor het klonk als een van die locaties waar ze reclamespotjes opnemen voor Bounty-repen. Hij praatte over prachtige stranden, omzoomd door palmbomen, altijd zon en kameeltochten door de woestijn. Hij beschreef de huizen waarin ze allemaal woonden op de rotsen, met uitzicht over de blauwe zee en schone stranden, en hij had het over kastelen bovenop zandduinen. Hij zei dat ze op een boerderij zou logeren en zou leren om zonder zadel op een paard te rijden.

Het klonk zo fantastisch dat Ashia en ik zeiden dat wij ook wel wilden. Daarnaast vond ik het maar niets dat Nadia in haar eentje zou gaan; ze leek me met haar veertien jaar te jong om met vreemden te reizen, en ze ging nooit ergens heen zonder mij. Ik vertelde tegen mijn vader dat ik met haar mee wilde. In zekere zin was ik jaloers op haar dat ze zo'n fantastische vakantie zou krijgen, en ik wilde ook niet zes weken zonder haar, maar ik maakte me er tevens zorgen over dat ze in haar eentje zou gaan.

Mijn vader luisterde naar mij en gaf de indruk dat dit de eerste keer was dat hij erover dacht om ook mij te laten gaan. Hij knikte nadenkend en zei: 'We zullen zien.' Hij was duidelijk het idee aan het overwegen.

Daarna was hij kennelijk naar zijn vrienden gegaan om het te bespreken, en een paar dagen later vertelde hij me dat Abdul Khada en zijn zoon Mohammed een paar weken eerder dan Gowad terug zouden gaan naar Jemen, en ze waren zo vriendelijk geweest om aan te bieden hetzelfde voor mij te doen. Ze zouden me meenemen naar hun familie, en daarna zou ik met Nadia gaan logeren bij Leilah en Ahmed. Ik was heel opgewonden.

Het zou de eerste vakantie zij die ik ooit had gehad, en mijn eerste vliegreis. Ik dacht dat een vakantie me wel goed zou doen. Ik zou lekker bruin worden en dan terugkomen om aan de opleiding voor peuterleidster te beginnen.

Hoewel ik liever op dezelfde dag als Nadia wilde reizen, was ik bang dat ik thuis zou moeten blijven als ik niet zou gaan wanneer er een ticket werd aangeboden, dus stemde ik toe om twee weken vóór Nadia in mijn eentje met Abdul Khada en Mohammed mee te gaan.

Mijn moeder was heel stil, hoewel ze blij voor ons leek te zijn dat we een leuke vakantie zouden krijgen. Ik herinner me nog dat ik haar vroeg hoe dat nu moest bij Ahmed en Leilah, die alleen Arabisch spraken, terwijl ik geen woord van die taal sprak. Ik wist dat omdat ze af en toe bandjes stuurden naar mijn vader, om hem te laten weten hoe het met hen ging, maar ze spraken nooit Engels. Hij liet die bandjes wel aan zijn vrienden horen om te tonen hoe gelukkig zijn kinderen wel niet waren. Mijn moeder zei nooit wat zij van die bandjes vond. Ik denk dat het haar te veel pijn deed, en omdat ze het gevoel had dat ze er toch niets aan kon doen, bleef ze afstandelijk. Ik nam zonder meer aan dat als mijn vader zei dat ze het goed maakten, dat dan ook wel zo zou zijn.

Als Nadia naar Jemen zou gaan, dan zou mijn moeder toestemming moeten krijgen van de maatschappelijk werkster om het land uit te mogen. Mijn moeder dacht dat een vakantie Nadia goed zou doen vanwege alle spanningen die met de rechtszaak gepaard waren gegaan, en ze belde op om toestemming te vragen. Ze wilden niet meteen antwoord geven; ze luisterden naar haar verzoek en zeiden haar dat ze zou moeten wachten op antwoord. Nadia's maatschappelijk werkster kwam langs en zei dat ze informatie hadden ingewonnen over Gowad, en dat het goed was dat Nadia met hem mee zou gaan voor een vakantie. We waren allebei erg opgewonden bij het vooruitzicht van een dergelijk avontuur, maar tegelijkertijd ook tamelijk bang.

3 *Het vertrek*

Het was eind juni 1980 toen we weggingen, een week voor mijn zestiende en vier maanden voor Nadia's vijftiende verjaardag.

De avond voordat we zouden vertrekken, vroegen een paar van mijn vriendinnen aan ons allebei of we naar het centrum wilden komen. Mijn vader wist dat we erheen zouden gaan en hij leek er geen probleem van te maken. Het leek hem niet te kunnen schelen hoe laat we die avond thuis zouden komen. Ik veronderstel dat we dat vreemd hadden moeten vinden, maar we waren alleen maar blij dat we die avond mochten doen waar we zin in hadden.

Mijn vriendinnen kwamen me thuis afhalen. Ze zaten allemaal te giechelen en te fluisteren en leken ergens lol over te hebben. We liepen in een grote groep naar het centrum, en Ashia ging met ons mee. Toen ik door de deur van het centrum liep, zag ik dat de ruimte vol ballonnen en mensen was.

'Wat is hier aan de hand?' vroeg ik, terwijl ik om me heen keek.

'Het is een afscheidsfeest,' zeiden ze, 'voor jou en Nadia.'

Ik vond het ongelooflijk wat ze hadden gedaan. Er was een disco met een disc-jockey, en er was van alles te eten en te drinken. Het was een fantastische avond, en het was er stampvol met iedereen die ik kende. Ze kwamen ons allemaal veel plezier wensen en ons vertellen hoezeer ze ons de kans benijdden om een stuk van de wereld te zien en kennis te maken met het exotische woestijnleven. Ze kenden allemaal mijn vader en wisten dat hij ergens ver bij ons vandaan kwam, waar het heel mysterieus en mooi was.

Een van de organisatoren van het centrum ging op een podium staan, en pakte de microfoon om voor ons een toespraak te houden en iedereen veel plezier te wensen. Ik begon te huilen bij de gedachte dat ik hen allemaal zou moeten achterlaten. Ook al wist ik dat het maar voor zes weken zou zijn, ik was tot dan toe nooit eerder bij hen weggeweest, en het leek wel een eeuwigheid. We bleven dansen en praten tot middernacht.

Buiten het feestgewoel, op die rustige en donkere avond in Birmingham, bereidden de mannen zich voor op de reis. Ze hadden alles geregeld en zaten nu bij ons thuis op ons te wachten. Terwijl wij aan het dansen, lachen en kletsen waren, zaten zij boven de zaak te praten.

Uiteindelijk verlieten we het feest en liepen naar huis door de koele, lege, nachtelijke straten; nog altijd vrolijk, maar steeds zenuwachtiger over de avonturen die ons te wachten stonden.

We zouden die nacht om drie uur worden opgepikt door een bus, die ons naar de luchthaven Heathrow vlakbij Londen zou brengen. Toen Nadia, Ashia en ik na twaalven thuiskwamen, bleken mijn vader en moeder nog op te zijn. Ze zaten in de zitkamer te praten met Abdul Khada en zijn zoon Mohammed. Mijn moeder zei tegen ons dat we naar boven moesten gaan om nog wat te slapen, en beloofde ons wakker te zullen maken tegen de tijd dat de bus zou komen. Ik zei haar dat ik niet moe was. Ik was te opgewonden om te gaan slapen. De mannen besteedden niet veel aandacht aan ons.

Al mijn vrienden hadden gezegd dat ze tussen één en

twee uur naar ons huis zouden komen om voor het laatst afscheid te nemen. Ik had ze gezegd dat ze achterom moesten komen en buiten op me moesten wachten, omdat ik wist dat mijn vader iets zou krijgen als hij hen zou zien.

De drie mannen bleven in de voorkamer. Ik kon ze in het Arabisch horen praten, dus ik wist dat ze daar wel zouden blijven. Nadia en ik glipten naar beneden toen we wisten dat onze vrienden zich allemaal achter hadden verzameld, en we stonden allemaal met elkaar bij de poort te praten en te giechelen. Een van mijn beste vriendinnen, Susan, begon te huilen en zei: 'Ga alsjeblieft niet weg. Ik wil niet dat je weggaat.' Ik vertelde haar dat ze zich geen zorgen hoefde te maken en zei: 'Ik ben terug voordat je het weet.' Ik zat zelf ook op de rand van tranen omdat ik hen allemaal achter moest laten, en was zenuwachtig dat ik zo ver van de vertrouwde dingen in mijn leven zou gaan.

'Vooruit dan maar,' zei Susan, 'maar zorg ervoor dat je me in ieder geval schrijft.'

In de vroege uren van de morgen begonnen ze allemaal te verdwijnen, en Nadia en ik gingen weer naar binnen. Nadia kuste me ten afscheid en ging naar bed. Ik was gespannen door de opwinding, en ik bleef op bij de drie mannen die aan het kaarten waren in de voorkamer, totdat de bus net even voor drieën arriveerde. De motor was het enige geluid in de nacht. De mannen sprongen overeind en lieten alle kaarten en hun geld liggen. Ze leken nogal haast te hebben om op reis te gaan. Toen ik Nadia daarna weer zag, vertelde ze me dat zij en de andere kinderen de volgende morgen bij het opstaan alle kaarten en het geld nog precies zo hadden aangetroffen op de tafel waaraan de mannen hadden zitten spelen. Ze vertelde me dat ze er allemaal snoep voor hadden gekocht.

Toen we naar buiten gingen, was de nacht fris geworden en er zaten al een paar andere mensen in de bus, hun gezichten beschenen door de binnenverlichting van de bus. Ze staarden naar ons door de raampjes, hun ogen wijd open, met een mengeling van vermoeidheid en opwinding. Mijn vader en moeder gingen allebei mee naar het vliegveld om de mannen en mij uit te zwaaien. Ik kon helemaal niet slapen tijdens de rit naar het vliegveld. Ik staarde alleen maar uit het raampje in de duisternis, en stelde me voor hoe het in Jemen zou zijn.

Het begon net licht te worden tegen de tijd dat we arriveerden op Heathrow, maar ons vliegtuig zou pas om tien uur vertrekken. De luchthaven begon al helemaal tot leven te komen, terwijl vroege vliegtuigen vertrokken en zakenmensen zich haastten om ze te halen.

We hadden honger en er kwamen heerlijke luchtjes ergens vandaan, dus gingen we allemaal naar het luchthavenrestaurant om te ontbijten. Abdul Khada was heel aardig en royaal voor me, en kocht alles voor me wat ik maar wilde, omdat hij graag wilde dat ik me op mijn gemak zou voelen. Ik vertrouwde hem volkomen. In die tijd vertrouwde ik Arabieren altijd, omdat ik dacht dat ze allemaal godsdienstig waren en dus nooit iemand kwaad zouden doen. Hij had alle tickets, die ik niet mocht zien, dus nam ik aan dat ik een retourticket had, en dat hij ervoor zou zorgen dat ik in het juiste vliegtuig terug naar Engeland terecht zou komen wanneer mijn vakantie voorbij was. Ik had geen zin om me zorgen te maken over dat soort details. Ik liet het graag aan de mannen over om overal voor te zorgen.

Mijn vader en moeder bleven bij ons totdat we naar het vliegtuig gingen. Ik begon steeds zenuwachtiger te worden. 'Als ik het daar niet leuk vind,' vroeg ik mijn moeder toen de mannen niet luisterden, 'kan ik dan terugkomen?'

'Natuurlijk kan dat,' verzekerde ze me. 'Je kunt terugkomen wanneer je maar wilt.'

Ik was erg bang toen we naar de jumbo jet gingen die op het platform stond te wachten, om aan mijn allereerste vliegreis te beginnen. Hij leek zo groot toen we hem naderden, en er was zoveel lawaai en wind. Ik keek achterom naar het luchthavengebouw, in de hoop dat ik mijn moeder zou zien voor een laatste groet, maar de enige mensen die ik kon zien waren te ver weg om hun gezichten te kunnen onderscheiden. Ik raakte even in paniek, toen ik zo plotseling werd afgesneden van alles wat me vertrouwd was, op weg naar iets nieuws en onbekends met twee mannen die ik nauwelijks kende.

We zaten met zijn drieën bij elkaar in het midden van het vliegtuig. Aan de andere kant van mij zat een Engelse vrouw die op weg was naar Abu Dhabi. Omdat ik zo zenuwachtig was, bleef ik er maar op los kletsen tegen haar, terwijl het vliegtuig zich klaarmaakte om op te stijgen. Ze vertelde me dat ze verloskundige was, en ze beantwoordde al mijn nieuwsgierige vragen heel vriendelijk en hielp me om me te ontspannen. Abdul Khada zat aan de andere kant van mij en sliep het grootste deel van de tien uur durende vlucht, in slaap gebracht door het brommen van de motoren. Ik kon niet stilzitten en bleef maar doorpraten om te proberen mezelf afleiding te bezorgen.

We vlogen niet rechtstreeks naar Jemen; we zouden ergens heen vliegen waar we zouden moeten overstappen op een kleiner vliegtuig. Het was laat in de middag tegen de tijd dat we landden, en toen we naar buiten kwamen op de trap van de jumbo trof de warme lucht me als een verstikkende deken, en benam me haast mijn adem. Ik had nog nooit zoiets meegemaakt. Eerst dacht ik dat het de hitte van de vliegtuigmotoren moest zijn die ik voelde. Toen we over het platform liepen, schreeuwde ik tegen Abdul Khada boven het motorlawaai uit: 'Waar is de ventilatorkachel die al deze hitte veroorzaakt?'

Hij lachte. 'Dit is gewoon het weer hier,' verklaarde hij. 'Dit is de normale temperatuur. Dit is hier niet jouw koude Engeland.'

Hoewel ze ons via de luidspreker hadden verteld waar we waren geland, had ik het niet goed kunnen verstaan.

'Waar zijn we?' vroeg ik.

'In Syrië,' antwoordde Abdul Khada, en ik voelde een plotselinge schok van angst in mijn maag omdat ik zo ver van huis was in zo'n vreemd klinkend land. Ik raakte in paniek en even wilde ik alleen maar terugrennen naar het vliegtuig, om terug te gaan naar Sparkbrook en mama en Nadia. Ik keek om me heen hoe ik zou kunnen ontsnappen, maar iedereen liep gewoon rustig in de richting van het luchthavengebouw, zich er niet van bewust dat er iets niet in orde was. 'Er is niets aan de hand,' zei ik tegen mezelf. 'Je gaat gewoon op vakantie.' De gedachte dat Nadia zich algauw bij me zou voegen, zorgde ervoor dat ik niets deed, en ik bleef doorlopen met de anderen.

Ze vertelden ons dat onze aansluitende vlucht vertraging had, en dat we zouden moeten wachten in de hal van het vliegveld. Ik dacht dat het maar voor een paar minuten zou zijn, maar de minuten werden uren. De hitte was overweldigend en er stroomden grote groepen mensen de hal binnen vanuit allerlei vliegtuigen, duwend om ruimte. Ze leken allemaal heel vertrouwd te zijn met alles wat mij zo vreemd voorkwam. Het enige wat ik deed was cola drinken en kijken naar de langskomende parade van kleding en gezichten.

Er waren alleen maar houten banken om op te zitten en ik voelde me zo moe, warm en zweterig, dat ik wenste nooit aan de reis te zijn begonnen. Ik verlangde hevig naar een verfrissende douche of bad. Ik besloot om naar het damestoilet te gaan om me wat op te frissen. Ik liep er binnen en deinsde terug van de stank. De ruimte was vol mensen en de toiletten waren gewoon gaten in de vloer. Het was er overal smerig; ik kon mijn ogen niet geloven. Het was de eerste keer dat ik ooit zoiets had gezien. Ik liep er net zo plakkerig weer uit als dat ik erin was gegaan, en vertelde Abdul Khada hoe het daarbinnen was, denkend dat hij me wel een schoner toilet zou wijzen waar toeristen uit landen zoals Engeland naartoe konden. Hij lachte alleen maar weer en zei me dat ik niet zo'n drukte moest maken. Ik ging weer op de houten bank zitten en staarde ellendig voor me uit.

De avond daalde neer op het vliegveld met een heldere, met sterren bezaaide hemel, en de menigte in de lounge begon langzaam uit te dunnen, daar steeds meer mensen naar de verlichte vliegtuigen op de startbaan buiten gingen, die leken te stralen in het duister. Uiteindelijk waren er nog maar ongeveer twintig mensen over in de enorme, galmende vertrekhal. Ze zaten allemaal te wachten op dezelfde vlucht als wij. We zeiden niet veel meer en ik werd steeds gedeprimeerder naarmate de nacht buiten donkerder werd. We zaten daar al zeven uur.

Het was middenin de nacht tegen de tijd dat ons vliegtuig arriveerde en we werden opgeroepen vanuit de vertrekhal. Ik was blij dat ik het vliegveld kon verlaten, maar ik was nog banger voor het idee om in een klein vliegtuig te moeten stappen. Het leek zo benauwd en kwetsbaar binnenin, vergeleken met de jumbo.

Deze keer zat ik bij een raampje met uitzicht op de vleugel, die in de wind leek te flapperen toen we opstegen. Ik was ervan overtuigd dat hij was gebroken en dat we zouden neerstorten. Ik begon in paniek te raken en vertelde Abdul Khada wat er gebeurde. Hij legde me uit dat het de bedoeling was dat de vleugel zo bewoog. Ik geloofde hem, maar desondanks kon ik onmogelijk slapen in dat vliegtuig, hoe moe ik ook was. We arriveerden op de luchthaven Sana'a om vijf uur in de morgen, net toen het licht begon te worden.

Sana'a is de hoofdstad van Jemen en ligt ongeveer 2700 meter boven de zeespiegel. Ze wordt soms 'Het dak van Arabië' genoemd. De lucht was er zo ijl dat ik me licht in mijn hoofd en buiten adem begon te voelen terwijl ik over het platform liep. Die gevoelens, samen met mijn vermoeidheid en honger, gaven me bijna het gevoel alsof ik dronken was.

Dit was niet onze eindbestemming. We zouden nog verder naar het zuiden moeten, naar Taiz, een stad in de buurt van het dorp waar de familie van Abdul Khada woonde. Sana'a was heel wat koeler dan Damascus, gedeeltelijk omdat het nog zo vroeg was, maar ze vertelden me dat het ondanks dat de koelste stad van Jemen was.

Het vliegveld lag in de woestijn buiten de stad, dus er viel niets te zien toen we door de douane waren. Het viel me op dat een hoop mensen me aanstaarden vanwege de manier waarop ik was gekleed. Ik had een rok tot op mijn knie, een mouwloze katoenen blouse, sandalen en onbedekt haar. Er waren niet veel andere vrouwen op het vliegveld, maar degenen die er waren, droegen sluiers en lange gewaden in de traditionele Arabische stijl.

'Waar kijken ze allemaal zo naar?' vroeg ik prikkelbaar.

'Maak je geen zorgen,' glimlachte Abdul Khada vriendelijk. 'Niet iedere vrouw kleedt zich hier zo. In de steden zijn en hoop moderne vrouwen die meer gekleed zijn zoals jij.'

Buiten was het geen romantische woestijn van zandduinen zoals in de films; er leken alleen maar een hoop vervallen oude stenen huizen te zijn en slechte wegen. We stonden ongeveer tien minuten te wachten, totdat een grote witte taxi arriveerde voor de vier uur durende rit naar Taiz. We klommen met ons drieën achterin de auto, die plaats bood aan zes mensen.

Ik nam niet veel van het landschap in me op terwijl we reden. Ik was moe en hongerig en probeerde nog bij te komen van de reis. De twee mannen praatten met de chauffeur in het Arabisch, maar ik besteedde nergens veel aandacht aan. Het leek net alsof ik droomde.

Toen we in Taiz aankwamen, was ik teleurgesteld over hoe klein en smerig alles was. De wegen waren smal en vol. De huizen en winkels leken elkaar bijna aan te raken zoals ze tegenover elkaar stonden. De hitte zorgde ervoor dat de lucht van vuil en dieren zich mengde met uitlaatgassen en etensluchtjes. De auto moest langzamer rijden door de drommen mensen die met hun handel op straat liepen, sommigen met ezels of zelfs koeien. Er was een hoop lawaai en een hoop stof in de lucht. Er lag overal troep; weggegooid voedsel en oud fruit waren zo op straat gegooid, geplet onder de wielen van de auto's en de voeten van voorbijgangers. Alle huizen waren traditioneel gebouwd, net zoals in de afgelopen duizend jaar. Op een afstand zag het er allemaal heel mooi en exotisch uit, maar van dichtbij was het een chaos van mensen, dieren en taxi's. Er waren sommige vrouwen die westerse kleding droegen, maar voor het merendeel droegen ze de traditionele Arabische kleding, compleet met een sluier die hun gezicht bedekte.

'Ik heb een vriend die hier in de stad woont,' legde Abdul Khada uit. 'We gaan naar zijn huis. We zullen daar vannacht blijven logeren, zodat je eens goed kunt slapen, en dan reizen we verder naar het dorp.'

'Oké.' Ik zou overal mee hebben ingestemd zolang dat maar betekende dat we de reis konden onderbreken en ons konden wassen.

We sloegen een achterafstraatje in dat nauwelijks breder was dan de auto, en de auto baande zich een weg door de mensen die langs de huizen van drie en vier verdiepingen hoog liepen, op zoek naar het juiste huis. Uiteindelijk stopten we voor een grote bruine deur.

'Kom, uitstappen.' zei Abdul Khada, 'we zijn er.'

De deur van het huis zwaaide open toen we vanuit de taxi in de hitte en het stof stapten. Abdul Khada's vriend kwam naar buiten om ons te begroeten. Hij droeg een lang Arabisch gewaad tot op de grond; later kwam ik erachter dat dit een futa werd genoemd. Hij was ongeveer net zo oud als Abdul Khada, maar sprak geen woord Engels.

We gingen de deur binnen en kwamen in een grote hal van beton; op de grond lag linoleum met een patroon. Verderop in de zitkamer lag tapijt op de grond, en overal in de kamer lagen matten en kussens waarop we konden gaan zitten. Voor een Jemeniet waren dit allemaal tekenen van luxe, maar ik was gewend aan de Engelse levensstandaard en vond het maar niets. Er was televisie, en er stond een elektrische ventilator op de tafel die de lucht verkoelde. Ik voelde me zweterig, onplezierig en moe nadat ik meer dan vierentwintig uur had gereisd. Mijn zenuwen leken gespannen als elastiek. De eigenaar van het huis bracht me naar de badkamer waar ik me kon douchen en verkleden. Het was een groot vertrek in westerse stijl, maar toch met een gat in de vloer in plaats van een toilet. Het kon me niets meer schelen, zolang ik me maar kon wassen.

Nadat ik me had gedoucht en schone kleren had aangetrokken, voelde ik me een stuk beter, en ik ging terug naar de zitkamer. De mannen zaten allemaal met elkaar te praten. Toen ik binnenkwam, stonden ze op en vertelden me dat ze wat boodschappen gingen doen zodat we konden eten. Ze lieten me in mijn eentje achter, zittend op de kussens in een hoek van de kamer. Ik voelde me erg verloren en alleen zonder Abdul Khada om me dingen uit te leggen en voor tolk te spelen. Zodra de voordeur dichtsloeg, kwamen de vrouw en twee jonge dochters van de eigenaar van het huis het vertrek binnen. Ik leerde later dat de vrouwen niet in hetzelfde vertrek mogen komen wanneer de echtgenoot andere mannen ontvangt, behalve als die mannen familie zijn. Zolang er mannen in huis zijn, blijven de vrouwen onzichtbaar, waarbij ze slechts wachten op geschreeuwde bevelen om eten of drinken klaar te maken, of misschien om de jonge zonen van de man des huizes binnen te brengen, om te worden bewonderd door de bezoekers.

De vrouw en haar dochters spraken geen woord Engels, maar ik wilde heel graag met hen communiceren. Ik voelde me heel moe, hongerig en ver van huis en begon opeens te huilen. Ik kon niet meer ophouden; ik barstte gewoon in tranen en gesnik uit. Ik had het gevoel alsof ik in mijn eentje aan het einde van de wereld was achtergelaten.

De vrouw liep op me toe en kuste me op mijn wang. Ze kwamen allemaal naast me zitten en probeerden met me te communiceren. In hun ogen las ik vriendelijkheid en medelijden met mij. Ik vond mezelf nogal dwaas en vermande me. Ik gebaarde naar een van de meisjes dat ik pen en papier wilde. Ze ging het voor me halen en ik begon tekeningetjes te maken en woorden in het Engels op te schrijven. Ik weet niet waarom ik dat deed, ik voelde me gewoon erg eenzaam en wilde dolgraag met iemand praten. Alles wat ik opschreef, schreef het meisje na. Ik kon maar niet ophouden met huilen terwijl ik met hen bezig was, en de vrouw begon met me mee te huilen.

Toen de mannen terugkwamen, wilden ze weten wat

er gaande was. 'Waarom huilen jullie?' vroeg een van hen.

'Ik weet het niet,' zei ik. 'Vraag maar aan haar waarom ze huilt.'

Abdul Khada sprak tegen de vrouw in het Arabisch en zei me dat zij huilde omdat ze zo'n medelijden met me had, en tevens omdat ze met me wilde communiceren. Jaren later zou ik de vrouw opnieuw ontmoeten. Ik kon toen in haar eigen taal met haar praten en kwam zo te weten dat ze die dag had gehuild omdat ze wist wat er met mij zou gaan gebeuren en me niet kon waarschuwen. Ik vond het heel lief van haar dat ze zich zo om me had bekommerd, maar er was niets wat ze toen had kunnen doen; het was te laat voor wie dan ook om te stoppen wat er gaande was. Ik zat al in de val zonder enige hoop op ontsnapping.

We kregen wat te eten, hoewel ik te moe was om veel te eten. Die avond brachten ze me een laken, waarmee ik op een van de matten in de zitkamer ging liggen. Eindelijk viel ik in een diepe slaap.

4 *De bergen in*

De volgende morgen werd ik wakker en rook de lucht van gebakken eieren met uien. Ik stond op, waste me en ging ontbijten. Daarna namen we afscheid van de familie. Ik voelde me heel wat beter na een goede nachtrust. Wat mij betreft kon mijn vakantie nu beginnen, en ik verheugde me op wat avonturen.

'Kunnen we de stad ingaan om te winkelen?' vroeg ik. 'Ik wil wat cadeautjes kopen voor thuis.'

'Daarvoor is straks nog tijd genoeg,' zei Abdul Khada tegen me. 'Vandaag gaan we de bergen van Mokbana in om de rest van mijn familie te ontmoeten, en te logeren in mijn huis.' Hij waarschuwde me dat het een lange, hobbelige rit zou worden, dus pakte ik wat fruit en een pak sinaasappelsap in voor onderweg. In het huis was het koel en vredig. Zodra we echter door de grote houten deur de straat opgingen, troffen het lawaai en de stank en hitte me als een mokerslag. Doordat de hitte zo drukkend was, had ik totaal geen trek, maar ik had wel constant dorst.

Abdul Khada stelde voor dat ik wat ansichtkaarten naar huis zou sturen, om hun te vertellen dat ik goed was aangekomen en genoot van mijn vakantie. Hij zou ze dan voor me posten in de stad, waardoor ze sneller in Engeland zouden aankomen. Ik stemde toe.

De enige manier om in Mokbana te komen was per jeep: Land Rovers en Range Rovers. Ze fungeerden voor de hele streek als bus en taxi, omdat dit de enige voertuigen waren die over de ruwe, kronkelige wegen de bergen in konden rijden. Iedere straat was vol gewone taxi's, maar Abdul Khada had voor die dag een Range Rover besteld.

De zon was op z'n felst toen we na de lunch in de Range Rover klommen. Hij werd bestuurd door de man van Abdul Khada's nicht. Abdul Khada leek iedereen die we ontmoetten, te kennen of er familie van te zijn. We waren niet de enige reizigers; alles bij elkaar waren er twaalf passagiers, Abdul Khada, Mohammed en mezelf meegerekend. Er waren nog twee andere vrouwen, die voorin zaten, totaal in het zwart en gesluierd, en de rest van ons werd achterin door elkaar geschud.

We reden en uur over een aangelegde weg die betrekkelijk vlak was. Ik kreeg te horen dat die door Duitsers was aangelegd. Het landschap aan weerszijden was niets anders dan droog, met struikgewas bedekt land. Ongeveer om de 30 km waren er wegversperringen en controleposten, bemand door gewapende politie en soldaten. De meesten stonden *qat* – de landelijke soft drug – te kauwen, en afwezig aan de trekker van hun geweer te friemelen. Telkens weer wilden ze onze identiteitspapieren zien.

Iedereen moet toestemming hebben om in Jemen te reizen, zelfs de eigen bevolking, maar de soldaten leken niet bijzonder geïnteresseerd te zijn in een van ons. Ik kwam er later achter dat de meeste van deze wegversperringen bedoeld waren om de grenzen tussen de gebieden van de diverse stammen aan te geven. In ieder van de dorpen zijn de mensen verwant aan elkaar en behoren tot dezelfde 'stam'. In het verleden is er een hoop strijd geweest en zijn er heel wat mensen vermoord, en het leger wordt geacht te helpen bij het bewaren van de vrede.

Na een uur gingen we van de hoofdweg af en volgden

toen een pad dat de bergen inging. De andere mannen in de Range Rover leken ook vrienden van Abdul Khada en zijn zoon te zijn. Ze praatten en lachten terwijl we reden. Ik veronderstelde dat de meeste mannen uit de dorpen elkaar wel kenden. Omdat ik op het landschap was uitgekeken, begon ik te bedenken wat voor cadeautjes ik voor mama en de anderen thuis zou kopen. Ik at wat fruit en dronk uit het pak sinaasappelsap.

De dorpen waar we doorheen reden, zagen er naargeestig en ongastvrij uit, met weinig tekenen van leven. Af en toe zagen we een groezelig kind dat doelloos rondliep met een paar schapen of een koe, terwijl de broodmagere dieren op zoek waren naar iets eetbaars op de steenachtige grond, of samen met kippen aan het rondscharrelen waren temidden van de gebroken stenen van oude huizen. Er zwierven groepjes broodmagere, door vlooien bestookte honden rond, snuffelend in het afval tussen de huizen.

Bij het passeren van de dorpjes zagen we gesluierde vrouwen die van de bron kwamen met een kruik water op hun hoofd, en groepen oudere dorpelingen die voor hun huis stonden te kletsen. Wanneer de Range Rover naderde, hielden ze allemaal op met praten en begonnen ze de inzittenden kritisch op te nemen. Ze leken vooral mij aan te staren; ik nam aan dat dit kwam omdat ik westerse kleding droeg en niet was gesluierd. We stopten in sommige dorpen om mensen in en uit te laten stappen. Een paar vrouwen met een waterkruik op hun hoofd bleven staan om naar ons te kijken. Haveloze kinderen op blote voeten staarden ons aan met hun vinger in de mond. Kleine meisjes, die net als hun moeder water of sprokkelhout op hun hoofd droegen, wendden meestal hun ogen verlegen af. De mannen van de dorpen, die op hun hurken gezeten *qat* aan het kauwen waren, wuifden en schreeuwden naar Abdul Khada, naar ik vermoedde om hem welkom te heten, nadat hij vier jaar was weggeweest.

Ik kon zien dat ze over mij aan het praten waren, maar ik wist niet wat ze zeiden. Ik bleef maar zo beleefd mogelijk glimlachen en knikken, en keek om me heen terwijl zij praatten.

De huizen met platte daken leken me honderden jaren oud; het waren weinig meer dan stapels stenen in de woestijn, de luiken voor de kleine ramen stevig gesloten tegen de hitte van de middagzon. Ze bouwden al duizend jaar op dezelfde manier huizen, dus het was onmogelijk om de nieuwe van de oude te onderscheiden. Ieder dorp lag heel geïsoleerd. Soms reden we wel langer dan een half uur tussen de dorpen zonder huizen of mensen te zien.

Een van de dorpen waar we stopten om wat te drinken, heette Risean. Er liep een klein riviertje door dat ervoor zorgde dat alles kilometers in de omtrek groen was. Het was net alsof we in een oase waren beland. Er waren overal korenvelden en fruitbomen. Ik stond te kijken naar de dorpsbewoners terwijl ze hun velden ploegden en in hun dorp werkten.

Er groeiden aardappels en groenten zoals wortels, uien, sla en kool op het veld en kruiden die ik niet herkende. Er waren zelfs een paar wijngaarden, hoewel wijn is verboden in Jemen, maar er worden wel veel rozijnen gegeten. Er waren bomen met amandelen, walnoten, perziken, abrikozen, peren, citroenen en vruchten die ik niet herkende. Er werd me echter verteld dat het granaatappels waren.

Terwijl we in de andere dorpen die we passeerden nauwelijks mensen hadden gezien, leek iedereen hier buiten in de zon druk aan het werk te zijn. Het was een prachtig oord en ik hoopte dat we ergens zouden gaan logeren waar alles net zo weelderig groeide en goed verzorgd was als hier. Alle mensen in Risean waren zwarte Arabieren. Ik wilde een heleboel vragen over hen stellen maar durfde niet, dus hield ik mijn mond en stapte weer in de Range Rover toen Abdul Khada zei dat we de reis zouden gaan vervolgen. Ik ontdekte later dat Jemen dichtbij zwarte Afrikaanse landen zoals Ethiopië en Somalië ligt, slechts gescheiden door een smalle strook zee.

'Je zult mijn dorp ook prachtig vinden.' Ik realiseerde me dat Abdul Khada in het Engels tegen me aan het praten was terwijl we verder reden.

'O ja?' zei ik glimlachend terug. Ik verheugde me erop nieuwe mensen te ontmoeten.

'We hebben prachtige appel- en sinaasappelbomen.'

'Dat klinkt leuk.' Ik ging weer naar het landschap kijken dat we passeerden, en stelde me voor dat we op weg waren naar een dorp zoals Risean. Het landschap veranderde echter al snel weer in net zo'n verschroeide, kleurloze woestijn als waar we al eerder doorheen waren gereden. Ik vroeg me af wanneer alles weer groen zou worden.

Toen we verder de bergen in reden, begonnen we meer uitzicht op de omgeving te krijgen. De Range Rover ging terug naar de laagste versnelling, terwijl hij omhoogklom over het bijna verticale rotspad, hotsend en kreunend over losse keien en rotsen. Na twee uur zo gereden te hebben, stopten we in niemandsland.

'Hier moeten we eruit,' legde Abdul Khada uit, en we klommen met ons drieën naar buiten en stonden daar aan de kant van de weg. De mannen schreeuwden allemaal ten afscheid, en de Range Rover schoot de weg weer op in een wolk van stof. Ik keek om me heen, maar zag helemaal geen huizen. In feite zag ik helemaal niets, behalve kale bergen en een paar armetierige bomen.

'Waar woon jij?' vroeg ik.

Abdul Khada wees omhoog naar de berg achter ons. 'Daarboven.' Hij grinnikte, pakte mijn koffer op en gedrieën begonnen we langzaam omhoog te klimmen via de bijna verticale rotsachtige paden. Ik begon te wensen dat ik nooit aan deze reis was begonnen. Mijn sandalen bleven maar onder me wegglijden op de losse stenen, en ik voelde me weer warm, vies en dorstig.

Toen we de top van de berg hadden bereikt, spreidde het dorp Hockail zich onder ons uit, en ik slaakte een zucht van opluchting. Het was zeker niet zo mooi als Risean, maar we waren er tenminste en ik zou me kunnen wassen.

'Wat is jouw huis?' vroeg ik, hopend dat het een van de dichtstbijzijnde zou zijn.

'Dat huis daarboven.' Abdul Khada wees weg van het dorp naar een huis dat in zijn eentje op de top van de hoogste berg uit de buurt stond. Buizerds cirkelden in de lucht eronder. Om er te komen zouden we een steil pad moeten beklimmen waarin ruwe treden waren uitgehakt. De aanblik van het huis bezorgde me een schok vanwege de geïsoleerde ligging. Het torende kaal en verlaten boven een droge, lege, levenloze wereld uit. Van onderaf gezien zag het er groot uit, maar het maakte geen verwelkomende of comfortabele indruk. Nou ja, dacht ik, het is maar voor een paar nachten, dan reizen we weer verder om Leilah en Ahmed te bezoeken. Dit ontzagwekkende huis leek toen niet meer dan een nieuw stuk van het grote avontuur, en ik wilde graag weten hoe deze mensen leefden in hun vreemd uitziende huizen.

Het eerste huis waar we aankwamen, behoorde toe aan Abdul Noor, de broer van Abdul Khada. Het was een klein huis met één verdieping, met een deur en niet meer dan twee ramen. Ik kon me niet voorstellen hoe iemand in zoiets kon wonen. Het stond recht onder Abdul Khada's huis dat zich op de steile rots erboven bevond, zodat iemand die op het dak van Abdul Noors huis ging staan, naar de mensen boven hem kon schreeuwen om te laten weten dat er iets gaande was in het dorp, of dat er iemand voor hen was gekomen en op hen wachtte in een van de andere huizen. Het nieuws van de weg zou het eerst het huis van Abdul Noor bereiken, en dan zouden zij het omhoog schreeuwen naar het huis bovenop de berg.

'Kom.' Abdul Khada leidde me naar de onderkant van de steile rots.

'Daar kan ik echt niet tegenop klimmen!' protesteerde ik.

'Natuurlijk wel,' zei hij, en ging me voor over het bijna onzichtbare voetpad.

Als door een wonder leek er een smal geitepaadje op te duiken uit de rotsbodem. We vervolgden behoedzaam onze weg omhoog, waarbij ik wanhopig probeerde om niet te kijken naar de steile helling van de rotsen onder me. Halverwege de weg omhoog voelde ik hoe de losse stenen onder een van mijn voeten afbrokkelden; mijn sandalen schoten weg en ik viel pijnlijk op mijn knieën, waarna ik omlaag gleed temidden van de vallende kiezels. Ik gilde, en Abdul Khada greep mijn hand en trok me omhoog op het pad. Tegen de tijd dat we de top bereikten, hadden we ongeveer een half uur geklommen. Ik was doornat van het zweet, mijn knieën waren geschaafd en bloedden, en iedere spier in mijn lichaam deed pijn. De mannen leken eraan gewend te zijn.

Hoog bovenop de top van de wereld had het huis een indrukwekkend uitzicht in alle richtingen over honderden kilometers kaal, bergachtig landschap. Het leek net een klein eiland dat zweefde aan de hemel. De lucht leek heel zuiver. Het begon toen al te schemeren en de hitte van de dag begon af te nemen. De zon verdween achter de bergen en alle dieren waren in het huis gebracht voor de nacht.

Toen we aankwamen, kwam de familie naar buiten om ons te begroeten. Dat waren Abdul Khada's vrouw Ward, zijn oude moeder Saeeda en zijn blinde vader. Verder waren er nog Mohammeds vrouw Bakela en hun twee dochtertjes Shiffa en Tamanay, die ongeveer acht en vijf jaar oud waren.

Ik werd aan hen allemaal voorgesteld en ik bleef maar glimlachen en knikken, wensend dat ik kon begrijpen wat ze zeiden. Ze leken het allemaal heel leuk te vinden om kennis met mij te maken, en ze waren heel hartelijk. Ik had het gevoel alsof ik voor hen een eregast was.

Alle vrouwen droegen traditionele Arabische kleding, zelfs de kleine meisjes, met hun jurk tot over de knie en daaronder een broek tot op de enkels en teenslippers aan hun voeten. Hun hoofd was omwikkeld door een sjaal om het haar te bedekken, omdat meisjes hun zedigheid moeten tonen vanaf het moment dat ze kunnen lopen. Wanneer de vrouwen in of rondom hun eigen huis en dorp zijn, mogen ze hun gezicht en de rand van hun haar tonen, en hun haar mag dan onder de sjaal uitkomen in lange vlechten. Zodra ze echter naar een ander dorp gaan of op een weg komen waar ze door andere mannen gezien kunnen worden, dienen ze zich volkomen te verbergen achter een sluier. Iedereen droeg teenslippers, met uitzondering van de grootvader die traditionele schoenen droeg die waren gemaakt van zwaar hout met een leren band erop gespijkerd.

Toen ik het huis binnenliep, had ik het gevoel alsof ik een grot binnenging. Ik wist dat hier de dieren waren, omdat ik ze vanachter de staldeuren kon ruiken en horen bewegen. Het was er zo donker dat het een paar minuten kostte voordat mijn ogen waren gewend aan het duister. Er scharrelden een paar kippen om onze voeten.

Er waren een paar stenen treden die leidden naar de verdieping erboven waar de familie leefde. Alle muren en vloeren waren van steen, maar waren met de hand besmeerd met een mengsel van gedroogde koeiemest en zand, wat het hele huis de lucht van een koeiestal gaf.

De treden leidden eerst naar een hal die kaal was, op een stapel zelfgemaakte kussens in een hoek na, en alle vertrekken kwamen uit op deze leefruimte. Alle kamers waren klein en hadden staldeuren met grote grendels erop. De deuren waren allemaal heel smal, zodat je je zijwaarts moest draaien om erdoor te kunnen.

Ik merkte dat ik inderdaad werd behandeld als een eregast. Ward had haar slaapkamer voor mij afgestaan. Er lag een stuk linoleum op de vloer, wat geen van de andere kamers had, en er waren vijf kleine getraliede raampjes, twee in een muur en drie in een andere. Dat betekende dat er een briesje waaide wanneer de luiken waren geopend en ik uitzicht had over de bergen in twee richtingen. Er hing een olielamp aan het plafond die zou worden aangestoken wanneer de zon uiteindelijk onderging, en die een rokerige lucht gaf.

Er was ook een kleine zwart-wit tv, die op een auto-accu liep, en die Abdul Khada voor me had gekocht zodat ik me niet zou vervelen. Ik had al snel door dat ik alleen maar Arabische kanalen kon ontvangen, die ik absoluut niet kon begrijpen en die me ook niet interessant leken. Ik wilde trouwens niet binnen zitten, ik wilde buiten zijn in de ijle en frisse lucht.

Het enige meubilair in de kamer bestond uit een eenpersoons ijzeren bed met een dunne matras, een kussen en een deken, en een verhoging langs een muur, gemaakt van hetzelfde ruwe mengsel van koeiemest en zand. Daar kon ik op zitten als ik niet in bed lag. Er was een soortgelijke verhoging buiten bij de voordeur, waar de twee oude mensen het grootste deel van de dag zaten op smalle matrassen, waar ze niets anders deden dan zich koesteren in de zon en kijken naar het landschap. De oude mensen daar worden door iedereen met respect behandeld. Men vindt dat ze hun bijdrage hebben geleverd aan de familie, en men verwacht niet meer van hen dat ze nog iets doen; anderen zorgen nu voor hen.

Op dezelfde verdieping was een kamer voor de grootouders, en nog een voor Mohammed en zijn gezin, waarvan de kinderen op de grond sliepen. Verder was er nog een lange, smalle kamer voor Abdul Khada en Ward. Een andere stenen trap leidde naar het dak, waar ik nog een hoop tijd zou doorbrengen, en op weg naar boven bevond zich een kleine, zwarte keuken met een houtkachel voor het bakken van chapati's, die hun hoofdvoedsel vormden, en een kleine petroleumkachel voor het koken van water of het snel bakken van iets. Naast de keuken bevond zich de badkamer.

Ik moest naar het toilet en ik vroeg Abdul Khada waar dat was. Hij bracht me naar een kleine deur in de muur en opende die. Ik moest me buigen om erdoor te kunnen. Daarbinnen was het volslagen donker, met uitzondering van een kleine lichtcirkel die door een gat in de grond kwam dat zich in een hoek bevond. Het plafond was zo laag dat ik me moest bukken zolang ik daarbinnen was, en bukkend middenin die ruimte kon ik alle vier de muren aanraken. Ik moest een toorts gebruiken om te zien wat ik deed.

Er stond een kom water om je te wassen, en om het toilet te gebruiken, moest ik hurken boven het gat. Alles wat door het gat viel, lag gewoon op de rotsen onder het huis te drogen in de zon tussen doornstruiken. Ik geneerde me te erg om er gebruik van te maken zolang er nog iemand ergens om het huis kon lopen, dus sloop ik er later meestal 's nachts heen. Als ik overdag naar het toilet moest, ging ik eerst naar het dak en keek dan om het huis om er zeker van te zijn dat er niemand was die kon zien wat ik deed.

Er was één permanente bak met water in de badkamer, die de vrouwen vulden uit de tanks van beneden, en waarmee je je kon wassen nadat je naar het toilet was geweest. Wanneer ik mijn gezicht wilde wassen, moest ik een andere kom met water pakken en de kleine zeephouder meenemen die ik had meegebracht uit Engeland. Er was geen warm water, maar de hitte buiten zorgde ervoor dat je de hele dag niets anders wilde dan je onderdompelen in koud water.

Die avond vroeg ik me nog niet af waar het water in de tanks vandaan moest komen. Het was er gewoon, net als in Engeland, en dat was het enige wat me interesseerde. In de dagen erna merkte ik pas hoe hard de vrouwen moesten werken om ervoor te zorgen dat het water er was wanneer dat nodig was.

Die eerste avond had ik geen honger. Het was allemaal zo vreemd, en ik was verlegen en had tijd nodig om weer op adem te komen en te begrijpen wat er allemaal gebeurde. Dus ging ik op de grond in mijn kamer zitten met de deur open, en keek toe hoe de familie bij elkaar zat aan de maaltijd in de hal.

Ze zaten allemaal in een cirkel op de kussens, verlicht door olielampen, met in het midden op de grond een schaal met chapati's, die waren gebroken en gemengd met melk. Ze visten het deegachtige mengsel met hun handen eruit en aten het dan vanuit hun eigen kom op. Ze zaten allemaal te praten en te lachen. Ik kon me niet voorstellen dat ik mezelf ooit zover zou krijgen om op die manier te eten. Ik keek gefascineerd toe, niet in staat ook maar iets te verstaan van wat ze zeiden. Iedereen dronk water, hoewel ze wat Vimto binnenbrachten, omdat het een bijzondere gelegenheid was door mijn komst en de terugkeer van de twee mannen. Vimto is een soort aangelengde rode limonade, en ze kochten het alleen als er iets te vieren viel.

Ik merkte dat Abdul Khada in het middelpunt van de belangstelling stond, omdat hij zo lang was weggeweest. Hij was het meest aan het woord, waarbij iedereen eerbiedig luisterde. Toen ze klaar waren met eten, kwam de hele familie in mijn kamer zitten om nog wat te praten. Het was een plezierig gevoel om zo te worden geaccepteerd; ik verheugde me erop mijn vrienden in Engeland alles over deze mensen te kunnen vertellen. Uiteindelijk gingen ze allemaal naar bed, en ik sloop naar de badkamer om te proberen erachter te komen hoe ik me kon wassen na de lange, warme reis.

Tegen de tijd dat ik naar bed ging, voelde ik me niet erg prettig. Het bed zelf lag niet lekker. Ik voelde me niet schoon en ik had nu honger, maar het was allemaal nog steeds een avontuur en ik verwachtte niet dat ik nog veel langer in dit huis zou logeren. Uiteindelijk viel ik in slaap.

De volgende morgen werd ik bij het aanbreken van de dag gewekt door de geluiden van de haan beneden en de vrouwen die water uit de bron binnenbrachten en in de keuken werkten. De bergen zagen er heel indrukwekkend uit vanuit mijn raampjes, badend in het vroege morgenlicht. Het ontbijt bestond weer uit chapati's, maar nu gebakken in een koekepan met een beetje olie, en eieren. Ze maakten ook een thermosfles met zwarte en zoete thee klaar, waaruit de familie gedurende de dag kon drinken. Ze hadden speciaal voor mij wat melk in de winkel gekocht, omdat ze de Engelse voorkeur voor thee met melk kenden.

De volgende twee dagen leefde ik als hun nietsvermoedende gast. Ik verheugde me erop dat we weer verder zouden gaan en wat meer van het land zouden zien, en op de ontmoeting met Leilah en Ahmed. Ook al had ik hen nooit ontmoet en wist ik dat ze geen Engels spraken, ze waren in ieder geval familie van me, wat een band tussen ons zou vormen in een land zo ver van huis. Hoewel ik ongeduldig was, zei ik niets. Ik wachtte gewoon tot Abdul Khada me zou vertellen wat we zouden gaan doen. Ik speelde het grootste deel van de tijd buiten met de kinderen. Ze probeerden me wat elementaire Arabische woorden bij te brengen. Het waren heel aardige, blije meisjes en ze stalen meteen mijn hart.

Abdul Khada was die twee dagen heel aardig voor me. Hij realiseerde zich dat ik ermee zat om met mijn handen te eten, zittend op de grond, en bracht me een bord en vork op mijn kamer en kookte apart eten voor me. Op de tweede middag liep hij met me naar de winkels. In mijn ogen waren het meer hutten vol fruit, sigaretten, conservenblikken en andere levensmiddelen. Hoewel de vrouwen daar normaal gesproken niet mogen roken, was ik al een rookster, en Abdul Khada wist wel dat ik er toch niet mee zou stoppen, dus kocht hij sigaretten voor me. Al die tijd behandelde hij me als een Engels meisje, alsof ik zijn gelijke was, en niet zoals de vrouwen daar. Ik had nog steeds geen reden om te vermoeden dat er iets niet goed zat.

Iedereen in het dorp kende hem goed, en hij scheen van de meesten van hen familie te zijn. De meeste mensen stopten om met hem te praten, en veel van de oudere mannen die vroeger in Engeland hadden gewerkt, kwamen naar mij toe om in het Engels met me te praten, waarbij ze me vroegen hoe ik het vond in Jemen te zijn. Niemand van hen gaf me ook maar een hint over de ware reden van mijn komst.

Toen we terugkwamen van de winkels, zaten Abdul Khada en ik buiten op de verhoging met het oude echtpaar en de kinderen te praten, toen Mohammeds jongere broer Abdullah arriveerde via hetzelfde pad dat wij eerst hadden beklommen. Ik wist dat er nog een jongen was, en ze hadden me verteld dat hij in een ander dorp was dat op ongeveer twee uur rijden lag en Campais heette. Abdul Khada bezat een restaurant in Campais, dat aan de hoofdweg naar Sana'a ligt. Abdullah had zijn vader geholpen om het op te knappen, en het zou binnenkort worden geopend. Ik had foto's te zien gekregen van de jongen voordat ik naar Jemen ging, maar ik had er niet veel aandacht aan besteed. Ik wist dat hij veertien jaar was, maar ik vond dat hij er eerder uitzag als tien. De jongen maakte een zwakke en ziekelijke indruk en was heel mager en bleek. De hele familie kwam het huis uit om hem te begroeten, en zijn moeder nam zijn tas voor hem mee naar binnen. Ward leek erg dol te zijn op haar tweede zoon. Later kwam ik erachter dat hij al vanaf zijn geboorte ziekelijk was, en dat had ervoor gezorgd dat ze bijzonder beschermend deed ten opzichte van hem.

'Dit is mijn zoon Abdullah,' zo stelde Abdul Khada ons aan elkaar voor. We gaven elkaar formeel een hand, net zoals ik dat met de anderen twee dagen ervoor had gedaan. Zijn handdruk leek heel slap en zijn hand was kleiner dan de mijne. We gingen daarna weer allemaal buiten zitten, en ik praatte verder met Abdul Khada en de anderen en besteedde verder geen aandacht meer aan Abdullah, op wat beleefdheden na. Hij leek me niet erg interessant, maar ik wilde als het kon goed omgaan met iedereen van de familie en hen leren kennen. Ik wilde dat het een goede vakantie zou worden.

Toen de zon begon onder te gaan achter de bergen en het frisser werd, gingen we allemaal naar mijn kamer, waar we verder praatten. Na een poosje verliet de rest van de familie de kamer. Abdul Khada ging op de met de deken bedekte verhoging zitten, tussen mij en de jongen in. Ik zat op mijn favoriete plekje naast het raam, wat de koelste plek in de kamer was. De jongen staarde naar de grond en zei niets.

Abdul Khada zei ineens zacht en terloops tegen mij: 'Dit is je man.'

Ik dacht dat het een grap was. Ik keek alleen maar naar hem, niet wetend of ik nu moest lachen of niet. 'Wat?' zei ik.

'Abdullah is je man,' herhaalde hij. Ik probeerde me te concentreren op de woorden die hij sprak, niet in staat om te geloven dat ik het goed hoorde. Mijn hart bonkte zo hard achter mijn ribben dat ik niet zeker wist of ik het wel goed had verstaan. Ik kreeg haast geen adem en werd door paniek gegrepen.

'Hij kan helemaal mijn man niet zijn.' Ik wist nog steeds niet of hij een grap maakte of serieus was. Ik begreep niet wat er gaande was.

Mohammed moest aan de deur hebben staan luisteren, omdat hij zijn hoofd om de hoek stak en naar binnen keek.

'Waar heeft hij het over, Mohammed?' vroeg ik.

'Abdullah is je man, Zana,' antwoordde Mohammed en ik zag nu wel dat ze serieus waren. Ik probeerde te bedenken wat er gebeurd kon zijn.

'Hoe kan hij nu mijn man zijn?' was het enige wat ik wist te zeggen. 'Wat is hier aan de hand?'

'Je vader heeft het huwelijk in Engeland geregeld,' legde hij uit, 'ook voor je zus Nadia. Die is nu getrouwd met Gowads zoon. We hebben een trouwakte, dus het is echt. Jij bent getrouwd en Abdullah hier is je man.'

Ik zat in het briesje voor het raam, met stomheid geslagen. Ik kon alleen maar met mijn hoofd schudden en telkens weer zeggen: 'Dat kan niet waar zijn. Hoe kan dat nu gebeurd zijn?'

Mijn gedachten tolden in mijn hoofd rond. Abdul Khada en zijn twee zoons gingen weer met elkaar in het Arabisch praten alsof ik er niet was. Uiteindelijk verlieten ze de kamer en lieten me huilend achter. Ik denk dat ze gingen eten. Het kon me niets schelen. Ik wilde alleen maar weer thuis zijn bij mijn moeder. Ik wilde iemand tot wie ik me kon wenden om hulp, iemand die ervoor zou zorgen dat alles weer in orde zou komen. Ik had geen idee hoe ik de situatie moest aanpakken.

Het werd donker in de kamer terwijl ik daar maar zat, starend in de lucht. Toen kwam Abdullah terug in de kamer, en ik besefte dat het nacht was en dat hij van plan was om met me te slapen. Abdul Khada was bij hem.

'Hij komt hier niet slapen,' zei ik. 'Ik wil alleen zijn.'

'Hij is je man,' zei Abdul Khada vastberaden. 'Je moet met hem slapen.' Hij duwde de jongen naar binnen en sloeg de deur dicht. Ik hoorde hoe de grendel buiten op de deur werd geschoven.

Ik keek niet naar Abdullah, en hij zei niets tegen mij. Ik hoorde hoe hij door de kamer liep. Hij wist evenmin als ik wat hij moest doen. Hij stapte in het bed, en ik ging op de deken op de verhoging onder de ramen liggen. Ik was niet van plan om bij hem in bed te stappen. Ik kon die nacht niet slapen, ik moest telkens maar denken aan wat er was gebeurd en bekeek het van alle kanten, in een poging om te begrijpen wat er allemaal gaande was in mijn leven. Ik hoorde de wolven en hyena's huilen in de bergen, en het geritsel van de dieren een verdieping lager. In het maanlicht kon ik de hagedissen op het plafond zien. De uren gingen langzaam voorbij.

De volgende dag moest Abdullah aan zijn vader hebben verteld dat ik niet in het bed had geslapen. Abdul Khada was woedend en begon tegen me te schreeuwen. 'Waarom heb je niet met hem geslapen?' vroeg hij.

'Ik pieker er niet over,' zei ik. 'Ik wil niet met hem slapen.' Ik voelde hoe de paniek in me omhoog kwam, telkens als er iemand tegen me sprak. Ik huilde de hele dag, en liep achter Abdul Khada aan, hem smekend om me te vertellen wat er met me zou gebeuren, en om me naar huis te laten gaan. Hij zei dat ik 'nog niet' naar huis kon. Ik klemde me vast aan dit ene sprankje hoop, en geloofde dat als ik het maar niet op zou geven, ik door deze nachtmerrie heen zou komen en terug zou keren naar mijn huis in Birmingham.

'Wanneer?' smeekte ik, 'wanneer kan ik naar huis?' Maar hij wilde me geen antwoord geven.

Abdullah leek bijna net zo bang als ik. Hij moest hebben geweten dat er iemand uit Engeland zou worden meegenomen om met hem te trouwen, maar de manier waarop ik me gedroeg en de manier waarop ik me kleedde, moesten een schok voor hem zijn geweest, omdat ik zo anders was dan de vrouwen die hij in zijn leven had meegemaakt. Wat hem betrof was ik onrein en onfatsoenlijk. Ik denk dat hij bang voor me was, maar hij was nog banger voor zijn vader.

Ze negeerden me allemaal en lieten me half verdoofd rond het huis lopen. Ik ging Mohammeds kamer in. Bakela was kort daarvoor ziek geweest en er moesten nog wat tabletten op de verhoging liggen. Ik herinnerde me dat ik ze daar eerder had gezien en ik ging naar binnen om ze te zoeken. Ik wist niet wat voor tabletten het waren, maar ik dacht dat wanneer ik er maar genoeg van zou kunnen nemen, ze een uitweg uit de nachtmerrie zouden zijn. Ik liep de kamer binnen en pakte het flesje op. Ik ging terug naar mijn eigen kamer, schudde de tabletten in de palm van mijn hand en slikte ze in. Mohammed had me kennelijk in de gaten gehouden, want hij rende op dat moment de kamer binnen en greep me bij mijn keel. Hij wurgde me bijna en dwong zo de tabletten weer omhoog.

Ik mocht Mohammed wel, ik kon met hem praten en ik geloofde dat hij medelijden met me had, en meestal was hij aardig tegen me. 'Help me alsjeblieft,' smeekte ik, maar hij haalde alleen maar zijn schouders op.

'Er is niets wat ik kan doen,' zei hij. 'Geen enkele man kan zijn vader ongehoorzaam zijn.'

Ook hij was bang voor zijn vader, ook al was hij een volwassen man met een eigen gezin. Arabische mannen gehoorzamen altijd hun vader, ontdekte ik, zelfs wanneer ze het niet met hem eens zijn. Het enige wat ik wist te bedenken was om te blijven weigeren mee te werken, totdat ze genoeg van me zouden krijgen en me terug zouden sturen naar huis. Die avond kwam Abdul Khada weer naar me toe en zei nogmaals dat ik met Abdullah moest slapen.

'Ik denk er niet over,' zei ik.

'O jawel,' zei hij vastberaden, 'anders zullen we je moeten dwingen. Dan binden we je vast op het bed.' Mohammed kwam binnen en zei hetzelfde. Ik kon aan hun gezichten zien dat ze het meenden. Ze hadden niet verwacht dat ze zulke problemen zouden krijgen met een vrouw, zeker niet met een jong meisje dat zo ver van huis was. Ze waren vastbesloten me te dwingen om te doen wat ze zeiden. Ik kon niets anders doen dan toegeven, als ik tenminste niet gedwongen wilde worden.

Ze hoefden ons die nacht niet samen op te sluiten; ik kon toch nergens heen. Abdullah kwam en deed wat zijn vader hem had gezegd. Ik lag stil en liet hem zijn gang gaan.

5 *In de val*

De volgende morgen, toen Abdullah en ik uit bed stapten, ging ik met een toorts naar de badkamer om me te wassen met de emmer koud water. Toen ik klaar was, ging ik terug naar de slaapkamer en trof daar Abdullahs moeder Ward aan, die het bed aan het opmaken was en het onderlaken inspecteerde.

'Wat doet zij hier?' vroeg ik Abdul Khada zo onvriendelijk als ik maar kon, hoewel ik wist waarnaar ze op zoek was. Ze controleerde het laken op bloed, om er zeker van te zijn dat ik nog maagd was geweest en dat Abdullah zijn werk goed had gedaan. Op dat moment wenste ik dat dat niet zo was geweest, zodat ze niet de voldoening zouden hebben gehad dat ze dat van me hadden afgenomen.

Ik haatte hen zo erg dat ik moeite had om mijn zelfbeheersing te bewaren. Ik was zo onaardig als ik maar kon tegenover iedereen, gaf hun vuile blikken, schold en was sarcastisch tegen Abdul Khada en Mohammed, aangezien zij de enigen waren die begrepen wat ik zei. Maar die trokken zich niets aan van wat ik zei of deed. Alle volwassenen bleven gewoon bij me uit de buurt en keken me af en toe bevreemd aan. Ik veronderstel dat ze aanvankelijk de een of andere boze reactie hadden verwacht.

Nadat Ward uit de kamer was vertrokken, liep ik weer naar binnen en ging zitten nadenken. Het enige wat ik me nog kan herinneren van die dag is dat de twee meisjes Shiffa en Tamanay binnenkwamen en probeerden met me te communiceren. Het waren echt schattige kinderen en ik wilde hen niet kwetsen. Ze hadden er geen idee van wat er gaande was of hoe ik me voelde, maar ik wilde die dag gewoon alleen zijn. Ik hield mezelf constant voor dat mijn moeder er vroeg of laat achter zou komen wat er was gebeurd, en dan zou ze me hier wel vandaan weten te krijgen. De daaropvolgende acht jaar zei ik iedere dag weer tegen mezelf dat ik uit dat dorp zou komen, en dat het uitgesloten was dat ik daar voor de rest van mijn leven zou blijven. Het was die vastberadenheid die er denk ik voor zorgde dat ik het niet opgaf.

De eerste dagen erna mocht ik van Abdul Khada alleen op mijn kamer blijven. Hij bracht me eten en gaf me een mes en vork, zodat ik niet met hen hoefde te eten. Hij maakte Engelse gerechten voor me klaar zoals kip en friet, maar ik wilde eigenlijk niets eten. Ik had geen honger omdat ik zo overstuur was, en bovendien werd de eetlust me benomen door alle vliegen. In Jemen is er geen moment dat er geen zwerm vliegen om je heen gonst, of om voedsel dat ergens open en bloot staat. Overdag waren het de vliegen die ons lastig vielen en 's nachts waren het de muskieten. Ik raakte er nooit aan gewend. Je kon niets doen om ervoor te zorgen dat je niet werd gestoken door muskieten, maar je moest proberen om overdag niet te krabben aan de plaatsen waar je was gestoken. In het begin kon ik mezelf niet beheersen en bleef ik krabben tot ik bloedde. Het bleef maar jeuken. Het kostte me enorme wilskracht om mezelf ervan te weerhouden mij eigen huid open te krabben, maar uiteindelijk leerde ik het. Die eerste paar dagen kon ik gewoon geen eten zien; ik dronk alleen maar Vimto en wachtte tot er iets zou gebeuren.

Mijn stemmingen schommelden hevig. Het ene moment was ik er zeker van dat het niet lang meer zou duren voordat iemand erachter zou komen wat er was gebeurd en naar me op zoek zou gaan. Daarna herinnerde ik me weer hoe lang de reis vanuit Birmingham wel was, en ik kon me niet voorstellen dat mijn moeder me ooit zou kunnen vinden.

Op de momenten van mijn diepste wanhoop dacht ik dat mijn moeder misschien wel geweten had waar mijn vader al die tijd mee bezig was geweest; misschien had ze er zelfs wel in toegestemd. Als dat waar was, dan was er niemand op de wereld die ik nog zou kunnen vertrouwen, op Nadia na.

Ik wilde Nadia dolgraag zien, maar de gedachte dat mijn zus hetzelfde lot zou moeten ondergaan als ik, was onverdraaglijk. Ik moest een manier zien te vinden om haar ervan te weerhouden om met Gowad mee te gaan.

Ik had een blocnote en enveloppen meegenomen uit Engeland, dus begon ik te schrijven aan mijn moeder en Nadia. Het was een heel lange brief, waarin ik hun alles vertelde wat Abdul Khada en zijn familie me hadden aangedaan, en waarin ik mijn moeder smeekte om me te helpen en Nadia waarschuwde om niet te komen. Ik stopte hem in een envelop en gaf hem aan Abdul Khada, die naar Taiz zou gaan. Ik vertelde hem dat het gewoon een briefje was om mijn moeder te laten weten dat ik was aangekomen en het goed maakte. Hij leek geen achterdocht te hebben en zei dat hij de brief zou posten. Ik weet niet of hij dat ooit heeft gedaan. Later vertelde hij me dat dit echt zo was, maar dat mijn vader het eerst bij de brievenbus was op de dag dat de brief aankwam. Hij had hem gepakt, gelezen en daarna achtergehouden voor mijn moeder en Nadia.

Ik deed de weken erna niets; ik zat alleen maar in de buurt van het huis en ging één keer met Abdul Khada naar de winkels. Iedereen staarde me nog steeds aan vanwege de manier waarop ik was gekleed, maar dat kon me niets schelen. Ik wilde laten zien dat ik anders was, een Engels meisje, niet een van hen. Er waren twee paden die naar het dorp beneden leidden. Een was de hoofdroute, een hobbelige weg die begon bij het huis van Abdul Noor aan de voet van de steile rots. Over deze weg reden de auto's en liepen de mannen. De alternatieve weg was een achterweg langs de flank van de berg door het struikgewas waar de vrouwen geacht werden gebruik van te maken. In dit stadium was Abdul Khada nog bereid om me over de hoofdroute te laten gaan met hem, maar toen ik geleidelijk aan op één lijn werd gesteld met de vrouwen daar, moest ik net als de anderen de achterweg gaan gebruiken. Ze waren wel zo verstandig om niet te proberen me te veel dingen te snel te laten doen. Ze wisten, denk ik, dat ik mijn verzet uiteindelijk wel zou opgeven.

In het dorp kocht Abdul Khada een hoop fruit voor me. Niets ervan was echt goed, maar ik was blij dat ik tenminste iets had wat ik herkende van thuis. Op de terugweg stopten we bij het huis van zijn broer. Abdul Noor had ergens werk gevonden, maar zijn vrouw en schoondochter had hij achtergelaten. Het huis was veel kleiner dan dat van Abdul Khada, omdat ze niet met zovelen waren. Alles was gelijkvloers, waarbij de vertrekken allemaal uitkwamen op één lange gang. We gingen naar binnen om Amina, de vrouw van zijn broer, te begroeten. Ze was een heel aardige en beleefde vrouw. Haar schoondochter Haola woonde daar ook. Ik begon te begrijpen hoe gewoon het was dat de vrouwen werden achtergelaten in de dorpen, terwijl de mannen weggingen om ergens op de wereld te gaan werken.

Ik vond Amina en Haola heel aardig; ze leken allebei heel warm en ik voelde me bij hen op mijn gemak. Amina praatte voortdurend tegen me, en ik wilde graag de taal leren, zodat ik kon begrijpen wat ze zei. Het huis had een totaal andere sfeer dan dat van Abdul Khada en Ward. Amina huilde die dag om mij, maar Abdul Khada berispte haar en zei dat ze flink moest zijn. Ik begreep wat hij zei door de gebaren die hij met zijn handen maakte.

Na die eerste nacht, toen hij me had gezegd dat ze me vast zouden houden zodat Abdullah me kon verkrachten, was Mohammed bijna altijd aardig tegen me, hoewel hij me soms treiterde. Hij praatte veel en gedroeg zich alsof er niets was gebeurd. Abdullah, die geacht werd mijn man te zijn, hield zijn mond telkens wanneer ik in de buurt was. Hij negeerde mij op dezelfde manier als ik hem negeerde. 's Nachts moesten we nog steeds dezelfde kamer delen, en ik deed wat ik maar kon om te vermijden dat ik met hem in één bed zou slapen. Iedere morgen vroeg Abdul Khada de jongen wat er die nacht was gebeurd, en ik denk dat Abdullah hem dan de waarheid vertelde, dat ik niet met hem wilde slapen, omdat Abdul Khada altijd kwaad op me was. Op een nacht, toen Abdullah me probeerde aan te raken, verloor ik mijn zelfbeheersing en schopte hem hard van het ene eind van de kamer naar het andere. Ik weet dat ik hem pijn deed, omdat hij het tegen zijn vader vertelde en ik daarna weer op mijn nummer werd gezet.

Ook al verzette ik me er constant tegen, ik wist dat ik uiteindelijk toch zou moeten toegeven, omdat Abdullah seks met me zou moeten bedrijven. Het was de wet dat een vrouw toe moest geven aan de seksuele behoeften van haar man. Hoewel ik het hen zo moeilijk mogelijk kon maken, wisten ze dat ze me uiteindelijk toch zouden kunnen dwingen om te doen wat zij verlangden.

Abdul Khada was vastbesloten dat ik me zou onderwerpen, en hij was er niet de man naar die je eeuwig ongehoorzaam kon zijn; Abdullah in ieder geval zeker niet. Abdul Khada was een boosaardige bullebak van een kerel wanneer hij zijn zin niet kreeg. Hij verwachtte dat hij de absolute macht had binnen het gezin, en geen van hen had de moed om zijn gezag te tarten. In die maatschappij hebben de mannen altijd gelijk en kunnen ze doen wat ze willen.

Ik denk dat ze hoopten dat ik snel zwanger zou worden, met de gedachte dat het hebben van een kind er wel voor zou zorgen dat ik de situatie zou accepteren. Ze dachten dat wanneer ik maar eenmaal een baby had waar ik de zorg voor had, ik niet langer meer uit Jemen weg zou willen om terug te gaan naar Engeland. Abdul Khada vertelde me vaak dat wanneer ik maar eenmaal zwanger zou zijn, ik terug zou mogen naar Engeland om de baby bij mijn moeder te krijgen. Hij zei dat hoe sneller ik mijn weerstand op zou geven, hoe sneller ik terug zou zijn in Birmingham. Ze wilden alleen maar dat ik het op zou geven en mijn lot zou aanvaarden. Hoewel ik vastbesloten was om door te blijven vechten, begon ik het nut ervan in te zien om hen te laten geloven dat ik hun standpunt begon te aanvaarden. In mijn gedachten stelde ik me voor dat als ik hen zover kon krijgen dat ze me zouden vertrouwen, ik sneller terug zou zijn in Engeland. Maar dan merkte ik bij mezelf dat wanneer ik daarna tegen hen sprak, ik het weer niet kon nalaten om sarcastisch of onaardig te doen. Ik haatte hen te erg om me voor het merendeel anders voor te kunnen doen.

Op een avond, ongeveer een week nadat ze me hadden verteld dat ik met Abdullah was getrouwd, kwam een vriend van Abdul Khada op bezoek. Hij kwam binnen om kennis met mij te maken en vertrok daarna om met Abdul Khada in diens kamer te gaan praten. Ik was beleefd tegen de bezoeker, en ging toen naar Bakela's kamer om met haar te praten. Ik droeg nog steeds mijn Engelse kleren en mijn haar was niet bedekt. Korte tijd later, toen de man was vertrokken, kwam Abdul Khada de kamer binnengestormd. Hij had een bundel kleren bij zich die hij naar me toewierp. Hij beval me om die aan te trekken.

'Waarom?' vroeg ik.

'Andere mannen mogen je niet meer op die manier gekleed zien,' schreeuwde hij. 'Het maakt mij te schande om een vrouw onder mijn dak te hebben die in zulke kleren voor mannen verschijnt.'

Ik keek naar de kleren die hij me had toegeworpen. Ze hadden een vreselijke kleur oranje en waren bedekt met lovertjes; ze waren van Ward.

'Die draag ik niet,' zei ik, terwijl ik ze op de grond gooide. Abdul Khada sprong naar voren; hij kon zich niet langer meer beheersen en sloeg me in mijn gezicht. Ik gilde, mijn hoofd deed pijn en ik was net zo woedend op hem als hij op mij. Ik gooide de bundel kleren weer naar hem toe. Hij kwam naar voren met zijn hand omhoog om me nogmaals te slaan. Ik sprong op hem af en beet hem zo hard als ik kon in zijn duim. Ik liet niet los, net als een hond met een konijn, en beet hem telkens weer in zijn nagel totdat ik zijn bloed in mijn mond kon proeven. Hij schreeuwde van pijn en het lawaai zorgde ervoor dat Mohammed de kamer in kwam rennen.

'Wat doe je?' schreeuwde hij tegen zijn vader, en trok ons uit elkaar. De twee mannen verlieten de kamer, waarbij Abdul Khada zijn bloedende hand omvatte en mij bevend van boosheid en angst bij Bakela achterliet. Ward kwam binnen toen haar man eenmaal weg was en raapte de verspreid liggende kleren op. Ik begreep niet wat ze zei, maar met gebarentaal leek ze me te vertellen dat ik nu de kleren moest aantrekken, of anders zou Abdul Khada door het dolle heen raken. Ze leek ontzet te zijn dat ik het had gedurfd om hem zo woedend te maken.

De twee vrouwen bleven proberen me zover te krijgen de kleren aan te trekken. Uiteindelijk stemde ik toe, zij het over mijn eigen kleren heen. De stof was zwaar en glanzend en kriebelde. Ik stond daar in die kleren en voelde me onnozel en niet op mijn gemak. Bakela gaf me een opbeurend kneepje in mijn schouder en ik kon tranen van medelijden in haar ogen zien. Ik deed de kleren weer uit en schudde mijn hoofd. 'Het spijt me,' zei ik. 'Die draag ik niet.' Ik was vastbesloten om niet toe te geven aan hen, nog niet in ieder geval.

Ik bleef net zo onaardig tegen iedereen doen als ik maar kon, en Abdul Khada bleef me slaan telkens wanneer ik hem tegensprak, en hij zorgde er wel voor dat ik niet de kans kreeg om hem terug te pakken. Ik denk dat hij niet wist wat hij aan moest met een vrouw die gewoon niet wilde doen wat hij zei. Hij raakte steeds meer gefrustreerd door mijn gedrag. Ik merkte al snel dat iedereen in het dorp bang voor hem was, en maar weinig mensen mochten hem echt. Alle vriendelijkheid die hij me in het begin had getoond, bleek maar toneelspel te zijn geweest om zijn gemeenheid te verdoezelen, en nu begon hij zijn ware aard te tonen.

De andere vrouwen probeerden me te betrekken in de dagelijkse huishoudelijke karweitjes, hoewel ze me in het begin nergens toe dwongen. Ze probeerden me over te halen om belangstelling op te brengen voor hun werk, en aan zou bieden hen te helpen. Ik denk dat ze in dat stadium nog steeds medelijden met me hadden, en me de tijd wilden geven om gewend te raken aan dit leven, voordat ze zouden verlangen dat ik voor hen zou werken. Ze bakten de chapati's op de rode hete zijkanten van een oven, in het midden waarvan hout brandde. Ward vroeg me of ik wilde helpen en liet me zien wat ik moest doen. Ik keek in de oven en zag hoe de vlammen rondom de wanden lekten waar de vrouwen hun handen plaatsten. Ik voelde hoe de intense hitte tegen mijn gezicht sloeg terwijl ik me over het fornuis boog, en ik rende weg. Ik was doodsbang. Ik kon zien dat hun handen waren gehard tegen het verbranden, maar die van mij waren dat niet. Bij mij kwam het over als een afgrijselijk soort marteling, net zoiets als dag in dag uit te moeten branden in de hel.

Er waren twee soorten chapati's die we aten: gebakken in de koekepan en in de oven. De chapati's uit de koekepan waren gemaakt van meel, dat we gemalen in de winkel kochten. We haalden in één keer een voorraad voor een paar maanden in huis, en bewaarden dat op de benedenverdieping van het huis. De vrouwen moesten de zakken op hun hoofd omhoog dragen vanuit het dorp, en het leek bijna altijd of die zakken zo konden openbarsten. Dat was iets wat ik nog zou moeten leren, maar in dat stadium leek het onmogelijk zwaar voor me.

Het meel werd gekneed tot ronde pannekoeken. Ze deden dan wat vet in een koekepan en legden het deeg in het hete vet, totdat het aan beide kanten bruin was.

Meestal echter moesten ze de chapati's in het vuur bakken, wat betekende dat je je tot in de oven moest buigen en het deeg tegen de witgloeiende zijkanten van de oven moest plakken. Deze chapati's werden gemaakt van maïsmeel, dat de vrouwen zelf maalden met een grote steen; een eindeloos en uitputtend karwei dat ik al snel zou leren haten. Wanneer de zijkanten van de oven eenmaal waren bedekt met de pannekoeken, voegden ze meer hout toe om het vuur op te stoken, en keken dan toe tot ze zagen dat het deeg in de oven begon uit te zetten. Na ongeveer vijf minuten trokken ze de chapati's met hun blote handen van de hete wanden. Op een gegeven moment moest ik gaan leren hoe ik ze snel genoeg eruit kon halen zonder mijn vingers te verbranden, maar ook weer niet zo snel dat ze in de vlammen zouden vallen. Als ze eruit kwamen, waren de chapati's gloeiend heet, en dan moesten we ze zo snel mogelijk op een schaal zien te krijgen. Toen ik met dit werk begon, kregen mijn handen blaren door de hitte, maar Ward dwong me ermee door te gaan. Uiteindelijk verhardde mijn huid zich en werd ik er voldoende bedreven in om het te kunnen zonder me te branden. De chapati's vormden ons hoofdvoedsel. We aten ze in hun geheel of we verbrokkelden ze en aten ze dan met melk en boter met onze handen.

In het begin echter weigerde ik om een van deze karweitjes zelfs maar te proberen, en omdat ik niet hielp met het huishouden, had ik niets anders te doen dan te gaan zitten piekeren over wat er met mij was gebeurd. Op een morgen, toen Abdul Khada naar de winkels was gegaan, kon ik niet meer tegen het rondhangen. Er was een pad dat van het huis naar het bos leidde waar de vrouwen soms heengingen om water te halen. Ik kon het vanuit mijn kamer zien. Het zag er voor mij uit als een uitweg uit mijn situatie. In een flits kwam ik tot een besluit: ik zou weglopen.

Ik zou gewoon door blijven rennen totdat ik de bergen uit was, en weg uit Jemen. Ik had er geen idee van hoe ik het zou gaan doen, hoe ik zou kunnen ontkomen aan de mannen uit het dorp, die wisten hoe ze in de bergen moesten jagen, sporen volgen en vechten, of hoe ik de hitte overdag zou moeten overleven. Ik wist niet wat ik zou moeten eten of drinken, of waar ik zou slapen, weg van de insekten, slangen en wilde dieren. Ik wist alleen dat ik weg moest van het huis en van Abdul Khada en zijn familie, dat alles beter zou zijn dan hun gevangene te blijven.

Er was geen tijd om er rustig over na te denken, ik moest gaan terwijl Abdul Khada weg was. Ik rende naar beneden naar de achterdeur. De oude blinde man ging net naar buiten, en ik duwde hem aan de kant en rende het zonlicht in.

Ik holde zo snel ik kon de berg af en de vallei in, waarbij de stenen onder mijn voeten weggleden en rondvlogen, mijn benen stampten en mijn longen voelden of ze zouden gaan barsten. Ik passeerde het kleine dorpskerkhof achter het huis en bleef doorrennen. Ik wist niet waar ik heenging. Ik kon mijn eigen ademhaling voelen in mijn hoofd, en ik moest denken aan Kunta Kinte, de slaaf uit *Roots*, die probeerde te vluchten van de plantage waar hij naar toe was gebracht. Ik herinnerde me hoe ze hem te pakken kregen en hem terugbrachten om gestraft te worden, en ik dwong mijn benen om sneller te gaan.

De oude man moest de anderen geroepen hebben, want Mohammed en Ward gingen me achterna. Ik kon hen achter me horen, en telkens wanneer ik omkeek, waren ze dichterbij, waarbij ze naar me schreeuwden. Het was net een nachtmerrie omdat mijn hele lijf zo'n pijn deed van de inspanning van het hardlopen, en ik kon zien dat ze sneller liepen dan ik ooit zou kunnen. Ze haalden me in bij de vallei onderaan de berg. Ik had er geen idee van waar ik was, of welke kant ik op moest. Ik kon me nergens voor hen verstoppen. Mohammed greep me beet en begon me heftig door elkaar te schudden. Ook hij stond te hijgen.

'Waar ben je nou mee bezig?' schreeuwde hij. 'Waar wil je heen? Je bent gek dat je op die manier probeert weg te lopen. Ga mee terug naar huis. Mijn vader komt zo terug van de winkels, en als hij erachter komt dat je hebt geprobeerd weg te lopen, zal hij woedend zijn.'

Ik kon niets anders doen dan met hen mee teruggaan naar het huis. Toen we daar aankwamen, stond Abdul Khada ons op te wachten, en ik voelde een golf van angst om wat hij met me zou doen. Hij was net zo woedend als Mohammed had voorspeld, maar ik wist niets te zeggen. Ik had er geen verklaring voor; ik wilde alleen maar weg.

Het weekend voordat Nadia in Jemen zou aankomen, zei Abdul Khada dat hij me mee zou nemen om mijn broer Ahmed en mijn zus Leilah in Marais te ontmoeten. Ik stemde onmiddellijk toe, met de gedachte dat ik hen misschien zover zou kunnen krijgen om mij te helpen. Abdul Khada moest me er wel heenbrengen, omdat hij dat aan mijn vader had beloofd. Hij zei me dat ik bij Leilah en Ahmed en hun familie mocht blijven zolang ik wilde. Ik was verward door zijn beloften en begon al te leren om alles wat hij zei te wantrouwen, maar ik dacht dat het een kans was om te ontsnappen. Ik pakte mijn koffer.

Het was een rit van zeven uur vanuit het dorp en, zoals altijd, vertrokken we vroeg in de morgen om het heetste deel van de dag te vermijden. We gingen in een Land Rover-taxi, die Abdul Khada en mij oppikte aan de hoofdweg. We hadden wat fruit ingepakt voor onderweg.

Nadat we een poosje hadden gereden, kwamen we bij een andere bergketen. De weg was hobbelig en slecht gebouwd, en begon scherp te slingeren door de haarspeldbochten. Toen we een bocht omgingen, keek ik uit het raampje en zag hoe de weg naast de wielen van de auto steil naar beneden liep. We gingen slippend en hobbelend langs de rand van een ravijn. Ik begon in paniek te raken en gilde. Ik smeekte hen om de auto te laten stoppen en mij eruit te laten, maar Abdul Khada zei dat ik me geen zorgen hoefde te maken, en de chauffeur reed gewoon door. De wegen werden steeds slechter en het leek alsof met iedere bocht het gevaar dat we over de rand zouden gaan groter werd. Ik werd haast hysterisch van angst, maar de reis ging maar door, uur na uur.

Op een bepaald moment reden we een kleine inham in en stopten daar voor een rustpauze. Ik stapte uit om wat frisse lucht te krijgen. We bevonden ons precies naast een indrukwekkende afgrond, en ik smeekte Abdul Khada om me de rest van de weg te laten lopen. Hij schudde zijn hoofd. 'Te ver,' zei hij, en beduidde me dat ik weer terug moest gaan naar de auto.

Tegen de tijd dat we in Marais aankwamen, had ik het gevoel alsof ik zo in tranen kon uitbarsten. Ik was vreselijk bang, moe en warm. Ik klom met trillende benen uit de auto, en de dorpelingen kwamen allemaal om ons heen staan, ratelend in het Arabisch en nieuwsgierig om mij te zien. Ik bleef Abdul Khada vragen om alles voor me te vertalen, maar er waren te veel mensen die tegelijk praatten. Allemaal drongen ze zich stralend en lachend naar voren.

In de menigte zag ik hoe een oude man moeizaam naar ons kwam toelopen, leunend op een stok. Het was een kleine man, zijn rug gekromd van ouderdom. Hij had wit haar en droeg een bril.

'Dat is je grootvader,' zei Abdul Khada tegen me, waarop ik in tranen uitbarstte. Ik wilde met de oude man praten en hem om hulp vragen, maar dat kon niet. Abdul Khada vertaalde voor ons, dus ik kon hem niet vertellen wat er aan de hand was. Ik vroeg waar mijn broer en zus waren.

'Je broer komt eraan,' vertelden ze me, en een paar minuten later arriveerde Ahmed. Hij kwam aangehold door de menigte. Hij droeg het traditionele Arabische gewaad, de *futa*, met een hemd eroverheen, maar ik herkende hem meteen als iemand van de familie Muhsen. Hij huilde al voordat hij bij de auto was, terwijl hij zich met zijn ellebogen een weg baande door de dorpelingen. We klemden ons aan elkaar vast, allebei huilend, en klommen samen in de auto. Abdul Khada moest voor ons vertalen, omdat Ahmed geen Engels meer had gesproken sinds mijn vader hem uit Birmingham had weggehaald toen hij drie jaar was. Ik wilde hem wanhopig graag vertellen waarom ik zo bang was, maar het enige wat ik kon doen was beleefde vragen stellen hoe het met hem ging en waar mijn zuster was. Hij zei dat we haar meteen wel konden gaan bezoeken.

We reden weg door wat hobbelige straten, via een vallei naar een ander dorp waar ze zeiden dat mijn zuster woonde. Er was veel open land en velden vol graan om het hele dorp heen. Na de vreselijke bergrit zag het er allemaal heel vlak en groen uit, en alles werd goed bewaterd door de riviertjes die we passeerden. We stopten bij een oud stenen huis, en de mensen kwamen allemaal naar buiten om ons te begroeten, glimlachend, beleefd en nieuwsgierig. Ze vertelden ons dat Leilah er niet was. Zij en haar man waren ergens heen, omdat ze niet wisten dat wij zouden komen.

We reden terug naar Marais en Abdul Khada zei dat ik afscheid moest nemen van Ahmed. 'We moeten gaan,' zei hij.

'Wat bedoel je?' Ik voelde hoe de tranen weer naar boven kwamen. 'Je zei dat ik hier mocht blijven logeren.'

'Dat kan niet,' zei hij schouderophalend. 'Je zus Nadia komt morgen uit Engeland aan en je moet met me mee om haar af te halen.'

Ik wilde niets liever dan Nadia zien, dus zei ik maar niets meer. Abdul Khada vertelde me dat ik bij de auto moest wachten terwijl hij iets te drinken ging kopen voor onderweg. Hij liep op een openluchtwinkel toe en begon met de winkelier te praten. Een man gekleed in een westers pak en das kwam naar me toe en begon in het Engels tegen me te praten. Hij was heel agressief.

'Wat doe jij hier?' vroeg hij, terwijl hij me van boven tot onder opnam. 'Je bent zeker alleen gekomen om Ahmed en Leilah overstuur te maken?' Ik was verbaasd door zijn toon, maar het was tegelijkertijd heerlijk om iemand Engels te horen praten. Ik wilde hem eigenlijk om hulp vragen en hem vertellen wat er allemaal gebeurde, maar ik kreeg de woorden niet uit mijn mond, en hij liep weg op het moment dat Abdul Khada met een paar flesjes cola terugkwam uit de winkel. Abdul Khada zag dat ik van streek was en vroeg me wat er aan de hand was. Ik vertelde hem wat de man had gezegd.

'Welke man?' vroeg hij terwijl hij om zich heen keek, maar de man was verdwenen. Abdul Khada leek zich echt even om me te bekommeren.

De chauffeur stapte weer in de Land Rover en Ahmed omhelsde me stevig. Ik gaf mijn grootvader beleefd een hand en terwijl we wegreden in een wolk van stof, keek ik achterom en zag Ahmed bij de weg staan huilen en zwaaien.

Later zou ik meer te weten komen over het leven dat Ahmed als kind had geleid. Onze grootvader was niet bepaald de vriendelijke oude man die hij toen leek te zijn. Omdat hij een hekel had gehad aan zijn zoon, mijn vader, had hij dat afgereageerd op Ahmed. Hij had hem constant geslagen toen hij nog een kind was. Nu Ahmed volwassen was, wilde mijn grootvader niet dat hij zou trouwen. Dit is een van de ergste dingen die mannen in Jemen kunnen overkomen, aangezien ze ongetrouwde meisjes niet mogen aanraken en overspelige vrouwen worden gestenigd als ze worden betrapt.

Onze grootmoeder was gestorven voordat de kinderen waren gearriveerd in Jemen. Mijn grootvader was naar Koeweit gegaan om daar te werken, waarbij hij hen achterliet bij zijn nieuwe vrouw, onze stiefgrootmoeder. Ahmed was een ziekelijk kind en de oude vrouw had geen geduld met hem. Zowel hij als Leilah moest maar zien hoe ze zich redden in dat vreemde, warme, nieuwe land, waarbij ze er geen idee van hadden wat er met hun moeder en vader was gebeurd. Ze kregen koude restjes te eten en moesten op blote voeten lopen en water op hun hoofd dragen vanaf het moment dat ze waren aangekomen. Ze werden er iedere avond zonder licht op uit gestuurd om hout te sprokkelen. Ze moesten vaak kilometers ver lopen om genoeg te vinden. Ze kregen allebei een ernstige ziekte, maar er was niemand die voor hen zorgde; ze moesten alleen lijden. Het enige wat ze hadden om hem te troosten, was hun liefde voor elkaar.

Toen hij dertien was, moest Ahmed in het leger. Het land had toentertijd dringend behoefte aan jonge mannen, omdat het in diverse gebieden in oorlog verkeerde. Iedereen wist hoe onmenselijk hard het militaire leven was, dus niemand ging als vrijwilliger in dienst. Ronselaarsbendes van politieagenten stroopten de dorpen af en dwongen alle geschikte jongens die ze daar vonden om mee te gaan, ongeacht de smeekbeden van de ouders om hen te sparen. Toen een ronselaarsbende in Marais arriveerde, wilden ze Ahmed niet hebben omdat hij er te zwak en te ziek uitzag, maar de oude vrouw riep hen achterna en zei dat ze wilde dat hij ook meeging. Ahmed was doodsbang door alle verhalen die hij over het leven in het leger had gehoord, maar ze sleurden hem mee, en hij zat nog steeds in het leger toen ik hem ontmoette. Het leven was er net zo hard als hij al had gehoord, maar uiteindelijk raakte hij eraan gewend, en af en toe ging hij terug naar het dorp met geld om zijn grootvader een bezoek te brengen. Het was puur geluk dat hij er was op de dag dat wij aankwamen.

Ik had algauw door dat de Land Rover weer de bergen inreed via dezelfde weg als waarover we waren gekomen, en ik begon weer te huilen. Het begon donker te worden en ik was vreselijk bang dat we een bocht te snel zouden nemen en dood zouden vallen in het ravijn. Ik vroeg of er niet een andere weg was die we konden nemen om de steile hellingen en losse keien te vermijden, maar ze zeiden van niet en vroegen of ik wilde ophouden met zeuren.

De tocht door dezelfde bergen in het donker was angstaanjagend. Hoewel ik de ravijnen onder me niet kon zien, wist ik dat ze er waren. Ik was praktisch hysterisch tegen de tijd dat we bij een klein, leeg uitziend stadje aankwamen dat Eb heette.

'We blijven hier vannacht,' zei Abdul Khada tegen me, waarbij hij wees op een oud huis met drie verdiepingen. We liepen erheen, waarbij ik mijn koffertje meedroeg. Een oude man deed open. Hij verhuurde kamers aan reizigers om zo wat extra geld te verdienen. Ik kreeg een slaapkamer voor mij alleen en ik lag op de grond tot de morgen, rillend van vermoeidheid, emotie en angst.

Mannen zoals Abdul Khada en Gowad, die vaak weggaan van hun familie, moeten een agent inhuren om hen te helpen met hun zaken en om brieven naar hun familie te brengen en ervoor te zorgen dat het geld dat ze naar huis sturen, de vrouwen ook inderdaad bereikt.

De agent van Abdul Khada en Gowad heette Nasser Saleh en woonde in Taiz. In zijn huis zouden we Nadia ontmoeten. We arriveerden daar de volgende morgen en verwachtten Nadia later op de dag. Het was een groot, schoon huis; hij was kennelijk een succesvol man. We gingen een betonnen trap op naar een grote kamer, die vol mannen leek te zijn. Ik zag meteen Abdullah, mijn zogenaamde man, en toen Gowad en zijn zoon en een stel mannen die kennelijk samen met hen hadden gereisd. Plotseling zag ik temidden van hen Nadia rustig zitten. Ze zag er net zo verloren en moe uit als ik er twee weken eerder moest hebben uitgezien.

Haar vlucht was eerder aangekomen dan iedereen had verwacht, en zodra ik haar zag, wist ik dat mijn brief haar niet kon hebben bereikt. Ik was dolblij om haar te zien, maar tegelijkertijd was ik diep ongelukkig dat ze erin waren geslaagd om ook haar uit Engeland te krijgen. Er was nu geen kans meer om haar nog te redden van het lot dat haar straks wachtte; we zouden gewoon samen moeten vechten om weg te komen. Ik maakte me meer zorgen om haar dan om mezelf, omdat ik wist dat ik er beter in was dan zij om voor mezelf op te komen, en omdat ze zoveel jonger leek dan ik.

'Daar is je zus,' zei Abdul Khada. 'Ga haar uitleggen dat ze nu is getrouwd.'

'Dat kan ik haar niet vertellen,' fluisterde ik terug.

'Vertel het haar,' beval hij me. 'Het is beter wanneer ze het van jou hoort.'

'Goed dan,' gaf ik met tegenzin toe, en liep door de kamer op haar toe.

Nadia stond op en de eerste ogenblikken keken we elkaar alleen maar aan. Ik voelde hoe de tranen in me opwelden. Ik had het gevoel dat mijn emoties me de baas zouden worden en ik zou instorten. Ik rende op haar toe en we omhelsden elkaar. Ik kon er niets aan doen dat ik moest huilen.

'Wat is er?' wilde ze weten.

Ik kon het niet uitleggen. Alles kwam ineens op me af: het afschuwelijke dat Abdul Khada en zijn familie me hadden aangedaan, en wat er nu met Nadia zou gaan gebeuren, gemengd met mijn gevoelens over mijn eerste ontmoeting met mijn broer Ahmed de dag ervoor, en daarna de vermoeidheid van de angstaanjagende rit over de bergwegen. Ik wilde alles uitstorten over Nadia, maar ik kon de woorden niet vinden en ik wist niet waar ik moest beginnen. Ze liet me zitten en iemand bracht me iets te drinken. Ik begon haar uit te leggen wat er allemaal gaande was.

'Zie je die jongen daar?' Ik wees door de kamer naar Gowads zoon Mohammed. 'Dat is je man.' Ze begreep niet waar ik het over had. De jongen was pas dertien, nog jonger dan zijzelf, hoewel hij er heel wat sterker uitzag dan Abdullah.

'Papa heeft ons uitgehuwelijkt. Hij heeft ons voor 1300 pond ieder verkocht aan Gowad en Abdul Khada.'

Het was onmogelijk om in de kamer te praten met al die mannen om ons heen, en zij wilden ons ook weg hebben. Abdul Khada bracht ons naar een klein vertrek en liet ons alleen, zodat ik haar het hele verhaal van het begin tot het einde kon vertellen.

'Heb je mijn brief niet gekregen?' wilde ik weten.

'Welke brief?' Ze schudde haar hoofd. Ze leek niet te kunnen geloven wat haar overkwam. Terwijl ik praatte, was ik me ervan bewust dat het klonk als een vreselijk sprookje uit *Duizend-en-één-nacht*, en toch overkwam het ons echt.

'Wat moeten we doen?' vroeg Nadia.

'We blijven gewoon aan mama schrijven totdat een van onze brieven aankomt,' legde ik uit. 'Dat is het enige wat we kunnen doen. Maak je geen zorgen, we zijn nu samen en als mama erachter komt wat er is gebeurd, zal ze naar de autoriteiten gaan en zorgen dat we hier wegkomen. Het is uitgesloten dat ze zal toestaan dat ze ons hier houden wanneer ze erachter komt.'

'Misschien wist mama er ook van,' opperde Nadia, de gedachten weergevend die al een paar keer door mijn hoofd waren gegaan.

'Dat geloof ik niet,' zei ik heftig. 'Ik weet zeker dat ze net zomin als wij iets wist. Ik weet zeker dat ze hun verhalen geloofde.'

'Ja,' knikte Nadia. 'Dat weet ik ook zeker.'

Maar geen van ons beiden kon er echt zeker van zijn. We konden gewoon de gedachte niet verdragen dat iedereen ons had verraden, we moesten gewoon geloven dat er daarginder iemand was die ons zou redden. Zonder dat hadden we helemaal geen hoop meer.

Uiteindelijk gingen we terug naar de grote kamer waar alle mannen zaten te praten.

'Heb je het haar verteld?' vroeg Abdul Khada. Hij keek naar Nadia. 'Begrijp je het?' Ze antwoordde niet, haar gezicht was uitdrukkingsloos geworden. Vanaf dat moment was ze altijd stil en bedroefd, alsof ze met stomheid was geslagen. Ze was in een paar momenten veranderd van het open, lachende, grappen makende meisje waarmee ik was opgegroeid, in een zombie met droevige ogen.

In de loop van de middag werden we weer naar de Land Rover gedirigeerd en teruggereden naar de diverse dorpen. Toen besefte ik het nog niet, maar dat zou de laatste keer in vele jaren zijn dat we met ons tweeën samen in een auto zouden reizen.

6 *Levend als buren*

Het dorp waar Gowad met zijn familie woonde, heette Ashube. Het was kleiner dan Hockail, en het was maar een half uur lopen via de hobbelige paden achter ons huis. Terwijl in Hockail de huizen over een groot gebied verspreid staan, is Ashube dichter op elkaar gebouwd en hangt er een vriendelijker sfeer.

Rijdend vanuit Taiz kwamen we eerst in Ashube. De Land Rover stopte en ze zeiden tegen Nadia dat ze uit moest stappen, samen met Gowad en zijn zoon Mohammed.

'Waar gaat ze naar toe?' vroeg ik.

'Ze gaat naar Gowads huis,' zei Abdul Khada tegen me. 'Morgen gaan we haar daar opzoeken.'

Een plotselinge paniek overviel me bij de gedachte dat ik zou moeten scheiden van Nadia, zo kort nadat we elkaar weer hadden gevonden. Ik begon te huilen en te smeken om ons samen te laten. Nadia was uitgestapt en stond geluidloos te huilen aan de kant van de weg. Ik realiseerde me dat ik haar van streek maakte en ik kalmeerde. Ze sloten de portieren van de auto en Nadia draaide zich samen met de mannen om, om de paar honderd meter van de weg naar het dorp te lopen. Ik kon het niet opbrengen om haar na te kijken, wetend wat er die nacht met haar zou gebeuren. Ik begroef mijn hoofd in mijn handen en huilde. De auto ging weer rijden en we gingen verder naar Hockail.

Terwijl we reden, ging ik tekeer tegen Abdul Khada,

schreeuwend dat hij een maniak was, dat hij niet moest denken dat dit zomaar kon, en dat Nadia en ik terug zouden gaan. Ik gebruikte iedere scheldnaam die ik maar kon bedenken, in het bijzijn van de andere mensen in de auto. Ik wist dat het me geen goed zou doen, maar ik voelde me er wèl beter door.

De volgende morgen stond ik als eerste in huis op. Ik kleedde me aan, waste me en liep toen als een klein kind achter Abdul Khada aan, terwijl ik hem voortdurend vroeg wanneer we naar Nadia gingen, totdat hij er uiteindelijk in toestemde om me naar Gowads huis te brengen. Om daar te komen moesten we over hetzelfde pad lopen waarover ik een paar dagen eerder had proberen te ontsnappen. We volgden het smalle pad, langs de velden met hun lage muurtjes en heggen, en verder door het donkere bos. We hadden ongeveer een half uur gelopen toen we in Ashube aankwamen. Het huis zat al vol mensen die waren gekomen om de reizigers te begroeten die waren teruggekeerd uit Engeland. Zoals gewoonlijk bevonden de mannen zich in de ene kamer en de vrouwen in de andere. Nadia was niet bij de andere vrouwen. Ze wezen me waar haar kamer was en ik rende er regelrecht naar toe.

Ik trof haar zittend op het bed aan toen ik binnenkwam. We klemden ons aan elkaar vast en begonnen weer te huilen. Toen ze weer kon praten, vertelde ze me wat er was gebeurd. Gowad had de jongen en haar verteld dat ze die nacht met elkaar moesten slapen, maar geen van beiden had dat gewild. Mohammed was niet zo zwak en ziekelijk als Abdullah, met wie ik geacht werd getrouwd te zijn, maar hij was pas dertien en net zo bang voor Gowad als Abdullah voor Abdul Khada.

'Gowad trok me deze kamer in,' zei ze, 'en deed de deur op slot. Ik ging zitten wachten om te zien wat er zou gebeuren. Toen hoorde ik hem buiten tegen Mohammed schreeuwen. Ik denk dat Mohammed weigerde om met me te slapen. Ik kon horen hoe Gowad de jongen hard begon te slaan. Mohammed schreeuwde aan één stuk door; het was echt vreselijk.'

Ze stopte een paar minuten om weer op adem te komen. 'Toen hoorde ik hoe de grendel van de deur werd gedaan,' vervolgde ze, 'en Gowad smeet hem in mijn richting en sloeg de deur achter hem dicht, net zoals je een dier in een kooi gooit. Ik zal deze nacht nooit meer vergeten.'

Later vroeg ik aan Abdul Khada waarom Gowad zijn zoon had geslagen, en hij legde uit dat de jongen had geweigerd om met Nadia te slapen om de manier waarop ze was gekleed, en vanwege haar onzedigheid omdat haar haar onbedekt was. Hij had tegen zijn vader gezegd dat hij niet had gevraagd om een buitenlandse bruid, en dat hij er ook geen wilde, en toen had Gowad zijn zelfbeheersing verloren en was hij hem gaan slaan. De enige vrouwen die jongens zoals Mohammed en Abdullah vóór ons hadden ontmoet, waren hun moeder en familieleden geweest. Alles wat ze tot dan toe te horen hadden gekregen, had hen doen geloven dat andere soorten vrouwen slecht waren, en toen opeens kregen ze te horen dat ze waren getrouwd met zo'n vreselijk schepsel.

De vrouw van Gowad heette Salama, en ze scheen meer begrip te hebben voor Nadia's situatie dan Ward voor de mijne. Ze leek veel medelijden te hebben met Nadia, en omarmde en troostte haar als een moeder, maar er was niets wat ze kon doen: ze moest haar man gehoorzamen net zoals alle vrouwen daar, en ze leek van Gowad te houden en hem te respecteren.

Hoewel Nadia niet zo vreselijk hatelijk deed tegen

haar familie als ik tegen de mijne, sprak ze hen wel steeds tegen en stelde Gowad vragen waarom hij haar dit aandeed, maar op een rustigere manier dan ik. Telkens wanneer ze hem smeekte om haar te laten teruggaan naar onze moeder in Engeland, lachte hij alleen maar. Wanneer hij echter eenmaal de kamer uit was, kwam Salama naar haar toe om haar te troosten.

Gowad was een lange man. In die tijd was hij tamelijk dik, maar sindsdien is hij behoorlijk wat gewicht kwijtgeraakt, waardoor hij er nu haast mager uitziet. Hij was kaal en had een hard gezicht, een man die er angstaanjagend uitzag.

Zijn huis was net zoals dat van Abdul Khada, hoewel het zijne minder vertrekken had omdat hij een kleinere familie had, met alleen hemzelf, Salama, hun twee zoons en Nadia. De jongste zoon, Shiab, was pas vijf jaar oud toen Nadia arriveerde. Salama kreeg kort daarna nog een meisje.

Nadia's kamer leek op de mijne, met hetzelfde basismeubilair. Hoewel hij iets groter was dan de mijne, waren de ramen kleiner, waardoor hij bedompt en donker leek. De zitkamer was een grote, lichte, luchtige kamer, en in de badkamer hadden ze zelfs een raam, zodat je overdag zonder toorts kon zien wat je deed, en een plafond dat hoog genoeg was om er rechtop te kunnen staan zonder dat je je hoofd stootte. Ze kookten alles onder een afdak op het dak, een traditionele gewoonte om zo de rook uit huis te houden. Ze kookten net als wij het water in een ketel op een kleine petroleumkachel en aten hetzelfde soort voedsel.

In het begin zorgde Gowad op dezelfde manier voor Nadia als Abdul Khada voor mij had gedaan, door Engels eten voor haar klaar te maken en dingen voor haar te kopen waarvan hij dacht dat ze die wilde. We mochten elkaar in die eerste week dat ze er was, blijven bezoeken. De ene dag kwam ze met Gowad en zijn gezin naar ons huis, en de volgende dag gingen wij naar hen toe. Iedere dag verwachtten we dat we wel iets van mama zouden horen, maar er kwam geen enkel bericht. We zaten meestal buiten naar de lucht te staren, dromend dat we een helikopter zagen die over de bergen aan kwam vliegen en naar beneden dook om ons te redden.

We mochten ons nog een poosje als Engelse meisjes gedragen, en we gingen vaak naar het dak van het huis om daar te zonnebaden. De bruine kleur die we toen kregen is nooit meer verdwenen in de jaren dat we daar waren, ook al zouden we al spoedig van top tot teen in Arabische kleren worden gehuld, waardoor onze huid niet langer meer rechtstreeks aan de zonnestralen werd blootgesteld. De hitte daar is zo intens dat je waarschijnlijk zelfs door je kleren heen nog bruin wordt. Natuurlijk werden de lichaamsdelen die wèl aan de zon werden blootgesteld, zoals onze voeten en handen, uiteindelijk bijna zwart van het werken op het land.

Het enige nieuws dat ik uit Engeland had gekregen, kwam op mijn zestiende verjaardag, een paar dagen voordat Nadia arriveerde. Ze hadden me allemaal vanuit Engeland kaarten gestuurd, en er was een brief van mijn moeder om te vertellen dat alles goed was en waarin ze ons de groeten deed. Het had me vreselijk aangegrepen om de berichten te lezen van al die mensen om wie ik gaf, en die nog steeds dachten dat ik een fantastische vakantie had.

Mijn moeder vertelde me later dat ze echt blij voor me was op de dag van mijn verjaardag, waarbij ze zich voorstelde hoe ik danste en zong met mijn nieuwe Jemenitische vrienden en het meest fantastische feest van mijn leven zou hebben. Ze had toen al mijn ansichtkaart ontvangen waarop ik had geschreven hoe leuk ik het had. Ze zei dat ze zich trots voelde dat haar dochters zo'n kans hadden gekregen om het leven in een ander land te ervaren. Had ze toen maar geweten dat we op dat moment al hulpeloze gevangenen waren.

Dat zou lange tijd het laatste zijn dat ik van mijn moeder zou horen. Ze stonden niet toe dat ik nog meer brieven zou ontvangen. Ik denkt dat de agent in Taiz de brieven aan Gowad en Abdul Khada gaf, en dat zij ze dan achterhielden.

Het was inmiddels al zover dat ik van Abdul Khada altijd de achterweg naar de winkels of naar Ashube moest gebruiken. Het was een beangstigende wandeling, door een donker bos vol slangen en schorpioenen. Ik wist dat er wolven en hyena's waren, evenals bavianen, die ik vaak vanuit mijn raam kon zien op het veld. Er werd me verteld dat Abdul Khada last had van jaloezie ten opzichte van de vrouwen in zijn familie, en hij vond het maar niets wanneer andere mannen hen zagen. Hij had dat vooral sterk ten opzichte van mij, misschien omdat hij wist dat ik wilde ontsnappen en hij me niet kon vertrouwen.

In dat opzicht had hij gelijk. Telkens als ik mannen in de dorpen tegenkwam die Engels spraken, smeekte ik hen om mij te helpen. Ze kwamen soms naar ons huis om Abdul Khada te bezoeken, en dan probeerde ik wel om even met hen alleen te praten om te smeken om hulp, maar ze negeerden me altijd. Mannen hadden allemaal op de een of andere manier een relatie met Abdul Khada; door familiebanden, een huwelijk, zaken of een combinatie van die drie. Ze wilden dat ik zou blijven waar ik was, en geen van de andere vrouwen uit de buurt op de gedachte zou brengen om de autoriteit van hun man te betwisten.

Het was trouwens toch al moeilijk om met hen te kunnen praten, want als Abdul Khada bezoekers had, zei hij tegen mij dat ik naar mijn kamer moest gaan en uit de buurt moest blijven. In het begin liet hij me nog met hen praten, net zoals ik dat in Engeland zou hebben gedaan, maar geleidelijk aan werd hij strenger tegenover me, naarmate ik in zijn ogen meer een Arabische vrouw begon te worden. De mannen uit het dorp waren eveneens bang voor Abdul Khada, hoewel sommigen van hen medelijden met me leken te hebben. Ze vertelden me allemaal dat ik me geen zorgen moest maken. 'Geef het de tijd,' zeiden ze, 'dan zul je hier wel gewend raken en gelukkig worden. Je zult je vader en moeder vergeten nu je getrouwd bent.' Ik hoopte dat iemand erin zou toestemmen om een brief voor ons te posten in Taiz, maar geen van hen wilde dat doen. Ik was te bang om een van hen daadwerkelijk een brief te overhandigen. Ik vertrouwde hen niet; ik wist dat ze de brief gewoon aan Abdul Khada zouden geven.

Abdul Khada besloot dat mijn moeder nieuws moest ontvangen over hoe het met ons ging. Hij zei me dat we een bandje moesten maken dat hij zou opsturen. Even dacht ik dat dit me een kans zou bieden om mijn moeder te laten weten wat er gaande was, maar ik had moeten weten dat Abdul Khada daarvoor te slim was. Ik moest mijn deel van het bandje inspreken in een kamer vol mannen, en ze dicteerden me precies wat ik moest zeggen. Ik moest vertellen hoe prachtig Jemen wel niet was, en hoe we een lam hadden geslacht voor een feest, en hoe gelukkig ik was. Ik voelde me nadien erg terneergeslagen bij de gedachte dat mijn moeder het allemaal zou geloven en niet zou proberen om ons uit Jemen te krijgen.

Jaren later vertelde mijn moeder me dat mijn vader

het bandje voor haar had verborgen, uit angst dat ze zou vermoeden dat er iets niet klopte met de toon van onze stemmen. Maar hij vertelde wel tegen al zijn vrienden dat hij het had ontvangen, en mijn broer Mo smokkelde het toen uit mijn vaders zak zodat mijn moeder het kon horen. Zodra ze het hoorde, vertelde ze, wist ze dat we werden gedwongen om te liegen, te oordelen naar de toon van onze stemmen. We hadden geprobeerd om onze stemmen droevig te laten klinken, ondanks de woorden die we moesten zeggen, in de hoop dat mijn moeder het zou raden.

Wanneer de mannen uit het buitenland terugkeerden naar hun dorp, bleven ze daar meestal een half jaar of een jaar, afhankelijk van de hoeveelheid geld die ze hadden gespaard. Geen van hen werkte terwijl ze in Jemen waren, want er viel daar niets voor hen te doen. Ze zaten maar wat te praten en *qat* te kauwen.

Qat is een drug die in Jemen door iedereen voortdurend wordt gebruikt. De plant wordt gekweekt op enorme velden in de meer vruchtbare streken van het land, en lijkt een beetje op de liguster die wel als tuinafscheiding wordt gebruikt. Mensen kopen het in alle dorpen, bij een kraampje of van een man die het aan huis bezorgt met een ezel, en ze kauwen de bladeren. De boeren in de vruchtbare streken worden er rijk van. De betere kwaliteit *qat* komt uit Afrika en wordt dagelijks in Jemen per boot aangevoerd vanuit Ethiopië. De in het land zelf gekweekte *qat* heeft een veel bitterder smaak en is niet zo goed.

De mannen, en soms ook de vrouwen, trekken de bladeren van de nerf en kauwen ze tot een prop, die ze in hun wangen houden. Af en toe spugen ze die uit, waardoor er overal hoopjes groen speeksel liggen. Iedereen lijkt er kalmer en gelukkiger door te worden; het brengt hen in een eigen wereld, en het helpt de eetlust onderdrukken. Tijdens de Ramadan-maand kauwen de mensen graag 's avonds op *qat*, omdat ze er naar ze beweren wakker door blijven, zodat ze overdag kunnen slapen wanneer ze moeten vasten. Ze besteden een hoop geld aan *qat* voor speciale gelegenheden zoals bruiloften en geboorten.

Ik probeerde het een poosje, maar ik hield niet van de bittere smaak en ik werd er eerder slaperig van dan het omgekeerde. Een tijdlang gebruikte ik *qat* als slaappil, maar niet zo lang.

De meeste mannen rookten sigaretten, maar aan vrouwen was dit zelden toegestaan. De vrouwen mogen echter wel roken vanuit een kelk waarin ze een soort hasj branden dat *tutan* wordt genoemd. Het is net een soort houtblok, dat ze in de winkel kopen. Ze branden wat houtskool in de kelk, breken de *tutan* in stukjes, strooien dat over de kool en laten het dan langzaam branden. Er borrelt ook water door de kelk, en ze roken de *tutan* via de pijp. Tijdens de Ramadan wordt ook veel *tutan* gebruikt.

Terwijl de weken verstreken, begonnen Nadia en ik wat Arabisch op te pikken. Wanneer je wordt omringd door mensen die een bepaalde taal spreken, wordt het gemakkelijker om die te leren. Shiffa en Tamanay, de twee kleine meisjes, hielpen me wel door dingen aan te wijzen en me de woorden erbij te vertellen. Het kostte me een half jaar voordat ik mezelf verstaanbaar kon maken en een jaar om de taal vloeiend te spreken en te begrijpen. Ik leerde mezelf ook om Arabisch te lezen en te schrijven. Nadia leerde het sneller dan ik, maar zij mocht dan ook vrijelijker in het dorp lopen en met andere vrouwen omgaan, waardoor ze veel met allerlei mensen sprak, terwijl ik veel geïsoleerder leefde. Een groot deel van de tijd was ik alleen met Ward, en die zei niet veel tegen mij. Haar zwijgen interesseerde me niet zo erg, omdat ik haar net zo erg haatte als al die anderen. Ik zorgde er wel voor dat mijn haat ten opzichte van hen overkwam. Ik kon er niets aan doen dat ik zo'n houding had tegenover hen, maar ze wisten allemaal wat de reden ervan was.

Er zat door het jaar heen een vast patroon in het leven op het land. De doornstruiken die zich dicht groeiden in sommige stukken van het land, werden eens per jaar teruggesnoeid. Daarmee werden scherpe en effectieve omheiningen gemaakt langs de bovenkant van de stenen muurtjes, om de dieren daarbinnen te houden. Als de mannen op het juiste moment thuis waren, klommen ze in de bomen om de takken weg te snoeien. Als dat niet het geval was, en meestal was dat zo, dan moesten wij het doen. Als ze goed waren gedroogd, werden de stekelige takken gebundeld en de vrouwen moesten ze dan op hun hoofd naar huis dragen en ze beneden opslaan om te gebruiken als brandhout voor het keukenfornuis. Als we geen hout meer hadden, moesten we het kopen in de naburige dorpen.

De slangen, waarvan er veel giftig waren, leefden vaak temidden van de takken en twijgjes. Ze waren er in alle vormen en afmetingen. Alleen al de gedachte eraan maakte me doodsbang.

Op een dag klonk er een luide schreeuw vanuit het dorp, en iemand kwam naar het huis om Ward te vertellen dat haar broer was gebeten door een slang. Hij was van Taiz naar Hockail gereisd. Hij was langs de weg uit de auto gestapt en was in zijn teen gebeten. Hij was flauwgevallen en ze hadden hem toen teruggebracht naar het dorp. We gingen allemaal de berg af om naar hem toe te gaan. Er waren een hoop mensen bij hem, terwijl hij languit in bed lag te ijlen. Er was in die tijd geen dokter in de streek, dus gebruikten de vrouwen een zalf die ze zelf maakten. Hij had geluk, de zalf werkte en hij knapte een paar dagen later weer op, maar het zorgde er wèl voor dat ik nog alerter werd op slangen die zich in de middagzon lagen te koesteren.

De gewassen, zoals maïs, gerst en tarwe, worden helemaal verzorgd door de vrouwen, vanaf het zaaien tot aan het bakken van de chapati's. Het is vreselijk zwaar werk dat soms kan worden verlicht wanneer de mannen machines van elkaar huren om hun vrouwen te helpen. Abdul Khada en Ward huurden nooit machines om ons te helpen. Ze stonden in de streek dan ook bekend om hun gierigheid.

Wanneer een meisje in een Jemenitische familie trouwt, wordt er van haar verwacht dat ze de last van het werk gaat delen met de andere vrouwen in de familie, waardoor de oudere vrouwen worden ontlast van een paar van de ergste karweitjes. Dat is een van de redenen waarom de mannen er zo op gespitst zijn om voor hun zonen gezonde sterke meisjes te kopen om mee te trouwen. Jemenitische meisjes worden vertrouwd gemaakt met het werk vanaf het moment dat ze kunnen lopen. Er wordt ze geleerd hoe ze water op hun hoofd moeten dragen, en hoe ze moeten koken, schoonmaken en zorgen voor het land en de dieren. Ze krijgen niets anders te zien en ze leren dat ze hun echtgenoot moeten respecteren, of op zijn minst vrezen.

Geen van de families waartoe wij gedwongen gingen behoren, was zo onrealistisch om van Nadia of mij te verwachten dat we meteen vanaf de eerste dag mee zouden helpen met het werk. Ze dresseerden ons geleidelijk, waarbij ze onze vrijheden stukje voor stukje beperkten en onze werklast verzwaarden. We waren net dieren waarvan de geest eerst dient te worden gebroken, voordat ze goed kunnen worden getraind.

Gowad wilde dat Nadia Arabische kleding ging dragen, net zoals Abdul Khada dat van mij had verlangd, maar hij probeerde niet zo heftig om haar te laten doen wat hij wilde. Hij scheen de voorkeur te geven aan een geduldige benadering. Hij wist dat Nadia toch niet weg zou lopen, en dat hij haar uiteindelijk wel klein zou krijgen, waarna ze dan zou doen wat hij wilde. Misschien merkten ze wel dat Nadia gemakkelijker rustig te houden was en te overreden om mee te werken dan ik. Maar hij dwong Nadia wèl meteen vanaf het moment dat ze was aangekomen in Jemen, om water te dragen, terwijl ik eerst de kans kreeg om te wennen, voordat ze eisten dat ik daarmee zou beginnen.

Om water te halen uit de bron, dragen de vrouwen grote, lege ijzeren bakken. Sommige daarvan zijn iets groter dan een gemiddelde emmer, terwijl andere weer veel groter zijn. Het is een eindeloos karwei, dat vaak wel tien keer per dag moet worden verricht. Wanneer de vrouwen eenmaal ervaren zijn, dragen ze de grotere bakken, waarmee ze bijna vijftig liter water op hun hoofd hebben.

Bij de bron bevindt zich een blik dat je in het water kan laten zakken aan een touw. Daarna trek je het omhoog en leeg je het in de bak. Wanneer ik mijn bak eenmaal vol had, tilde ik die meestal op mijn knieën en daarna op mijn hoofd, met een stuk doek tot een cirkel gerold op mijn hoofd als bescherming. De meeste vrouwen hebben geen bescherming zoals een doek nodig. Ze hoeven zelfs de bak niet met hun handen vast te houden, en kunnen gewoon blijven lopen en hem in evenwicht houden zonder een druppel te morsen. Ze hebben veel oefening gehad, aangezien ze al van jongs af aan naar de bron gaan. Tamanay was pas vijf jaar, maar ze moest vaak met ons mee om water te halen in een bak van kinderformaat.

Toen ik het moest gaan leren, was ik heel onhandig. Ik struikelde vaak en morste dan water, wat Ward heel boos maakte. 'Ze moet dit soort dingen gewoon leren,' zei ze vaak tegen Abdul Khada, 'zodat ik het wat rustiger aan kan doen.'

We hadden het gebruik van een bron op het land van een buurman, waar we meestal naar toe gingen, en er was er nog een op ongeveer twintig minuten lopen voor de tijd dat er geen regen viel en de eerste bron was opgedroogd. Overal eromheen was beton, en roosters om het water erin te laten lopen. Als we er aankwamen, moesten we onze slippers uittrekken om alles schoon te houden. De eerste keer dat ik naar de bron ging in de buurt van Abdul Khada's huis, schrok ik me dood bij het zien van alle kikkers en insekten die er rondhupten en kropen. We moesten ze naar één kant wegjagen voordat we bij het water konden komen. Ik moest er niet aan denken welke ziektes ik wel niet kon oplopen door dat water te drinken, maar als je dorst hebt, dan moet je drinken wat er is. De eerste keer dat ik het dronk, werd ik er inderdaad misselijk van, maar al snel raakte ik eraan gewend. Het was gewoon regenwater en ik begon de smaak lekker te vinden.

De eerste gang naar de bron was rond vijf uur in de morgen, wanneer de vrouwen opstonden om het ontbijt te gaan klaarmaken en het huis aan kant te maken voor de komende dag. Als je zo vroeg ging, was de zon nog niet op en was het water nog redelijk koud. Maar als je te laat ging, had je de hele dag warm drinkwater. In de loop van de dag raakten de tanks in huis vaak leeg, en we moesten vaak twee of drie keer in de middag naar beneden voor meer water. In de avond, als het koeler werd, gingen we er weer heen. Soms liepen we ieder wel tien of twaalf keer per dag naar de bron.

We gingen vaak met z'n tweeën, voor het gezelschap, en soms ging ik met een van de kinderen, of met Haola van het huis onder ons. Tijdens zo'n tocht met Haola moesten we naar de verste bron. Toen we een bocht van het bergpad omsloegen, kwamen we oog in oog te staan met een dier dat er voor mij uitzag als een baby-dinosaurus. Het was ongeveer 1,20 meter lang en 60 centimeter hoog. Het keek ons recht aan, spuwend en met geopende spitse kaken.

'Laten we teruggaan,' stamelde ik.

'Maak je geen zorgen,' zei Haola, niet erg zeker van zichzelf. 'Ze kunnen niet zo snel lopen als wij. Maar blijf wèl bij hem uit de buurt. Als ze je bijten, laten ze niet meer los, en ze moeten dan van je worden afgerukt.'

Terwijl we stonden te kijken, veranderde het draakje voor onze ogen van kleur, en een ander meisje uit het dorp voegde zich op het pad bij ons. Ze gaf een schreeuw, pakte een stuk steen en begon het dier daarmee dood te slaan. Zijn huid was zo dik dat de steen er telkens vanaf bleef ketsen, en het beest kronkelde, spuwde en grauwde naar haar. Het duurde bijna een kwartier voordat het dood was. Toen het stierf, krulde zijn staart op, en het meisje haakte het beest vast aan een stok. Zo hing het daar en leek te krimpen terwijl de lucht eruit wegstroomde.

'Wat ga je ermee doen?' vroeg ik.

'Mee naar huis nemen om het te koken,' zei ze, lachend om de ontzette uitdrukking op mijn gezicht. Ze zwaaide het een paar minuten voor me heen en weer om me te plagen, en gooide het toen weg over de rotsen.

Toen ik een paar jaar in Jemen was, viel er geen regen meer. Het regende bijna twee jaar lang niet, en het laatste halfjaar daarvan was de bron volkomen opgedroogd. De mensen kwamen kilometers ver gelopen uit de omliggende dorpen, op zoek naar een plek waar nog wat water was. In ieder dorp zijn er wel bronnen, en wanneer er eenmaal een is opgedroogd, dan moeten de mensen wel water gaan halen bij hun buren. Dat hoort eigenlijk niet, maar het is de enige manier om te overleven.

Toen we op het hoogtepunt van de droogte de bussen naar de bodem van de bron lieten zakken, kwamen die omhoog met modder erin. We verwijderden de modder uit het water en dronken het dan.

Er was ook een oude bron achterin de tuin naast het kerkhof. Niemand gebruikte die echter voor drinkwater. Het kerkhof was niet vol grafstenen zoals in Engeland. Wanneer iemand werd begraven, vulden ze het gat op met cement voordat het was opgedroogd. De bron was net een klein stenen hutje met een deur erin. Omdat het geen drinkwater was, mochten we daar onze kleren in wassen. Als ik maar weinig te wassen had, gebruikte ik wel water uit de tanks in het huis, maar Ward foeterde me dan uit omdat ik op die manier schoon drinkwater verspilde. Meestal ging ik daarom naar beneden om de was te doen in een bak bij deze bron. Omdat niemand deze bron veel gebruikte, was ze altijd vol en kon je het water er gemakkelijk van bovenaf uitscheppen.

Het water in de bronnen was warm rond het middaguur, en dan konden we er zeeppoeder in oplossen. Na het wassen legden we de kleren op de rotsen te drogen, of we namen ze mee terug naar huis om ze op het dak te drogen. Meestal deed ik alles bij de bron, gewoon om weg te zijn van de anderen in het huis.

Naarmate we elkaar beter leerden kennen, begonnen Ward en ik elkaar steeds minder te mogen. We konden nooit echt met elkaar opschieten, en ik deed wat ik kon om uit haar buurt te blijven. Met Bakela, de vrouw van Mohammed, kon ik echter wel goed overweg, en haar dochters vond ik schatten. Ik ging vaak naar de bronnen met een van de meisjes, en op een dag was ik bij de wasbron met Shiffa, het meisje van acht, toen ik besloot dat ik zin had om te zwemmen.

'Ga jij op de uitkijk staan,' zei ik tegen Shiffa, 'dan ga ik in het water .' Hoewel ik toen nog geen Arabisch kon spreken, slaagde ik er toch in om haar mijn bedoeling duidelijk te maken, en ze stemde toe. Ik liep de treden af, het water in, met mijn kleren aan. Het was koel en donker, en ik liet mezelf net onder het wateroppervlak glijden. Toen ik opkeek, kon ik Shiffa's gezicht op me neer zien kijken, vertrokken van een panische angst. Hoewel ik haar door het heldere water heen kon zien, kon zij mij niet zien, en ze dacht dat ik was verdronken. Ik bleef onder water zo lang ik kon in de koele, donkere stilte, en wilde er eigenlijk helemaal niet meer uit. Uiteindelijk dwongen mijn longen me terug naar het oppervlak. Shiffa gaf een prachtige pantomimevoorstelling om te laten zien hoe bang ze was geweest, en zei me dat ze dacht dat ze voetstappen hoorde naderen. Daarom klom ik maar weer de treden op.

We liepen terug naar huis en ik droop nog steeds van het water. Ward wilde weten wat er was gebeurd en Shiffa vertelde het haar. Ik zat weer in de problemen, omdat vrouwen in Jemen helemaal niet mogen zwemmen, en omdat ze zeiden dat er giftige slangen in het water leefden.

Vanuit mijn raam kon ik soms zien hoe de apen graan stalen van de velden achter het huis. Als de mannen hoorden dat er apen in de buurt waren, gingen ze achter hen aan met geweren, om de oogst te redden. Tijdens de droge seizoenen werden de apen moediger en agressiever, en kwamen ze naar de bronnen om er te drinken. Wanneer er mensen naderden gingen ze ervandoor.

Op een keer, toen ik samen met Tamanay op weg was naar de winkels, liepen we achterlangs door de velden, en ik zag toen dat er overal apen waren. Ik had gehoord dat ze soms vrouwen aanvielen, en ik was een beetje bang, maar Tamanay leek zich geen zorgen te maken, dus we bleven doorlopen. Toen we onderaan de berg waren, begon ze hen te plagen met een kinderversje: 'Jij, aap, aap...' Haar grappenmakerij maakte me aan het lachen, maar de apen werden er kwaad door. Een van hen kwam met ontblote tanden op ons af gerend, waardoor wij gillend de berg oprenden. Hij keek ons na terwijl we wegliepen, en begon toen weer van het graan te eten.

Sommige van hen werden haast zo groot als een gorilla, maar de meeste hadden de grootte van een chimpansee. Op een keer, toen we terugkwamen van de bron, kwam ik oog in oog te staan met een van de grote apen, die op een uitspringende rand van een rots een plant zat te eten. Hij bleef doorkauwen en keek me strak aan, terwijl ik voorzichtig langs hem liep op het bergpad, proberend om hem niet te laten merken hoe bang ik was.

De buren op de berg, die de drinkwaterbron op hun land hadden, hadden een kleiner gezin dan Abdul Khada. Toen ik aankwam, was er alleen de vrouw, die een vriendin was van Ward, en haar dochter. De vader werkte in Engeland en de zoon, die veertien was, was net vertrokken naar Saoedi-Arabië voor zijn eerste baantje. Ik kreeg ze niet veel te zien.

Toen ik wat meer in staat was om te communiceren met de vrouwen, ontdekte ik hoe berustend de meesten waren over hun leven. En dat ze lange tijd alleen achterbleven terwijl hun man de wereld introk, leken ze ook gelaten te ondergaan. Er was een meisje in Hockail dat Hend heette. Ze kwam me opzoeken en ze vertelde me dat ze ongelukkig was en wilde ontsnappen naar de stad om een modern leven te gaan leiden. Hoewel ze pas begin twintig was, had ze echter al zes dochters. Abdul Khada ontdekte dat ze in huis was geweest en zei me dat ik niet meer met haar mocht praten, omdat ze een slechte naam had in het dorp. Ze was heel open en aardig, maar ik mocht niet meer met haar omgaan omdat ze indiscreet was. Ik denk dat meisjes zoals Hend en ik een bedreiging vormden voor de mannen in het dorp. De gedachte dat we misschien problemen voor hen zouden kunnen veroorzaken bij de andere vrouwen door hen op bepaalde ideeën te brengen, en de regels die de mannen voor hen hadden bepaald, in twijfel te trekken, beviel hen niets.

Iedereen in de dorpen kent elkaar, en de meesten van hen zijn bloedverwanten of door een huwelijk familie geworden. De koran moedigt familieleden aan om met elkaar te trouwen, en een hoop vrouwen uit Hockail waren uitgehuwelijkt aan hun neven. Haola, de nicht van Abdul Khada, was een van de aardigste vrouwen die ik daar heb ontmoet, en ook zij was met haar neef getrouwd. Ik begreep het niet en vroeg Abdul Khada waarom ze dat had gewild.

'Dat bevalt ons hier goed,' legde hij uit. 'Als Abdullah een nicht had gehad van de juiste leeftijd, dan zou hij daarmee getrouwd zijn in plaats van met jou.'

Ik betwijfel of een meisje vrijwillig met Abdullah zou zijn getrouwd als ze hem had ontmoet. Abdul Khada zou zeker meer hebben moeten betalen voor een bruid waarvan de vader wist wat een slechte echtgenoot de jongen waarschijnlijk zou zijn.

Geen van de vrouwen uit het dorp, met uitzondering van Nadia en mijzelf, was feitelijk gedwongen om te trouwen. Als ze niet hadden willen trouwen met de jongen die voor hen was uitgekozen, dan had dat ook niet gehoeven. Daarom was het ook zo fout dat ze Nadia en mij er wèl toe hadden gedwongen, omdat het tegen onze wil was en tegen hun godsdienst. In de koran staat dat er tijdens de huwelijksceremonie drie keer aan een meisje moet worden gevraagd of ze wil trouwen. Voor ons was er niet eens een ceremonie geweest. De meeste andere vrouwen gingen meestal wel akkoord met de keuze die hun familie voor hen had gemaakt, en maakten er dan het beste van, hoewel het niet ongewoon was dat een vrouw later van haar eerste man mocht scheiden. Nadia en ik begrepen er toentertijd niets van. We moesten hen maar gewoon op hun woord geloven dat we rechtmatig waren getrouwd, hoewel we niet begrepen hoe dat mogelijk was.

Vier weken nadat Nadia in Jemen was aangekomen, vertelde Abdul Khada me over het restaurant dat hij had gekocht in een dorp dat Campais heette. Hij vertelde me dat hij dat nu moest openen om geld te verdienen, en hij was van plan om Ward en Abdullah mee te nemen om hem te helpen. Ik moest ook met hen mee.

Ik kon niet geloven dat hij me al zo snel vroeg om Nadia weer in de steek te laten. Ik wilde gewoon niet van haar gescheiden zijn. Ik zei hem dat ik niet van plan was om te gaan; ik wilde bij mijn zus blijven. Hij zei dat ik geen keus had, ik moest gewoon doen wat me gezegd werd.

Toen ik Nadia vertelde wat hij van plan was, smeekte ze Abdul Khada om me te laten blijven, maar hij zei dat dat onmogelijk was. Hij zei ons dat we elkaar toch konden blijven bezoeken, maar we wisten dat het voor ons te ver was om te lopen, en zij zouden ons nooit met de auto brengen. We hadden gelijk: het daaropvolgende halfjaar zagen we elkaar slechts bij twee gelegenheden.

7 *Weer alleen*

Een van Abdul Khada's familieleden arriveerde de volgende morgen vroeg met zijn Land Rover, om ons allemaal naar Campais te brengen. Ik voelde me erg terneergeslagen toen we vertrokken, en het landschap vrolijkte me ook niet bepaald op, daar het steeds kleurlozer en droger werd.

Het dorp lag aan de hoofdweg die naar de hoofdstad Sana'a leidde. Vanuit de haven van Sana'a komen de meeste goederen het land binnen. Het merendeel van de gebouwen, waaronder het restaurant waar we zouden gaan wonen en werken, leek tamelijk nieuw te zijn. De kamers achter het restaurant waren beslist schoner dan die in Abdul Khada's huis in Hockail. Het was best wel een aardig, groot restaurant, dat zich temidden van een groep soortgelijke etablissementen aan de hoofdweg bevond. Maar dat alles kon me niets schelen, ik wilde alleen maar terug naar Nadia.

De stad was een mengeling van modern en traditioneel. Hoewel er grote vrachtauto's over de weg reden die goederen het land in brachten, werden er nog steeds kamelen gebruikt om goederen zoals zakken graan rond te brengen in de stad.

De drie slaapkamers op de begane grond in het huis waren groter dan die in Hockail, met fatsoenlijke cementen muren. Verder was er stromend water en elektriciteit, wat we in het dorp niet hadden. Daar moesten we olielampen gebruiken om na zes uur 's avonds nog iets te kunnen zien. We moesten die lampen overal met ons mee naar toe nemen, wat het huis vervulde van de smerige stank ervan. Er was in ieder geval een douche in dit huis, hoewel er nog steeds geen fatsoenlijk toilet was. Boven de slaapkamers kon je op het dak gaan zitten. Er was een tamelijk grote tuin, omgeven door een hoge muur, waar we niet overheen konden kijken. Abdul Khada verbouwde zijn eigen groenten zoals tomaten, en aardappelen, en ik zat daar graag, weg van de anderen. Er was een hoop water nodig voor de planten in die hitte.

Het was er veel heter dan in Hockail, en de rode mieren, vliegen en muskieten waren overal. De enige manier om te ontsnappen aan de mieren, was door met je voeten opgetrokken op een stoel te gaan zitten. Vanwege de hitte en de insekten begon ik de voordelen in te zien van het dragen van de traditionele Arabische kleding, met een broek om mijn benen te beschermen tegen de insektenbeten. Ik begon mijn haar te bedekken en een lange jurk over mijn broek te dragen. Aan de buitenkant werd ik gedwongen om een Jemenitische vrouw te worden.

Ward en ik werkten constant in de keuken aan de achterkant, die in werkelijkheid niet meer dan een portaal achter het restaurant was, terwijl Abdul Khada en Abdullah de klanten in het restaurant bedienden. In de loop van de dag werd de hitte in de keuken ondraaglijk, zelfs al stond de deur naar de tuin constant open. Ward en ik spraken nauwelijks met elkaar, we begonnen steeds meer een hekel aan elkaar te krijgen. Op een dag wierp ze me een bevroren kip toe en beval me om die te snijden en te bakken. Ik schreeuwde 'Nee' en gooide hem terug naar haar.

Het grootste deel van de tijd negeerden we elkaar gewoon, en ik werd helemaal aan mijn lot overgelaten, met niemand om tegen te praten. Omdat er niemand met me praatte, concentreerde ik me op het leren lezen en schrijven van het Arabisch voordat ik het kon spreken. Abdul Khada gaf me het alfabet en dat vormde mijn uitgangspunt, waarbij ik kinderboeken las of wat er verder maar aanwezig was. Het was tamelijk eenvoudig. Telkens als ik hem om dit soort dingen vroeg, was hij bereid om ze voor me te halen, wat ongewoon was in die maatschappij.

Geen van de andere vrouwen in de dorpen kon lezen of schrijven; de mannen stonden dat niet toe. De vrouwen kregen nooit enig onderwijs – daar zorgden de mannen wel voor – want als ze eenmaal zouden gaan leren, dan zouden ze weleens vraagtekens kunnen gaan zetten bij de manier waarop ze moesten leven en zouden ze met de mannen in discussie kunnen treden. Dat zou ondenkbaar zijn geweest. De scholen in de dorpen waren alleen voor jongens, die er al vanaf heel jonge leeftijd naar toe moesten, net als in Engeland. Als de vrouwen uit de dorpen naar de stad of naar andere landen wilden, dan waren ze afhankelijk van hun man om hen daarheen te brengen, en niet veel mannen wilden dat.

Iedere morgen was er dezelfde routine in het restaurant. Ward kookte een enorme ketel water om thee te maken voor de klanten die kwamen ontbijten, terwijl ik de boel opruimde. Abdul Khada kookte dan eieren en bonen, met daarbij brood dat ergens anders in de stad werd gekocht. Er kwam altijd een jongen om in het restaurant de chapati's te bakken in een koekepan. De mensen betaalden de jongen rechtstreeks, en die gaf het geld daarna aan Abdul Khada. Aan het einde van de week kreeg hij dan zijn loon.

Als het lunchtijd was, kookte hij grote maaltijden met vlees, aardappelen en rijst, en 's avonds nog eens een maaltijd die leek op het ontbijt en werd geserveerd tussen zes en elf uur. De hele avond door kwamen er mannen binnen om te eten, thee en koffie te drinken, te kaarten en te kletsen met Abdul Khada, die dan achter de toonbank zat, wachtend om hen te bedienen. We moesten allemaal helpen met het koken achter, ook Abdullah, maar 's avonds ging hij naar voren om met de andere mannen te praten, terwijl Ward en ik uit het zicht bleven. Abdul Khada bereidde het vlees in de zaak, terwijl wij achter het grootste deel van onze tijd besteedden aan het koken van water, het bereiden van rijst en het afwassen.

Meestal ging ik naar bed voordat ze 's avonds sloten, omdat er verder toch niets te doen was. Het leven voor vrouwen in landen zoals Jemen is vreselijk saai. Als je niet werkt, valt er niets anders te doen dan te zitten nadenken, jaar in jaar uit. Er is geen prikkel of amusement. Het enige gezelschap bestaat meestal uit andere vrouwen die net zo'n monotoon leven leiden. De enige gespreksonderwerpen zijn geruchten en roddel. Geruchten verbreiden zich als een plaag over Jemen, omdat iedereen zich dood verveelt. Ze snakken zo naar nieuws over andere mensen dat leugens en verkeerde informatie snel worden geloofd.

Vanuit mijn slaapkamerraam in Campais keek ik uit op een stenen muur, net zoals de muren die de tuin omgaven en ons beletten om naar buiten te kijken, en ieder ander tevens beletten om naar binnen te kijken. Het was net alsof je in een gevangenis zat. De mannen kunnen een wandeling gaan maken, autorijden of reizen; de vrouwen mogen niets en mogen nergens heen. De eindeloze routine van de dagen maakt je haast gek. Het enige vermaak dat ik had was mijn kleine bandrecorder, met een paar bandjes die ik uit Engeland had meegenomen.

Ik had geluk dat ik de bandjes mocht houden van Abdul Khada, omdat hij altijd zei dat ik niets moest hebben wat me herinnerde aan Engeland. Hij geloofde dat ik sneller zou wennen aan mijn nieuwe leven, wanneer ik mijn oude leven helemaal zou vergeten. Op een dag kwam hij mijn kamer binnen en begon mijn tas te doorzoeken.

'Wat doe je?' vroeg ik, maar hij gaf geen antwoord. 'Waar ben je naar op zoek?'

'Hiernaar!' Hij haalde een paar foto's van mijn moeder, familie en vrienden te voorschijn, die ik mee had genomen. Ik haalde ze af en toe uit mijn tas wanneer ik alleen was, om ze te bekijken.

'Die zijn van mij,' schreeuwde ik, terwijl ik probeerde ze van hem af te pakken. 'Geef terug!'

'Nee.' Hij hield ze omhoog, buiten mijn bereik. 'Die maken je alleen maar ongelukkig. Je moet geen herinneringen meer hebben aan je oude leven. Wij zijn nu je familie.'

Ik probeerde zijn arm omlaag te trekken en de foto's te pakken, maar hij liet ze niet los en verscheurde ze toen. Daarna gaf hij mij de snippers. 'Gooi ze weg,' beval hij, 'in het vuur.'

'Dwing me daar alsjeblieft niet toe,' smeekte ik.

'Gooi ze weg.' Hij kwam op me toe om me te slaan, en ik liep snel naar de keuken waar ik de snippers van de foto's in het vuur liet vallen, zoals hij me had gezegd. Iedere dag verwachtte ik van hem dat hij mijn muziek op dezelfde manier zou vernietigen, maar dat gebeurde niet.

De hele dag door waren Ward en ik in Campais bezig met opruimen en afwassen, nadat de klanten klaar waren met eten. We mochten niet in het restaurant komen als dat open was en er mannen waren. Soms vertelde Abdul Khada ons wel wat er zoal gebeurde, als hij voor iets naar achteren kwam, bijvoorbeeld dat er een paar Amerikaanse of Duitse toeristen waren, maar meestal zaten we opgesloten in ons hete, dampige, door mieren vergeven en door vliegen bevuilde wereldje.

Op een dag vroeg Abdul Khada me of ik een dagje naar het strand wilde. Ik kon mijn oren haast niet geloven. Ik dacht dat hij me plaagde, en ik verwachtte dat hij boos zou worden en me zou slaan als ik ja zou zeggen, maar dat gebeurde niet. Hij vroeg Ward of die ook mee wilde. Ze zei nee, maar hij hield aan. We vertrokken vroeg in de morgen omdat de hitte in Campais midden op de dag tot 50°C kan oplopen. We sloten het restaurant en hij nam Ward, Abdullah en mij in een taxi mee naar de Rode Zee.

Het was maar twintig minuten rijden naar de kust. De weg erheen ging door een puur woestijngebied, met niets anders dan zand, en verspreid langs de kant van de weg telefoonpalen. Halverwege ging het gladde oppervlak van de door buitenlanders gebouwde wegen over in een hobbelige weg.

De kuststrook staat bekend als de Tihama, wat 'heet land' betekent. Het land is kilometers lang volkomen vlak, net een tropische zandvlakte die zich op indrukwekkende wijze in alle richtingen uitstrekt als je vanuit de bergen komt aangereden.

Er waren maar weinig tekenen van leven. Toen we de zee naderden, passeerden we een paar vervallen stenen huizen, die eruitzagen alsof ze half gesloopt waren. Het verlaten strand was net zo mooi als de stranden die mijn vader en zijn vrienden aan ons hadden beschreven voordat we naar Jemen gingen – volmaakte zandstranden en palmbomen – maar dit zou de enige keer zijn dat ik die zou zien in al die jaren die ik in de dorpen zou doorbrengen.

Het leek net alsof er vóór ons nooit iemand was geweest, afgezien van een paar oude Arabische vissers in hun boten, die eruitzagen alsof ze daar al waren sinds het begin der tijden. Ze sloegen geen acht op ons. We stapten uit de auto, als een typisch Arabisch gezin dat een dagje uit is. De wind blies het fijne zand in onze ogen.

'Wil je zwemmen?' vroeg Abdul Khada, vriendelijk glimlachend.

Eerst was ik bang om ja te zeggen, voor het geval hij me misschien gewoon aan het uittesten was. Als ik dan ja zou zeggen, dan kon hij me slaan vanwege mijn schaamteloosheid. Maar toen droeg ik al een lange Arabische jurk met een broek eronder, en een sjaal die mijn haar verborgen hield.

'Wil je zwemmen?' herhaalde hij zijn vraag. 'Je kunt met je kleren in het water gaan, als je wilt. Het kan best, er is niemand in de buurt.'

Dat hoefde hij me niet nog eens te vragen. Ik deed mijn sandalen uit en liep het water in, totdat het diep genoeg voor me was om te kunnen zwemmen, met mijn Arabische kleren om me heen opbollend. Mijn sjaal raakte los en dreef achter me in het warme, zoute water. Ik kon goed zwemmen in Engeland. Ik had op school bronzen en gouden medailles gewonnen; ik had altijd graag gezwommen. Ik kneep mijn ogen half dicht tegen de reflectie van de zon op het water, en staarde naar de verre horizon. Ik had zin om maar door te blijven zwemmen en pas te stoppen als ik in Afrika zou zijn. Abdul Khada was aan het pootje baden in het ondiepe en hield me in de gaten.

'Ga niet te ver!' schreeuwde hij, alsof hij mijn gedachten had gelezen, 'er zijn haaien hier.'

Ik had in Engeland de film *Jaws* gezien, en dat was voldoende om ervoor te zorgen dat ik niet te ver van het strand ging. Ik zwom terug naar de kust en liep het strand op. De temperatuur was al gestegen en mijn kleren waren binnen een paar minuten droog. Terwijl ik op het zand lag, voelde ik iets hard onder me. Ik ging graven en vond een paar lege bierblikjes. Ik vermoedde dat de mannen 's avonds naar het strand gingen om er alcohol te drinken, wat bij de wet verboden is. De taxichauffeur was in zijn eentje gaan wandelen, en wij bleven ongeveer een half uur op het strand zitten voordat we weer in de auto moesten om terug te gaan naar het restaurant. Dat zou mijn enige dag op het strand zijn.

Op een morgen werd ik wakker met brandende koorts en een vreselijke pijn in mijn borst. Ik probeerde uit mijn bed te komen, maar ik was te duizelig en te zwak om op te staan en viel terug op het bed. Ik vertelde Abdul Khada hoe ik me voelde, maar hij wuifde het weg. 'Dat komt gewoon door de warmte,' zei hij.

Ik was die dag niet in staat om op te staan, en twee dagen later werd ik ook nog eens misselijk. Abdul Khada begon bezorgd te kijken. Ik voelde me zo ellendig dat ik de hele dag moest liggen. Ik was niet sterk genoeg om te eten, en ik dacht dat ik misschien wel dood zou gaan. De gedachte aan doodgaan maakte me blij, omdat dat een manier zou zijn om weg te komen uit Jemen. Op dat moment wilde ik niet meer leven.

Abdul Khada was kennelijk bang dat ik zou sterven, omdat hij zei dat hij een dokter zou laten komen. Er zijn niet veel dokters in Jemen, maar in Campais was er wel een, een Soedanees die Engels sprak. Hij kwam langs en zei me dat ik malaria had. Hij gaf me een injectie en medicijnen.

De volgende drie dagen kwam hij twee keer per dag om me een injectie te geven. Ik werd geleidelijk aan voldoende sterk om te staan en weer aan het werk te gaan in de keuken. Maar ik voelde me nooit meer de oude zolang we in de hitte van Campais waren, en daarna kreeg ik nog twee keer malaria. Er was toen geen dokter meer om me te helpen; ik moest er zelf bovenop zien te komen. Het enige wat de vrouwen uit de buurt konden doen om me te helpen, was me kamelemelk laten drinken, wat volgens hen een geneesmiddel was tegen de ziekte. De smaak ervan was best goed, alleen is de melk moeilijk te krijgen.

Eens in de paar weken kwam Mohammed, Abdul Khada's andere zoon, naar Campais om zijn ouders te bezoeken, en dan kwam hij een poosje bij mij praten. Het was heerlijk om eens iemand anders daar te hebben, zelfs al was het maar voor even. Ik smeekte hem vaak om me mee terug te nemen naar het dorp, zodat ik in de buurt van Nadia kon zijn, maar hij haalde dan alleen maar zijn schouders op en zei me dat hij niets kon doen om zijn vader te beïnvloeden.

Op een middag zat ik achter, net zo verveeld als altijd, toen ik Abdul Khada 'Nadia' hoorde roepen in het restaurant. Ik durfde er niet aan te denken tegen welke Nadia hij aan het praten was. Toen klonk er het geluid van snelle voetstappen, en hij kwam door de deuren van het restaurant aangestormd, schreeuwend dat ik moest komen omdat mijn zus er was. Nadia kwam naar achteren vanuit het restaurant, en ik zag haar toen voor het eerst in de traditionele Arabische kleding. Het was vreemd om haar zo te zien, maar voor haar moet het hetzelfde zijn geweest om mij ook zo te zien. Ik was heel blij dat ik haar weer zag.

We gingen naar mijn kamer om te praten, en ze lieten ons bijna de hele dag met ons tweeën om onze nieuwtjes uit te wisselen. Geen van ons beiden had een brief van mama gekregen. Ik vertelde haar dat Abdul Khada mijn foto's had verscheurd, waarop ze zei dat ze er in het dorp nog wel een paar had. We bleven maar praten en huilen. Ze vertelde me dat ze constant water moest dragen, en hoe Gowad haar hand in het vuur had geduwd om chapati's te maken, en hoe ze zich toen had gebrand. Ze liet me de littekens zien. Ze had een gevoeliger huid dan ik, en ik kon zien hoe ze ook nog andere littekens had op de plaatsen waar ze aan muskietenbeten had gekrabd. Jaren later zou ze die littekens nog hebben. Ze vertelde me dat Gowad haar op een dag had geslagen en in haar ribben had gestompt, toen ze weigerde met zijn zoon te slapen, maar Gowads vrouw Salama was haar te hulp gekomen. Ik vertelde haar dat ze de hoop niet moest verliezen en sterk moest blijven, omdat er uiteindelijk iets zou gebeuren waardoor we gered zouden worden.

We dachten allebei dat ze een paar dagen zou blijven logeren, maar die avond nam Gowad haar alweer mee terug naar het dorp. Ze smeekte hem om haar nog een poosje bij mij te laten blijven, maar hij weigerde.

Nadat ze weg waren, kwam Abdul Khada bij me om met me te praten. 'Je ziet hoe gelukkig je zus is,' zei hij.

'Hoe weet jij nou of ze gelukkig is?' snauwde ik. 'Hoe weet jij nou hoe ze zich voelt?'

'Dat weet ik gewoon,' zei hij schouderophalend. 'Zonder jou gaat het beter met haar in het dorp; ze is nu gewend.'

'Ze is niet gelukkig,' snauwde ik. 'Ze haat jullie allemaal net zo erg als ik.'

Ze wilden ons gescheiden houden omdat ze dachten dat ik een slechte invloed had op Nadia, dus dat was de enige keer dat ze me mocht komen opzoeken terwijl ik in Campais was.

Een paar weken later kwam een van Wards familieleden op bezoek, om haar te vertellen dat haar vriendin in het huis naast het onze in Hockail door de bliksem was getroffen en nu dood was. Abdul Khada vertelde me dat we meteen terug zouden gaan voor de begrafenis. Ik deed voor het eerst mijn sluier om en stapte samen met de anderen in de auto. Het kon me niet meer schelen wat ik van ze moest dragen, zolang ik maar terug kon naar het dorp om Nadia te zien, al was het maar voor een paar uur.

Terwijl we snel de stad uitreden, realiseerde ik me dat ik uiterlijk langzaam een Arabische vrouw begon te worden. Iedereen die op die avond een blik in de auto zou hebben geworpen, zou een gesluierde vrouw hebben gezien die door de mannen van haar familie van de ene naar de andere plaats werd gereden. Niemand zou meer staren naar dat vreemde Engelse meisje met haar korte rok en onbedekte haar. Ik was daadwerkelijk onzichtbaar geworden voor de wereld buiten de familie.

We arriveerden laat op de avond. Ward ging regelrecht naar het huis van de buren en ik volgde. Toen ik dichterbij kwam, hoorde ik een vreemd klagend geluid uit het huis komen. Ik liep achter Ward aan naar binnen, waar de kamer vol zat met buurvrouwen die huilden om hun vriendin. De vrouwen zouden blijven weeklagen, totdat het gat was gegraven en het lichaam door de mannen was begraven, terwijl de wijze man van het dorp een toespraak en een gebed zou houden boven het graf. De vrouwen mochten de plechtigheid niet bijwonen; ze mochten alleen maar toekijken vanuit het huis.

Niemand nam notitie van mij, dus liep ik terug naar Abdul Khada's huis en ging naar boven, naar de kamer waar het allemaal was begonnen. Ik was blij om weer terug te zijn, na de lange maanden in het restaurant. Er lag geen matras op het bed, en Bakela bracht me een deken en een kussen, zodat ik op de verhoging onder de ramen kon slapen. Ik was blij om Bakela en de kinderen Shiffa en Tamanay weer te zien, en omdat mijn Arabisch beter was geworden tijdens mijn afwezigheid, kon ik nu beter met hen communiceren. We bleven een poosje zitten praten voordat ik ging slapen, en ik begon weer te huilen terwijl ik Bakela vertelde dat ik in het dorp wilde blijven. Ze wist niet wat ze moest zeggen, en ook zij moest huilen. Ik vond hun gezichten zo vriendelijk na mijn opsluiting met Ward in Campais.

De volgende morgen hoorde Nadia dat we terug waren gekomen naar het dorp voor de begrafenis van de buurvrouw, waarop ze naar ons huis kwam gerend. We bleven de hele dag samen in mijn oude kamer zitten praten. Abdul Khada had gezegd dat we zouden blijven overnachten, dus toen Nadia die avond terugging naar Gowads huis, beloofde ze dat ze de volgende morgen weer terug zou komen. Ook Ward was blij dat we bleven. Campais beviel haar net zo min als mij, maar ze moest daar nu eenmaal wonen omdat haar man dat zei. Ze wilde terug om bij haar familie te zijn, vooral haar moeder, die in het dorp woonde en nu een frêle, oude vrouw was. Maar vrouwen zoals Ward hebben een hoop respect voor hun man, of ze nu van hem houden of niet, en ze argumenteren nooit over hun beslissingen.

Die avond veranderde Abdul Khada van gedachten en vertelde ons dat we onmiddellijk zouden vertrekken naar Campais. Ik was ontzet.

'Maar je hebt gezegd dat we nog een nacht zouden blijven,' smeekte ik.

'We moeten terug naar het restaurant,' hield hij vol.

'Maar je hebt tegen Nadia gezegd dat ze morgenochtend terug kon komen.' Ik was wanhopig bij de gedachte dat ik weer van mijn zus zou worden gescheiden.

'Dat geeft niet,' zei hij. 'Bakela kan haar vertellen dat je weg bent.'

Ik probeerde met hem te discussiëren, maar dat maakte hem alleen maar boos, en ik durfde hem niet te ver te drijven, met het risico een pak slaag te krijgen. Dus moesten we alles weer inpakken en in het donker vertrekken. Ik dacht dat mijn hart zou breken terwijl we wegreden in de pikdonkere woestijnnacht. Ik zag al voor me hoe Nadia de volgende morgen de berg zou beklimmen, in de verwachting mij in mijn kamer aan te treffen, om dan te horen te krijgen dat ik hals over kop was vertrokken.

Tijdens een van Mohammeds bezoeken aan Campais hoorde ik toevallig een gesprek tussen hem en zijn ouders over een huwelijk dat hij had geregeld voor Shiffa met een jongen uit een van de dorpen. Ik kon toen net voldoende Arabisch verstaan om de essentie te bevatten van wat ze zeiden. Shiffa was pas negen jaar oud, en ik moest huilen bij de gedachte dat ze hetzelfde lot zou moeten ondergaan als Nadia en ik. Toen Mohammed eenmaal weg was, kwam Abdul Khada naar achteren, en ik vroeg hem wat er met Shiffa zou gaan gebeuren. Hij vertelde me dat het huwelijk al helemaal was geregeld, en dat de jongen behoorde tot een rijke familie die goed voor haar zou zorgen. Kennelijk had de vader van de jongen een goed bedrijf in Saoedi-Arabië, en aardig wat zonen om voor hem te werken.

Ik denk dat het zo slecht nog niet was, omdat ze in de buurt van haar eigen familie bleef en haar moeder bijna elke dag kon bezoeken. Bovendien mocht ze zich grotendeels nog als een kind blijven gedragen. Een paar jaar zou ze nog geen sluier hoeven te dragen en zich niet hoeven te gedragen als een volwassen vrouw. Bakela liet nooit blijken wat ze ervan vond dat ze haar oudste dochter al zo jong kwijtraakte. Misschien vond ze het vanzelfsprekend dat dit gebeurde. Shiffa's nieuwe familie had een veel mooier huis dan Abdul Khada, middenin het dorp. Het was een grote familie, dus in sommige opzichten was Shiffa beter af dan bij ons.

Met een Jemenitisch huwelijk is altijd geld gemoeid, waarbij de familie van de jongen geld betaalt aan de familie van het meisje om haar te 'kopen'. Hoeveel ze betalen hangt af van de financiële situatie van de familie, hoe aardig de jongen het meisje vindt en hoeveel hij bereid is om te betalen. Ook de vader van het meisje heeft wel een idee hoeveel hij voor zijn dochter wil hebben, en ze zullen loven en bieden totdat ze het eens zijn. Sommigen van de meisjes worden heel goedkoop verkocht, en sommigen zijn heel duur. Van de echtgenoot wordt ook verwacht dat hij een bepaalde hoeveelheid kostbare gouden sieraden en kleding koopt voor het meisje. Abdul Khada kocht soms wel gouden sieraden voor mij, maar ik toonde hem nooit enige dankbaarheid. Hij kon niet begrijpen waarom ik zo deed, en ik kon niet begrijpen hoe hij dankbaarheid kon verwachten.

Dit soort marchanderen speelt zich voornamelijk af in de dorpen bij de meer traditionele families, maar in de steden gaan de meeste jongens naar de vader van het meisje en vragen dan net als in Europa om haar hand. De meisjes krijgen een trouwdag in westerse stijl, met een gouden ring en een witte trouwjurk, hoewel ze trouwen in hun eigen huis, niet in een kerk of moskee. De bruid en de bruidegom rijden na de plechtigheid rond in de stad in een sjieke auto, en als ze het zich kunnen veroorloven, gaan ze op huwelijksreis naar het buitenland. De dingen veranderen langzaam, maar niet in de dorpen. Ook in de stad zal er echter geen geslachtsmeenschap plaatsvinden vóór het huwelijk.

Abdul Khada zei me dat Mohammed met de vader van de jongen had afgesproken dat, ook al zou Shiffa bij de familie van haar man gaan wonen, de jongen haar niet zou aanraken voordat ze veertien was. Toen ik terug was in Hockail, vertelde een vrouw uit de familie van de jongen me dat hij zijn vaders belofte had gebroken, want er had na de eerste nacht bloed gezeten op het laken.

We gingen niet naar de bruiloft, ook al was Ward de grootmoeder van Shiffa, omdat Abdul Khada zei dat hij het restaurant niet nog eens een dag wilde sluiten. Ik denk dat hij alleen maar hatelijk wilde doen. Ward was erg van streek omdat ze dol was op Shiffa, en ik was droevig bij de gedachte dat er een persoon minder zou zijn om mee te praten als ik ooit terug zou keren naar Hockail. Ik mocht Shiffa erg graag.

Ze vertelden me dat het een rustig huwelijk moest zijn, omdat het zo kort na de dood van de buurvrouw was. Meestal hebben ze groot vuurwerk bij een bruiloft, maar kleine Shiffa werd die avond zonder enige plichtpleging in een auto gezet, die haar naar het huis van haar man bracht.

Haar echtgenoot was een aardige jongen, en toen Shiffa bijna dertien was, begon ze van hem te houden. Dat jaar werd ze twee keer zwanger en beide keren kreeg ze een miskraam. Een jaar later, toen ze veertien was, werd ze weer zwanger. Toen woonde Bakela inmiddels in de stad, en ze haalde Shiffa daar naar toe voor de geboorte. Met zeven maanden bracht ze twee meisjes ter wereld in het huis van haar moeder; een baby stierf onmiddellijk en de ander ging een paar dagen later dood.

Toen ik weer terug was in de hitte van Campais duurde het niet lang voordat ik weer malaria kreeg. Deze keer lieten ze de dokter niet komen; ze gaven me alleen kamelemelk.

Ik vermoed dat ook Ward op een gegeven moment

ging vragen of we niet terug konden naar het dorp, waarop Abdul Khada besloot dat hij genoeg had van ons gezeur. Hij moest toen kennelijk hebben besloten dat hij weer een tijdje in het buitenland wilde werken, hoewel hij daarover tegen ons niets zei. Dus verkocht hij het restaurant en we gingen terug naar Hockail, een half jaar nadat we het hadden verlaten. Ik kon haast niet geloven hoe gemakkelijk we nu ineens Campais konden ontvluchten, terwijl dat een paar weken eerder nog onmogelijk had geleken. Toen Ward en ik weg wilden, gebeurde er niets; op het moment dat Abdul Khada besloot dat hij weg wilde, konden we wèl weg.

8 *Terug naar Nadia*

Twee weken nadat we waren teruggekeerd in Hockail, kondigde Abdul Khada aan dat hij voor zaken naar Taiz zou gaan, en daarna zouden we hem maandenlang niet meer zien. Vier dagen later kreeg ik een brief van hem waarin hij vertelde dat hij naar Saoedi-Arabië ging, naar zijn restaurant daar. Hij schreef me dat hij me niet had verteld dat hij daarheen ging, want hij dacht dat ik daardoor van streek zou raken, omdat ik dan met niemand meer Engels zou kunnen praten. In zekere zin was ik ook van streek, omdat ik absoluut niet met Ward kon opschieten, maar nu ik terug was in het dorp, had ik Nadia weer, en dat wilde ik het liefst.

Ik was ook blij met de gedachte dat hij me niet meer constant kon koeioneren, hoewel hij nog steeds in staat was om het leven van ons allemaal onder controle te houden, ook al was hij dan in Saoedi-Arabië. Zijn invloed op Ward, Mohammed en de andere mannen in het dorp betekende dat hij er altijd voor kon zorgen dat wij deden wat hij wilde, met bedreigingen over wat hij met ons zou doen als hij weer terug was. Ik was geleidelijk aan net zo bang voor hem geworden als al die anderen, omdat ik wist dat hij me meedogenloos zou slaan als ik iets zou doen wat hem niet zou bevallen, maar ik bleef toch vastbesloten om het uiteindelijk te winnen van hem. We moesten op de een of andere manier ontsnappen. Er moest een manier zijn.

Zolang hij weg was, stuurde hij geld naar Ward via

Nasser Saleh, de agent die ik in Taiz had ontmoet. Niet iedereen vertrouwde de agenten die dit soort zaken afhandelden; de vrouwen dachten vaak dat zo'n agent geld van hen in eigen zak stak, maar Abdul Khada was daar een te goed zakenman voor. Hij zorgde er altijd voor dat hij een reçu had en dat er niets verdween. Ik denk dat iedere tussenpersoon die Abdul Khada's gewelddadige reputatie kende, het wel uit zijn hoofd zou laten om hem te bedriegen.

Ward klaagde er soms over dat ze niet voldoende geld had om de rekeningen te betalen, die ze liet oplopen in de winkels, maar er scheen altijd genoeg geld te zijn voor de eerste levensbehoeften. Wanneer de rekeningen te hoog opliepen, liet ze iemand als Mohammed namens haar een brief schrijven aan Abdul Khada, waarin ze hem liet weten dat ze meer geld nodig had, en dat kwam dan een paar dagen later. De post naar Saoedi-Arabië werd altijd snel bezorgd, omdat er zoveel mensen over de grens gingen.

Na een poosje kreeg Mohammed werk in een boterfabriek in Taiz, maar in het weekend kwam hij altijd naar huis. Hij vertelde me dat het werk hem prima beviel en dat het goed betaalde, maar het betekende wel dat er in huis weer iemand minder was om mee te praten.

Toen we waren teruggekeerd in het dorp, bleek Bakela in verwachting te zijn. Ze leek er heel gelukkig mee en zei dat ze deze keer graag een jongen wilde. Ik had er nog niet echt bij stilgestaan wat er zou gebeuren wanneer het moment van de geboorte zou zijn aangebroken. Ik dacht waarschijnlijk dat ze haar dan naar een ziekenhuis in Taiz zouden brengen voor de bevalling. Ik had geen ervaring met geboorten, afgezien van wat we hadden geleerd op school. Drie maanden later keek ik toe hoe Ward de baby van haar schoondochter op de kale vloer van haar slaapkamer ter wereld hielp, terwijl Bakela gilde van pijn. Ik was ontzet en doodsbang. Wat zou er gebeuren als er iets fout ging? Zou het bij mij ook zo'n pijn doen als ik een kind moest krijgen? Ging alles wel goed? Was het normaal dat er zoveel bloed was? De gedachte dat Abdul Khada had gezegd dat ik terug zou mogen naar Engeland om daar de baby te krijgen wanneer ik zwanger zou worden, was een hele opluchting voor me.

Ik had beseft dat Bakela weeën had, een paar uur voordat de baby werd geboren. Ze kreunde en kermde en ging in haar kamer op de grond liggen, terwijl de weeën elkaar steeds sneller opvolgden. Ik ging naar boven om te kijken of ik soms iets kon doen, en Haola, de nicht van Abdul Khada, kwam naar boven vanuit het huis aan de voet van de berg. De vrouwen uit de buurt kwamen elkaar altijd helpen wanneer er een geboorte was, hoewel er niet zoveel naar ons huis kwamen, omdat we buiten het dorp woonden en het bericht zich niet zo snel verspreidde. Haola, Ward en de oude vrouw konden het samen wel aan en gaven mij niets te doen.

Ik zat daar maar te kijken en te luisteren. Ik was geschokt. Ze legden haar op de grond, zonder zelfs een mat onder haar, waarbij Haola haar hoofd ondersteunde. Er was geen dokter of iemand anders met medische kennis, voor het geval er iets fout mocht gaan. De vrouwen bleven kalm en rustig, liepen rond en verwijderden al het bloed van de kleding. Nadien moesten we een hoop water halen en alles naar het dak brengen om te wassen. Toen het allemaal voorbij was, realiseerde ik me dat er niets fout was gegaan. Bakela had een gezonde zoon gekregen, maar terwijl de bevalling aan de gang was, had ik er geen idee van of het normaal was dat ze zo schreeuwde.

Toen de baby eruit was, sneden ze de navelstreng door met een scheermesje, en Bakela stapte in bed. De andere vrouwen maakten een kleine hangmat voor de baby van een stuk stof en wat touw, en bonden dat vast aan de uiteinden van het bed, zodat het kind naast zijn moeder hing. Mohammed werd die avond terug verwacht, en voordat hij bij zijn huis was gekomen, had hij al te horen gekregen dat hij een zoon had. Hij was in de wolken. Bakela mocht een week in bed blijven, waarbij ze haar eten op bed kreeg en de baby werd gewassen door Ward. Ik nam haar taken over en hielp samen met Shiffa met water halen en chapati's bakken. Ik was weer een stap verder op de weg om een plichtsgetrouwe Arabische vrouw en dochter te worden, maar in mijn hart wachtte ik nog steeds op een kans om te ontsnappen.

Wanneer een vrouw in Jemen een baby krijgt, komt er een hoop bezoek. Die week kwamen er elke dag vrouwen met cadeautjes en geld. Voor een jongen wordt een groter feest gevierd, met meer bezoekers en meer geld. Als het een meisje is, is het heel wat rustiger.

Op de zevende dag werd de baby besneden. Dit werd gedaan door een bepaalde man in het dorp. Een besnijdenis is heel duur omdat zo'n man een bepaald bedrag hiervoor moet krijgen, en omdat er een schaap moet worden geslacht voor het feestmaal. Ik denk dat ze een week wachten om te kijken of de baby het zal redden. De man die de besnijdenis doet, heeft geen enkele medische opleiding; hij erft de functie van zijn vader.

Om de besnijdenis te kunnen verrichten, strekt hij het voorhuidje tussen zijn vinger en duim en bindt het strak vast met een reepje katoen. Hij snijdt dan door de huid met een scheermesje. Dan schraapt hij rondom het uiteinde van de penis, totdat alles helemaal schoon is. Er is een hoop bloed en gekrijs van de baby. Nadien doen ze een helderrode lotion, die lijkt op jodium, op de wond. De baby gaat dan weer aan de borst van de moeder om hem te kalmeren, en ze doen een paar weken lang een kussentje tussen zijn beentjes om te voorkomen dat hij tegen de wond gaat schuren, waardoor die niet kan genezen.

Er is ook een vrouw in het dorp die de pasgeboren meisjes besnijdt. Salama kreeg een meisje terwijl Nadia daar was. Nadia was bij de besnijdenis en beschreef het naderhand voor mij. Ze houden het meisje naakt vast. De vrouw houdt de kleine schaamlippen gestrekt en steekt er een naald door. Wanneer de naald de twee schaamlippen samen heeft doorboord, trekt ze ze naar buiten, waarna ze worden afgesneden met een scheermesje. Ik vroeg me af of zo'n besnijdenis later het plezier kan verminderen dat een vrouw kan beleven aan seks. Ik vroeg het aan een vrouw en die vertelde me dat dat niet zo was, dat ze toch plezier beleefde aan seks. Daarna bedacht ik me echter dat ze natuurlijk niet kon weten hoe het zou zijn geweest als ze niet was besneden. Ik weet niet waarom ze het doen; ik denk dat het alleen maar traditie is. Hoewel ze het gewoon blijven doen in de dorpen, laten de moderne vrouwen in de stad niet meer toe dat hun pasgeboren dochters worden besneden. De mannen zeggen dat het onhygiënisch is om de meisjes niet te besnijden, maar de vrouwen die hebben nagedacht over deze kwestie, zijn het daar niet mee eens.

De kleine meisjes in het dorp werd verteld dat als die stukjes huid niet werden weggesneden, ze steeds langer zouden worden naarmate ze ouder werden, en dat maakte hen bang. Ze geloven het en ze leren nooit de waarheid omdat ze gewoonlijk geen vrouwen ontmoeten die niet besneden zijn. Toen ze ontdekten dat Nadia niet was besneden, maakten ze er grappen over. Eén meisje vroeg haar hoe haar schaamlippen waren, wat Salama van streek maakte, omdat die het grof vond om over dergelijke dingen te praten. Salama vertelde Gowad over het meisje dat die vraag had gesteld, en die las haar de les. Dat kalmeerde de gemoederen, maar het moet wel iets zijn geweest waarover vaak achter onze rug werd gepraat.

Ieder dorp heeft zijn eigen 'wijze mannen'. Dit zijn ook functies die van vader op zoon overgaan. De wijze mannen komen meestal uit families met meer geld dan de anderen. Ze hebben meestal een groot huis waar andere mensen hen kunnen komen bezoeken, om over hun problemen te praten. Ze krijgen geld voor hun advies. Als een vrouw bijvoorbeeld ongelukkig is in haar huwelijk, dan moet ze naar een bepaalde wijze man in het dorp gaan en hem vertellen wat ze wil dat er zal gebeuren en waarom ze ongelukkig is. Als die wijze man denkt dat de man iets fout heeft gedaan – als hij bijvoorbeeld ontrouw is geweest – dan neemt hij contact op met belangrijke mensen in de stad en dan kan de vrouw haar huwelijk laten ontbinden.

Een vrouw die scheidt, moet haar kinderen aan haar man afstaan en teruggaan naar haar eigen familie, zodat die voor haar kan zorgen. De man zal zijn kinderen waarschijnlijk overdragen aan zijn vrouwelijke familieleden om ervoor te zorgen – zijn moeder of zijn zusters. De angst om haar kinderen kwijt te raken is een van de belangrijkste redenen waarom zoveel vrouwen daar het zo lang volhouden met hun man.

Op een keer, toen ik naar de dorpswinkels ging, ontmoette ik een wijze man uit het dorp die een beetje Engels sprak. Het was een aardige man en hij leek het soort mens voor wie je respect kunt opbrengen, maar ik was te verlegen om hem te vertellen over mijn problemen. Ik denk trouwens niet dat hij mij had kunnen helpen. Toen wist ik al hoe snel kletspraatjes en nieuwtjes zich verspreidden door de dorpen, en ik wist dat als ik iemand zou toevertrouwen hoe ik me voelde, dat al snel overal bekend zou zijn. In die tijd geloofde ik nog dat ik het maar beter in de familie kon houden. De enige die ik volledig in vertrouwen durfde te nemen, was Haola uit het huis onder het onze. Desondanks wist iedereen hoe ik me voelde, en als de vrouwen me vroegen hoe het ging tussen mij en mijn man, vertelde ik hun dat ik ongelukkig was en terug naar huis wilde, verder niets. Ik denk dat ze allemaal medelijden met me hadden. De vrouwen uit het dorp staken altijd graag overal hun neus in, en soms vroegen ze me hoe ik het redde met mijn man, omdat die zo miezerig en zwak was, en ze maakten grappen over hem. Ik wist nooit wat ik tegen hen moest zeggen; ik vond ze zo vervelend als ze op die manier praatten.

Wanneer alle mannen weg zijn om elders te gaan werken, heeft de belangrijkste vrouw in huis de leiding over alles. In ons huis was dat Ward. Ze had de macht om me te vertellen wat ik moest doen, en ik moest haar gehoorzamen, als ik tenminste geen pak slaag wilde van Abdul Khada wanneer die terugkwam. Ward genoot ervan om haar macht over mij te gebruiken. Soms gaf ze me dagenlang geen eten, of kreeg ik alleen maar koude restjes van de dag ervoor. Soms kreeg ik twee of drie dagen achtereen alleen thee en sigaretten. Ik vroeg Bakela waarom ik koud eten kreeg, terwijl zij warm aten, maar ze kon er niets over zeggen omdat Ward de leiding had. Ward deed nooit zo onhebbelijk tegen Bakela als tegen mij, maar zelfs als ze onaangenaam deed, zei Bakela nooit iets terug. Ze behandelde haar schoonmoeder altijd met eerbied. Ik had wel mijn eigen eten kunnen klaarmaken, maar Ward zette al het eten in haar eigen kamer, waar alleen zij de sleutel van had. Omdat we onze eigen kippen hadden, hadden we de luxe van verse eieren, maar Ward gaf die altijd aan de mannen, of aan Bakela's kinderen, nooit aan mij. Nadia had ook een paar kippen, en van haar kreeg ik soms eieren en vlees.

Later, toen ik al een paar jaar in het dorp woonde, bekenden sommige vrouwen me dat ze hadden geweten hoe Ward me behandelde, en ze vertelden me dat ze altijd al een onaangename, gemene vrouw was geweest. Zelfs haar eigen moeder beaamde dat. Alle andere vrouwen leken zo aardig, dat ik maar niet kon begrijpen waarom Ward zo vreselijk was. De man in het huis naast het onze hertrouwde, nadat zijn eerste vrouw was gestorven. Ik ging weleens op bezoek bij zijn nieuwe vrouw, en die gaf me dan wel stiekem te eten.

Op een dag, toen ik hout hakte voor het vuur, ving ik een glimp op van een kleine slang die bij me vandaan gleed. Ik was doodsbang. Ik greep een stuk hout en sloeg hem, waarbij ik hem doodde. Ik had geruchten gehoord over mensen die slangen aten, dus ik dacht erover om dat ook eens te proberen. Ik hakte de kop eraf, maakte een vuurtje met een bos takjes en legde de slang er bovenop. Ik roosterde hem totdat de huid zwart was geworden. Ik brak hem open en at het vlees. De slang smaakte nog niet eens zo slecht.

Het kwam Abdul Khada in Saoedi-Arabië ter ore hoe slecht zijn vrouw me behandelde. Hij schreef me om me te vertellen dat hij had gehoord dat ik honger leed en naar de huizen van andere mensen moest gaan voor voedsel. Ik schreef hem terug dat dit klopte, en omdat ik van hem geen geld van mezelf mocht hebben, was ik afhankelijk van Ward, die wreed was tegenover mij. Daarna schreef hij aan Ward, en een van de vrouwen uit het dorp moest naar ons huis komen om haar die brief voor te lezen. Er stond in dat ze alles voor me moest open laten. Ze was woedend omdat haar verteld werd wat ze moest doen, maar ze was bang om er iets over te zeggen, voor het geval ik het weer aan haar man zou vertellen. Ze wist dat ik over haar praatte tegenover andere mensen, en kreeg daardoor nog meer een hekel aan mij. Ze vertelde me vaak dat ik voor de rest van mijn leven in het dorp zou moeten blijven en net als hen zou moeten leven, dat ik nooit meer terug zou gaan naar dat 'prachtige, luxe Engeland' van me. Ik negeerde haar gewoon.

Nadat Abdul Khada naar Saoedi-Arabië was vertrokken, begon Abdullah ziek te worden. Hij leek langzaam zwakker en bleker te worden. Ik werd bang omdat ik dacht dat ik misschien net zo'n ziekte zou krijgen als hij, omdat ik met hem had geslapen. Mohammed bracht hem telkens weer naar de dokter in Taiz, om te proberen erachter te komen wat er met hem aan de hand was. Niemand scheen het te weten. Ward vertelde me dat hij altijd al een ziekelijk kind was geweest, dat heel mager was en weinig at, maar nu leek het nog veel slechter met hem te gaan. Ze gaven hem medicijnen, maar adviseerden hem om naar het buitenland te gaan, bijvoorbeeld naar Engeland of Saoedi-Arabië, om door een specialist behandeld te worden.

Mohammed begon zijn vader te schrijven om hem te vertellen dat Abdullah ziek was en dat hij er iets aan moest doen. Een hele tijd negeerde Abdul Khada hun smeekbeden, totdat Abdullah uiteindelijk te ziek was om nog op te staan. Hij werd naar het ziekenhuis in Taiz gebracht en daar hielden ze hem een paar weken, waar ik echt blij om was. Eerlijk gezegd hoopte ik dat hij zou sterven, omdat ik dan vrij zou zijn om terug te gaan naar Engeland. Het was prettig dat hij een paar weken het huis uit was, zodat ik alleen kon slapen. Hij was weliswaar al een tijd niet sterk genoeg meer om seks met me te bedrijven, maar desondanks wilde ik hem niet bij me in de buurt. Ik wilde mijn vrijheid meer dan wat ook ter wereld.

Uiteindelijk kwam Abdul Khada terug uit Saoedi-Arabië voor een bezoek, en toen hij Abdullah zag, realiseerde hij zich hoe ziek zijn zoon was. Hij begon daarop regelingen te treffen om hem naar Engeland te krijgen voor een behandeling. Hij vroeg me of ik met hem mee wilde gaan, maar ik geloofde niet dat hij het meende. Ik dacht dat het alleen een truc was om te zien wat ik zou zeggen. Hij zei me dat hij het echt meende, dat hij mijn paspoort had en alles zou regelen, als ik dat zou willen.

Ik begon te geloven dat hij me de waarheid vertelde. Ik moest gewoon een stuk vertrouwen in hem blijven houden, omdat ik niets anders had om me aan vast te houden. Ik had hem zolang ik daar was steeds brieven gegeven om aan mijn moeder te sturen, hoewel ik er steeds meer van overtuigd raakte dat hij ze niet verstuurde, omdat ik nooit iets terug hoorde.

Deze keer leek hij oprecht te zijn. Ik had erg mijn best gedaan om goed om te gaan met de familie terwijl hij weg was, zelfs met Ward. Hij had me regelmatig brieven geschreven, gedurende de tijd dat hij weg was waarin hij me beloofde dat, als ik me maar zou schikken in mijn leven met Abdullah, ik terug zou mogen naar Engeland. Dat beloofde hij me in iedere brief. Ik dacht dat hij nu misschien wel geloofde dat ik de situatie had geaccepteerd en op me kon vertrouwen als ik terugging.

Het kostte hem enige tijd en een hoop geld, om een visum te krijgen voor Abdullah zodat die het land mocht verlaten, met hulp van Nasser Saleh in Taiz en een brief van de dokter waarin stond dat Abdullah dringend medische behandeling nodig had. Ik raakte ervan overtuigd dat hij deze keer meende wat hij zei en dat ik echt uit Jemen weg zou gaan, Ik schreef een lange brief aan mijn moeder om haar nogmaals te vertellen wat er allemaal met ons was gebeurd, en waarin ik haar om hulp vroeg. Ik vertelde haar dat Abdul Khada me samen met Abdullah naar Engeland zou laten gaan, en dat we zodra ik daar was, alles zouden moeten doen om Nadia te helpen ontsnappen. Ik vroeg Abdul Khada om de brief voor me op de post te doen, en hij stemde toe. We bleven ongeduldig wachten tot de officiële papieren voor Abdullah klaar zouden zijn.

Toen, op een dag, kwam Abdul Khada naar me toe in huis en zei: 'Je hebt een brief geschreven naar je moeder, die je vader aan mij heeft teruggestuurd.' Ik wist meteen zeker dat hij die brief nooit had verzonden; ik was ervan overtuigd dat hij hem meteen had geopend en de inhoud ervan gebruikte als een excuus om me niet te laten gaan. 'Je vader is boos,' ging hij verder, 'en hij zegt dat je niet naar Engeland mag met Abdullah.'

Ik was er deze keer zo zeker van geweest dat ik zou ontsnappen, dat het was alsof ik een klap in mijn gezicht kreeg. Ik begon hem te slaan en te schoppen en ging huilen. 'Je liegt,' schreeuwde ik, 'je hebt mijn brieven helemaal niet verstuurd, je hebt ze al die tijd opengemaakt.' Ik liet al mijn opgekropte woede gaan, zonder enige beheersing. Wat ik toen nog niet wist, was dat mijn moeder mijn vader had verlaten en de kinderen had meegenomen. Alle brieven die ik naar haar in het café stuurde, kwamen daardoor regelrecht in mijn vaders handen.

Uiteindelijk was alles in orde voor Abdullahs reis, en samen vertrokken ze naar Engeland, mij weer alleen achterlatend in het dorp.

Toen Abdul Khada en Mohammed nog samen thuis

waren, treiterden ze me vaak over mijn terugkeer naar Engeland door te zeggen: 'Zullen we haar dan maar laten gaan?', waarbij ze probeerden me op stang te jagen. Ik denk dat Abdul Khada genoot van de macht die hij had om me gelukkig of ongelukkig te maken. Hoewel Mohammed zich soms tegenover mij gedroeg als een oudere broer en luisterde naar mijn problemen, leek hij op andere momenten op een bepaalde manier jaloers op me te zijn. Soms negeerde hij me volkomen, of praatte hij tegen andere mensen over me terwijl ik in de kamer was, waarbij hij lachte over mij en mijn ongeluk. Zijn stemmingen wisselden voortdurend.

Als de mannen thuis waren, aten we altijd goed, terwijl de vrouwen als ze alleen waren, alleen chapati's aten. Abdul Khada wilde 's avonds altijd gestoofde kip of lam. We moesten die dieren zelf slachten.

Een groot lam was goed voor drie of vier dagen. Het karkas hingen ze gewoon bij de keukendeur, waardoor de vliegen overal op konden gaan zitten, zoals gebeurde met alles wat zo werd neergezet. De meeste gezinnen uit het dorp kochten levende kippen van mensen die ze fokten, maar de familie van Abdul Khada bracht ze zelf groot. Als je daar woonde, moest je leren hoe je moest slachten.

Ik leerde hoe ik een kip moest doden met een mes, hoewel sommigen van de anderen gewoon de kop eraf trokken met hun blote handen. Je moet een bak kokendheet water klaar hebben staan waarin je meteen het dode dier gooit. Dat doodt de zenuwen onmiddellijk en zorgt ervoor dat de kip niet meer rond blijft spartelen. Daarna pluk je de kip, maakt haar open en haalt de ingewanden eruit. Tenslotte was en bak je haar. Telkens als ik een kip doodde, stelde ik me voor dat het de nek van Abdul Khada was waarin ik het mes stak.

Tijdens *Ead*, dat een religieuze viering is zoals Kerstmis in Engeland, zei Ward dat ze deze keer niet van plan was om het lam te slachten, dus moest iemand anders het doen. Abdul Khada's zuster, die in het dorp woonde, was een paar weken bij ons te logeren, en zei dat zij het wel zou doden. Ik ging met haar naar buiten om te helpen. Ze hield het lam in bedwang terwijl het op zijn poten stond, waarbij ze zijn kop omhooghief, zodat ze het dier met een groot keukenmes in zijn keel kon steken. 'In de naam van Allah,' zei ze in het Arabisch, zoals ze altijd doen voordat ze iets doden. Terwijl ze het mes over zijn keel haalde, deed ze iets fout en het lam bleef spartelen, terwijl het onmiddellijk had moeten sterven. Ik kon het niet aanzien. Ze was geschokt door de manier waarop het spartelde, waardoor er overal bloed heenspoot, en ze wist niet wat ze moest doen.

'Je bent wreed!' schreeuwde ik 'Je hebt het verkeerd gedaan.' Ik nam het mes van haar af en stak het weer in de hals, op de manier zoals ik het de mannen had zien doen. Het bloed spoot daarbij over mijn handen en armen, en het lam stierf onmiddellijk.

Ik liet haar het lam villen, en ze wierp de huid weg voor de wilde dieren die rondzwierven in de streek. De mensen uit het dorp vertelden me dat de hyena's, die in de bergen leefden, ook mensen aten. Er gingen verhalen dat ze sterke mannen die 's nachts alleen buiten liepen, hadden aangevallen en overmeesterd. Veel dorpelingen vertelden verhalen over losse handen en voeten die langs de paden naar het dorp waren achtergebleven, nadat de hyena's en wolven hun nachtelijke jachtpartijen hadden gehouden. Ze hadden ooit ook tijgers in de streek gehad, maar die waren uitgestorven met het kappen van de bossen.

Ik zag de wilde dieren nooit, maar ik hoorde ze wel als

ik 's nachts in bed lag. Ze huilden in de verte en soms liepen ze rond het huis, op zoek naar lekkernijen zoals de huid van het lam dat ik de zuster van Abdul Khada had zien weggooien. Ik kon ze onder mijn ramen horen, rukkend aan de huiden en grauwend tegen elkaar, snuffelend aan het voedsel en onderling ruziënd.

Alle mannen droegen een vuurwapen om te jagen op schadelijk gedierte in de buurt, en om zichzelf te beschermen tegen dieren en bandieten. Op een nacht lag ik wakker in bed toen ik geschreeuw hoorde op de weg onderaan de berg. Ik liep naar het raam en zag toortsen flakkeren in het donker. De volgende dag werd me verteld dat ze achter een hyena hadden aangezeten die gewoon het dorp in was komen lopen. Ze hadden hem willen doden. Als de mannen inderdaad een hyena te pakken krijgen, dan doden ze hem en halen zijn tanden eruit als souvenir.

Heel af en toe kregen we iets anders te eten. Soms kregen we tonijn met aardappels erbij, en verder aten we overal bergen rijst bij. De belangrijkste drank was thee, die we maakten met theezakjes als de mannen thuis waren, maar als de vrouwen alleen waren, gebruikten ze gewoon theebladeren. Theezakjes worden beschouwd als een luxe artikel voor de rijken, terwijl de bladeren voor de armen zijn. We dronken ook verse koffie, die we kochten van andere families uit de streek die dit zelf verbouwden.

Als de mannen weg zijn, moeten de vrouwen alles doen. Eén of twee keer per jaar wordt er geplant. Hoewel sommige vrouwen iemand huurden om met ossen de akker te komen ploegen, was Ward daar te gierig voor; wij moesten alles met de hand doen. Een paar weken lang moest ik elke dag naar het land met een schepje, waarbij ik voorover moest buigen om ieder zaadje afzonderlijk te planten. Ik moest van de vroege morgen tot de late avond werken, ook midden op de dag als het bloedheet was. hoe pijnlijk mijn rug ook werd of hoeveel blaren ik ook op mijn voeten en handen kreeg. Het enige wat ik had, was drinkwater. Bakela hielp me soms, maar omdat zij de kinderen had waarvoor ze moest zorgen, stuurde Ward haar regelmatig terug naar huis en nam dan zelf wat van het werk over. Ward was een sterke vrouw en ze verwachtte van mij dat ik de hele dag lang in hetzelfde tempo zou werken als zij. Alle vrouwen daar zijn sterk; zelfs heel oude vrouwen werken nog op het land en in huis, en dragen nog dingen op hun hoofd.

De oogst, die meestal bestond uit maïs voor de chapati's en tarwe voor het bruinbrood, had een paar maanden nodig om te groeien, afhankelijk van de hoeveelheid regen die er viel. Wanneer het graan eenmaal was gegroeid en we hadden geoogst, moesten we de maïs malen. Om te beginnen moesten we die met de hand losbreken en in emmers naar binnen brengen. Dit zorgde ervoor dat ik vier jaar lang blaren had, voordat mijn handen uiteindelijk een eeltlaag kregen. Met de emmers die we naar binnen brachten, konden we ongeveer een week doen, maar iedere dag moesten we de maïs malen.

We lieten iedere nacht net zoveel weken in een emmer water als we de volgende dag nodig hadden. De volgende morgen gingen we naar beneden en maalden dan temidden van de dieren beetje bij beetje het graan onder een enorme stenen rol. Zo maakten we de maïs gereed voor het koken en bakken. De constante belasting zorgde ervoor dat mijn polsen altijd pijn deden. Het was het zwaarste werk dat de vrouwen moesten doen, en het enige waarover je hen hoorde klagen. Later kwam ik erachter dat de meeste vrouwen in het dorp een machine voor dit werk hadden die leek op een maalrad met een hendel die moest worden rondgedraaid. Andere vrouwen brachten de maïs naar de winkel en betaalden de winkeliers om het voor hen te malen, zodat ze het alleen nog maar hoefden te kneden en bakken tot chapati's. Maar Ward stond erop dat we het zelf deden op de traditionele manier, ook al betekende dit dat we de hele dag moesten werken.

Sommigen van de andere vrouwen spraken Ward erover aan door te zeggen: 'Waarom moet het Engelse meisje het op de moeilijke manier doen?', maar dan zei ze alleen: 'Laat haar met rust, ze moet het nog leren.' Dus bleef ik het zo doen, iedere morgen weer, en als er mensen kwamen eten, had ik soms wel drie of vier uur nodig om voldoende meel te krijgen. Als ik op het land moest werken, moest ik voldoende malen voor een paar dagen, zodat ik vrij was om buiten te werken. Daarnaast moest ik ook nog water halen, hout sprokkelen en het huis schoonmaken met een kleine bezem die was gemaakt van een bos stro.

Het huis was altijd stoffig door de lucht buiten, en de hagedissen kwamen vaak binnen en legden dan hun eieren in groepjes op de zoldering. Schoonmaken was een werk waar nooit een eind aan kwam. Je was nog niet klaar of er lag alweer stof en was er alweer een nieuwe reeks eieren gelegd. Soms kwamen de dieren die leken op mini-dinosauriërs in huis. Een kwam er zelfs in Bakela's kamer toen de baby sliep. Ik zag hem het eerst en gilde, waarop Bakela kwam aangerend en hem doodsloeg. Een andere keer vond ik een slang die opgerold in een hangmat lag bij een van de baby's.

We hadden ook een hoop tarantula's om het huis. Toen ik op een middag in de zon zat, met mijn mouwen opgerold en mijn ogen gesloten, voelde ik hoe er iets door de haren op mijn onderarm kroop. Toen ik omlaagkeek, zag ik een grote, harige, zwart-met-bruin gestreepte tarantula die langzaam over mijn arm liep. Ik keek ontzet toe, terwijl ik kippevel kreeg. Ik durfde nauwelijks adem te halen. Uiteindelijk kon ik er niet langer meer tegen en ik sloeg hem van me af. Hij vloog door de lucht en belandde op de grond. Ik sprong er bovenop en voelde hoe hij uit elkaar spatte onder mijn slipper. Ik rende naar binnen terwijl ik hysterisch schreeuwde, en vertelde hun wat er was gebeurd. Ze haalden hun schouders op. Voor hen was dit niets bijzonders.

De schorpioenen vormden een andere bron van gevaar. Toen ik op een dag in het donker naar beneden liep, met een lege bak om water te halen bij de bron, voelde ik een scherpe pijn in mijn grote teen. Ik gilde en gooide de bak neer, waardoor die met een hoop herrie op de benedenverdieping terechtkwam. Terwijl ik strompelend naar het licht bij de deur liep, zag ik een reusachtige, zwarte schorpioen die zich met zijn scharen aan me had vastgeklemd, terwijl hij met zijn lijf heen en weer zwaaide om me met zijn staart te kunnen steken. Door de hoek kon hij me niet bereiken. Bakela kwam aangerend op mijn gegil, raapte een stok op en sloeg hem van me af, waardoor hij dwars door de kamer suisde.

Nadia had niet zoveel geluk. De vrouwen daar kweken op het dak van hun huis planten die ze *mushkoor* noemen. Ze hebben een zoete geur en we gebruikten ze om onze kleerkasten en de laden lekker te laten ruiken, en om in ons haar te doen. Op een dag was Nadia nieuwe zaden in haar *mushkoor*-potten aan het planten, toen een kleine schorpioen uit het gat in de aarde kwam gekropen dat ze had gegraven, en haar in haar hand stak. Salama hoorde haar geschreeuw en kwam aangerend om te zien wat er was gebeurd. Ze nam haar mee naar beneden.

Toen het gif eenmaal in haar bloed zat, zwol haar hele lichaam op als een ballon en haar huid werd rood. Ik was doodsbang. Ik was ervan overtuigd dat ze zou doodgaan. De vrouwen gebruikten een kruidenzalf uit de streek, en na een paar dagen herstelde Nadia. Sommige mensen overleefden de beet van een schorpioen en andere stierven eraan; het was maar net hoeveel geluk je had.

We waren ook constant bezig met de dieren. Als ze binnen waren, dan moest de stal worden uitgemest, wat ik met mijn blote handen deed, en als ze naar buiten gingen om te grazen, moesten we bij hen blijven vanwege de wolven en hyena's. Buiten blijven in de hitte van de dag was vreselijk, dus ik probeerde altijd een plekje te vinden waar schaduw was, maar dat was niet altijd mogelijk. Als ik buiten was, dan was ik in ieder geval alleen en vrij om te denken. Ik kan me alleen nog maar herinneren dat ik dan altijd huilde en me ellendig voelde.

De enige tijd die ik toen voor mezelf had, was 's avonds. Dan ging ik meestal naar buiten om bij de oude man te zitten, die zijn dagen gehurkt zittend in de buitenlucht doorbracht. Ik praatte over van alles met hem. Hij vertelde mij verhalen over vroeger en hoe hij toen leefde, zoals hoe ze stenen met de hand moesten houwen om de huizen te bouwen.

Ik vertelde hem vaak hoe ongelukkig ik was, hoe slecht ik werd behandeld en hoe graag ik terug wilde. Hij was heel aardig, maar hij kon ook niets voor me doen. Hij probeerde alleen om me gerust te stellen.

'Heb vertrouwen,' zei hij dan. 'Wees geduldig, dan kom je heus wel weer terug in Engeland. Maak je toch niet zo'n zorgen.'

9 *Een leven vol pijn*

Toen hij weer eens terug was in het dorp besloot Abdul Khada dat het tijd werd om het huis groter te maken. Tot dan toe hadden we het dak gebruikt als een soort terras, maar nu wilde hij het ommuren en er een groot vertrek van maken, een plek waar hij zijn mannelijke bezoekers mee naar toe kon nemen. Het kostte maanden werk voordat het klaar was, en Abdul Khada huurde twee mannen om het feitelijke bouwwerk te doen.

We hoefden niet op de traditionele manier te zorgen voor de stenen door die uit de bergen te houwen, zoals de oude man me had beschreven. Ze bouwden nu met grote, moderne B2-blokken, die in vrachtwagens vanuit de stad werden aangevoerd, maar we moesten nog steeds wel alle stenen op ons hoofd het bergpad op dragen, twee of drie per keer. We moesten ook de zakken cement omhoogdragen, die altijd leken te barsten, waarbij het poeder ons bedekte, in onze ogen en mond kwam en zich vermengde met ons zweet.

De vrachtwagens lieten de bouwmaterialen aan de voet van de berg achter, en de mannen werkten in huis. Ik moest de stenen en het cement bij hen brengen. Telkens als ik het pad beklom, moest ik regelmatig stoppen vanwege het gewicht van de zakken die mijn hoofd omlaagduwden, waardoor ik niet meer kon ademhalen. Een week lang liep ik iedere dag het pad op en neer, van de vroege morgen tot de late avond. Soms kwamen er anderen om me te helpen, zoals de zonen van Abdul Noor, die toen oud genoeg waren om een beetje te helpen bij het dragen, maar ikzelf moest constant doorwerken. Abdul Khada zat meestal voor het huis bij zijn vader, terwijl hij toekeek en kritiek gaf wanneer ik op en neer liep.

Ik probeerde wel om het werk sneller te doen door iedere tocht meer te dragen, maar dat werd te zwaar. Abdul Khada werd dan boos op me omdat ik het verkeerd deed, dus moest ik maar heen en weer blijven lopen, waarbij het leek alsof de stapels aan de voet van de berg nooit kleiner werden.

Toen alle materialen eenmaal boven waren, moest ik Abdul Khada helpen met het mengen van het cement op het linoleum op het dak. Het probleem was dat we hiervoor een hoop water nodig hadden. Toentertijd was er een watertekort, dus moesten we lopen van bron naar bron, die verspreid waren over het hele dorp, in de hoop op een emmervol water die we mee terug konden nemen naar het dak om op het cementpoeder te gieten. Er is een enorme hoeveelheid water nodig voor het bouwen van een kamer.

Het was onmogelijk voor mij om in mijn eentje voldoende water te verzamelen, dus moest Abdul Khada zorgen voor andere meisjes uit het dorp die me konden helpen, en weer moest ik werken van vroeg in de morgen tot midden in de nacht, waarbij ik op pad ging met een toorts. Soms ging Bakela met me mee als het donker was, omdat ik dan bang was, maar meestal moest ik toch alleen. Het was de enige manier om de aanvoer van water constant te houden.

Na twee weken zonder een druppel regen begon het plotseling te hozen. Dat ging de hele dag door, en ik huilde van vreugde bij de aanblik ervan, omdat ik dacht dat de bronnen nu wel vol zouden lopen en we niet meer zo ver zouden hoeven gaan. De bronnen raakten inderdaad vol, maar Abdul Khada wist dat dit niet voor lang zou zijn, dus moesten we dubbel zo hard werken om het water omhoog te brengen naar het huis, voordat andere mensen water zouden gaan halen, of voordat het zou wegsijpelen in de grond. We hadden drie grote tanks op het dak, en die moesten voortdurend worden bijgevuld.

Omdat er andere mannen in het huis werkten, moesten we constant een sluier voor ons gezicht dragen, wat het nog moeilijker maakte om opgewassen te zijn tegen de intense hitte terwijl we aan het werk waren. Een van de drie watertanks hadden we te leen van Salama, Gowads vrouw. Toen we ontdekten dat zij er een had, vroeg Abdul Khada mij of ik die wilde gaan halen. Ik zei onmiddellijk ja, omdat ik altijd ieder excuus aangreep om naar Ashube te kunnen zodat ik Nadia kon zien, ook al was dat maar voor een paar minuten. Ik ging samen met Tamanay, Bakela's jongste dochter.

'Blijf niet te lang weg,' waarschuwde Abdul Khada ons, toen we rond half twee vertrokken, op het heetst van de dag. 'Ik wil dat jullie hier om drie uur terug zijn.'

We liepen door de bergen naar Ashube, en het stof en de hitte van zelfs die korte wandeling hadden ons al uitgeput voordat we er waren. Toen we bij het huis aankwamen, vroeg ik Salama of we de tank konden lenen, en dat vond ze goed. Ik bleef een paar minuten bij Nadia en vertelde haar wat er zoal in Hockail gebeurde. Ik vertelde haar hoe hard ik moest werken, en dat ik geen rust kreeg van Abdul Khada.

'Laat mij je komen helpen,' zei ze.

'Nee!' schreeuwde ik bijna tegen haar. Ik wilde nooit dat zij zou moeten lijden. Ik wilde altijd de pijn voor haar dragen, alsof ze nog steeds een kind was en ik haar moest beschermen tegen de slechte dingen in het leven.

We bleven langer met elkaar praten dan we hadden

moeten doen, en ik realiseerde me plotseling dat ik me zou moeten haasten, wilde ik tenminste geen pak slaag krijgen als ik terugkwam. We gingen weer de brandende zon in.

De watertank was enorm, bijna net zo groot als ik zelf was als ik ernaast stond, maar ik slaagde erin om hem op mijn hoofd te krijgen met hulp van Nadia en Salama. In die tijd was ik al behoorlijk bedreven in het dragen van dingen op de traditionele manier, en ik ging op weg naar huis zo snel als ik kon, terwijl Tamanay naast mij draafde en me voortdurend aanspoorde. Onderweg gleed mijn teenslipper uit op een steen. Ik struikelde en de tank kwakte tegen de grond. Ik begon in paniek te raken omdat het al na drieën was en ik wist dat Abdul Khada woedend op ons zou zijn.

'Kijk eens hoe laat het al is, Tamanay,' zei ik. 'We moeten opschieten, help me om de tank omhoog te krijgen.'

De arme kleine Tamanay deed vreselijk haar best om de tank weer op mijn hoofd te krijgen, maar ze kon hem niet optillen, omdat ze nog maar een klein meisje was. De inspanning om de tank omhoog te proberen te tillen en de angst van wat er met ons zou gebeuren als we te laat kwamen, maakten haar aan het huilen.

Er bleef me niets anders over dan de tank in mijn eentje weer op mijn hoofd te tillen. Ik begon met me te bukken en de tank op mijn hoofd te plaatsen, en daarna moest ik overeind zien te komen zonder dat hij eraf viel. Iedere spier in mijn lichaam leek pijn te doen terwijl ik mijn benen en rug dwong om recht te gaan. Afgeleid door de pijn in mijn spieren had ik niet in de gaten dat een doorn uit de heg in mijn gezicht vast was blijven zitten, en terwijl ik me inspande om overeind te komen onder het gewicht van de tank, kwam de doorn nog dieper in mijn huid te zitten en trok eraan. De plotselinge pijn in mijn wang terwijl de huid strak trok, zorgde ervoor dat ik het uitgilde, en weer moest ik de tank laten vallen, waardoor Tamanay van schrik achteruit sprong.

Ik trok de doorn eruit en het bloed begon over mijn gezicht te stromen; het leek overal te zijn. Ik negeerde de pijn, omdat ik meer ongerust was over wat Abdul Khada zou doen als ik hem nog langer liet wachten. Weer hurkte ik neer, tilde de tank op mijn hoofd en slaagde erin om mijn spieren te dwingen me nog één keer overeind te helpen. Zo gingen we moeizaam verder over het bergpad.

Uiteindelijk bereikten we rond half vier het huis, en Ward hielp me om de tank van mijn hoofd te halen. Ze wilde weten waarom er bloed over mijn gezicht druppelde, maar ik had geen adem meer om het haar te vertellen. Ik dacht dat ik flauw zou vallen. Ze zei me dat ik naar boven moest gaan om Abdul Khada te zeggen dat ik terug was. Iedere tree leek wel een berg, terwijl ik mezelf omhooghees.

'Waarom ben je zo laat?' schreeuwde Abdul Khada toen ik binnenkwam, maar ik kon nog steeds niet de kracht vinden om te antwoorden. Woedend gemaakt door mijn zwijgen greep hij zijn leren schoen en sloeg me daarmee dwars over mijn gezicht, waarbij hij al zijn kracht gebruikte. De kracht van de klap zorgde ervoor dat ik achteruitvloog, en ik tuimelde van de trap, niet in staat om mezelf te stoppen. Hij kwam achter me aan. 'Waarom ben je zo laat?' vroeg hij weer.

De woorden kwamen eruit gerold terwijl ik hem vertelde over de tank die was gevallen en het gewicht ervan, en ook over de doornstruik, maar hij luisterde niet. 'Ga naar de winkel,' beval hij me, 'en haal wat petroleum.'

Tamanay en ik gingen weer op weg, nu naar de winkel, waarbij we de hele weg erheen liepen te huilen. Er stond een man in de winkel die ik al eerder had ontmoet en die Engels sprak. Ik kon zien hoe hij naar het opgedroogde bloed en de tranen op mijn gezicht keek, maar hij zei niets. De wond bloedde niet meer en de plek op mijn gezicht waar de schoen me had geraakt gloeide, maar werd bedekt door mijn sluier.

Ik tilde de tank met vijftien liter petroleum op mijn hoofd maar zoals zo vaak lekte het deksel, en langzaam en gestaag druppelde de petroleum neer op mijn gezicht, waarbij hij in de wond drong en over mijn kneuzing liep, mijn sluier doorweekte en me bijna deed stikken door de damp. Het kon me niets meer schelen, ik wilde alleen maar dood. Ik bleef als in trance doorlopen.

Tegen de tijd dat ik weer terug was, waren mijn kleren doorweekt van de petroleum. Ik dacht dat Abdul Khada me weer zou gaan slaan. Hij stond te kijken naar de toestand waarin ik verkeerde. 'Ga je wassen,' was alles wat hij zei.

Toen ik me eenmaal had gewassen en weer naar buiten ging, kwam hij op me toegelopen en kuste me op mijn voorhoofd. 'Het spijt me, Zana,' zei hij. Ik sloeg er geen acht op; het was toen al te laat voor excuses. Bakela huilde om mij en smeerde wat zalf op mijn wond. Ze waren allemaal geschokt door de manier waarop ik werd behandeld, maar niemand durfde er iets over te zeggen tegen Abdul Khada, behalve Saeeda, zijn moeder. Ze gaf hem weleens een uitbrander omdat hij me sloeg, maar daar ging hij nooit op in. Hij zei nooit wat terug – daarvoor had hij te veel respect voor zijn ouders – maar negeerde haar gewoon.

De oude man was niet in staat om te zien wat er gaande was, maar later die avond vertelde ik hem wat zijn zoon me die dag had aangedaan. 'Blijf vertrouwen hebben,' zei hij. 'Op een dag zul je weer teruggaan naar huis. Wees sterk.'

Ik ontdekte al snel dat we niet de enige meisjes waren in de streek Mokbana die waren weggehaald uit hun huis in een ander land. De familie van Abdul Khada woonde verspreid over heel Jemen. Hij had twee heel aardige zussen die in het dorp Rukab woonden, waar ook Bakela oorspronkelijk vandaan kwam. Ze waren allebei getrouwd met een man uit het dorp en woonden er met hun kinderen. Het was ongeveer een half uur lopen naar Hockail. Ze kwamen tamelijk vaak op bezoek, en ik leerde hen vrij goed kennen.

In de huizen in het dorp gebruikten ze voor de muren in plaats van verf vaak een soort kalk, die werd aangetroffen op bepaalde plaatsen in de berghellingen. De kalksteen werd 's nachts in water geweekt, totdat het een soort pasta werd die op de muren kon worden uitgestreken. Rukab was zo'n plaats waar de kalksteen van nature voorkwam.

Ward raakte gedeprimeerd door het huis en wilde het opvrolijken, dus stuurde ze Bakela en mij naar Rukab om wat van deze kalk te halen, zodat we de muren konden opknappen. Ik was blij om een dag weg te kunnen uit huis. Ze gaf ons een paar zakken om die te vullen en we vertrokken al vroeg in de morgen.

Iedereen in het dorp kende Bakela goed, maar ik was er nooit eerder geweest. Om er te komen, moesten we afdalen langs een berghelling, en dan konden we het dorp zien liggen in de vallei onder ons. Ik had dorst tegen de tijd dat we er aankwamen, dus gingen we eerst naar het huis van een van Abdul Khada's zussen om wat te drinken. Zodra we er waren, begon het huis zich te vullen met mensen die wilden weten wie ik was en me weleens wilden bekijken. Hoewel de vrouwen allemaal heel aardig waren, vond ik het toentertijd niet prettig dat mensen me vragen stelden. Ik vond ze allemaal wat te nieuwsgierig, en ik was behoorlijk sarcastisch en onhebbelijk tegen hen.

Bakela was kennelijk heel populair, en een paar vrouwen boden aan om de kalk voor ons uit de rotsen te hakken; dan hoefden wij die alleen nog maar in de zakken te stoppen. Bakela was heel verlegen en probeerde te protesteren tegen hun vriendelijkheid, maar ze kenden haar goed en wezen haar protesten van de hand. Ze zeiden ons dat wij moesten gaan uitrusten en hen intussen het werk moesten laten doen.

Ze maakten koffie en chapati's voor ons, terwijl wij daar zaten te genieten van onze vrije ochtend. Er kwamen steeds meer vrouwen op bezoek. Ik zat toe te kijken hoe ze met elkaar aan het praten waren, toen ik een jong meisje van ongeveer veertien jaar de kamer binnen zag komen. Ze was mollig als een kind, maar heel mooi, en ze zag er Engels uit met blond haar, waardoor ze opviel tussen de anderen.

'Wie is dat?' vroeg ik aan Bakela.

'Ook een Engels meisje,' antwoordde Bakela. 'Ze is hierheen gekomen toen ze nog heel jong was.'

Ik wilde er graag meer van weten. Ik liep de kamer uit, terwijl ik tegen Bakela zei dat ik behoefte had aan wat frisse lucht, en vroeg toen aan het meisje om met me mee te gaan. We gingen naar beneden, gevolgd door een paar anderen. Ik voelde me opgewonden omdat ik iemand had aangetroffen die in dezelfde positie verkeerde als Nadia en ik. Ze kon geen Engels meer spreken, maar we waren in staat om in het Arabisch met elkaar te praten.

Ze vertelde me dat ze tot haar zevende met haar ouders in Engeland had gewoond, samen met haar zus die toen negen was. Haar moeder was Engels en haar vader was een Jemeniet. Haar moeder was gestorven en haar vader hertrouwde met weer een Engelse. Samen met hen bracht hij een bezoek aan zijn geboortedorp Rukab. Haar stiefmoeder was onaardig tegen de meisjes en wilde hen kwijt. Haar vader moest zich toen hebben gerealiseerd dat dit een goede gelegenheid was. Haar vader en zijn vrouw verdwenen, terwijl zij en haar zus achterbleven bij hun oom.

Ze vertelde me dat haar oom haar op haar tiende had uitgehuwelijkt aan zijn zoon, en ze beschreef de manier waarop haar schoonmoeder haar behandelde, wat precies leek op de haatdragende manier waarop Ward mij behandelde. Haar zus werd uitgehuwelijkt aan een andere neef. Ze kon zich niets meer herinneren van Engeland. Ze wist niet of ze daar nog familie had, en het enige Engels dat ze zich kon herinneren was tellen van één tot tien. Ze noemde de cijfers voor me op, heel langzaam, en ik voelde hoe er tranen in mijn ogen opwelden bij de gedachte aan het leven dat ze als klein kind moest hebben gehad, waarvan ze zich nu niets meer kon herinneren. Toen we het dorp verlieten, wenste ik haar het beste, maar ik wist dat er geen hoop voor haar was, omdat ze niemand in Engeland had om haar te helpen.

Het verhaal had me aan het huilen gemaakt, maar tijdens mijn jaren in Jemen ontdekte ik dat het niet ongewoon was dat er meisjes uit landen als Amerika en Engeland werden gehaald, die dan in Jemen moesten blijven om er een boerenleven in een bergdorp te gaan leiden. Van de meesten van hen werd nooit meer iets vernomen in hun vaderland, en ik bleef vastbesloten dat dit niet zou gebeuren met Nadia en mij. Hoe lang het ook mocht duren, ik moest terug naar mijn eigen familie.

Hoewel hij vaak wreed tegen mij was, leek Abdul Khada soms toch begrip te hebben voor mijn problemen. Zo bracht hij maandverband voor me mee uit de stad, dat geen van de andere vrouwen had. De andere vrouwen moesten gewoon een stuk stof gebruiken, dat ze in hun wijd zittende broek naaiden en het daar de hele menstruatie lieten zitten. Ze probeerden mij hetzelfde te laten doen, maar ik vond het idee te walgelijk om het zelfs maar in overweging te willen nemen. Ik kon er niet bij hoe de andere vrouwen dit konden accepteren, omdat ze in ieder ander opzicht heel schoon op zichzelf waren. Ze wasten zich telkens als ze hun gebeden gingen opzeggen, wat vijf of zes keer per dag het geval was, en twee keer per dag wasten ze zich van top tot teen.

De hele familie, behalve de kinderen, zeiden hun gebeden op in hun kamer, waarbij ze neerknielden op hun gebedsmat en alle juiste bewegingen maakten. De vrouwen baden rustig, maar de mannen maakten luidere, scanderende geluiden. Ieder gebed duurde ongeveer tien minuten. In het begin bad ik niet, maar sloeg ik hen alleen gade. Toen ik de taal beter begon te begrijpen, luisterde ik regelmatig naar de predikers op de radio, en begon ik te geloven in de islam. Ik begon te denken dat als ik zou bidden, God me misschien zou helpen in mijn ellende. Ik bad altijd in het Engels en telkens zei ik: 'Alstublieft God, help me.'

Het was moeilijk te geloven dat er een God was die de wacht hield over de meisjes die in de dorpen van Mokbana leefden. Gowads neef woonde in een huis boven dat van Nadia op de berghelling. De neef stierf in Saoedi-Arabië, en Nadia raakte bevriend met de weduwe die was achtergebleven. Ze had opnieuw kunnen trouwen, maar ze koos ervoor om alleen te blijven in het huis van haar overleden man en zijn kinderen groot te brengen; een meisje van acht en een jongetje van nog geen jaar.

Ze moest geld verdienen om in hun levensonderhoud te voorzien, dus ging ze naar de naburige dorpen om kleding te maken voor de vrouwen. Ze leerde Nadia hoe ze moest naaien, en Nadia kocht een oude naaimachine en begon ook kleding te maken. Als ze naar de andere dorpen ging, bracht de vrouw het jongetje bij Nadia en Salama, en het meisje bleef dan thuis om het huishouden te doen terwijl haar moeder weg was.

Ik was thuis in Hockail toen ik geschreeuw hoorde in het dorp onder ons. Amina had wat gehoord van iemand die langs was gekomen op de weg, en schreeuwde dat omhoog naar ons. Ze vertelde ons dat het kleine meisje dood was, en dat Nadia er iets mee te maken had.

Ik rende de hele weg naar Ashube, waarbij ik er geen idee van had wat ik zou aantreffen. Nadia was heel kalm en beheerst toen ik bij haar kwam, en de begrafenis van het kleine meisje was al achter de rug. Nadia vertelde me wat er was gebeurd.

'Wij pasten op het jongetje,' zei ze, 'toen een vrouw hierheen kwam en zei dat ze de slipper van een kind bij de bron had gezien, en een bak die bovenop het water dreef. Tegen de tijd dat Salama en ik daar aankwamen, stond er al een menigte. Ze waren allemaal in het water aan het rondtasten met een stok, maar geen van hen kon zwemmen. We drongen ons door de menigte naar voren, en Salama vertelde hun dat ik kon zwemmen. "Zal ik erin gaan?" vroeg ik, en Salama knikte. Ik was doodsbang voor wat ik zou aantreffen, maar ik dacht dat er misschien nog een kans was dat ze nog leefde.

Ik dook met mijn hoofd naar beneden en zwom rond. De stokken hadden de modder in beroering gebracht, en het was onmogelijk om iets te zien. Ik moest het op gevoel doen. Ik kwam bij de bodem en greep om me heen, maar ik maakte alleen maar meer modder los. Ik moest weer naar de oppervlakte om adem te halen.

Ik ging nog een keer naar beneden en raakte iets zachts

aan. Het was het meisje. Ik haalde haar naar boven en de mannen tilden haar eruit. Haar ogen waren open en er kwam schuim uit haar mond.'

Nadia, die zich de lessen van school herinnerde, draaide het meisje om en probeerde het water uit haar te drukken, maar het was al te laat. Ze bleef fanatiek drukken, totdat de wijze man uit het dorp zei dat ze moest stoppen. Ze brachten het lichaam naar het huis en een paar dorpelingen gingen op zoek naar de moeder.

Ze troffen haar aan toen ze terugkwam van haar werk, en zodra ze hen zag, wist ze dat er iets vreselijks was gebeurd met haar kinderen. Ze wilden haar niet vertellen wat er was gebeurd, en ze rende huilend naar haar huis. Tegen de tijd dat ze daar aankwam, was ze buiten zichzelf van verdriet, en moesten ze haar ondersteunen zodat ze de kamer kon binnenlopen waar het lijk lag opgebaard. Omdat ze een vrouw was, mocht ze niet aan het graf van haar dochter staan bij de begrafenis; dat was de taak van de mannen.

Om daar een graf te maken, graven ze een gat en maken daarna nog een ander gat in de zijkant ervan. Ze leggen het lichaam in het zijgat en metselen dat dicht. Daarna vullen ze het eerste gat met zand en gaan daarboven staan bidden.

De weduwe moest van een afstand toekijken, met haar zoontje in haar armen.

10 *Eindelijk een bondgenoot*

Na onze aankomst in Jemen bleef Gowad precies twee jaar in Ashube, voordat hij weer naar het buitenland vertrok. Tegen die tijd was Mohammed, de zogenaamde echtgenoot van Nadia, oud genoeg om ook te werken. Hij ging naar Saoedi-Arabië, net als de meeste mannen en jongens uit de dorpen.

Mohammed was fysiek veranderd van een jongen in een man, terwijl Abdullah, de jongen die zogenaamd mijn man was, dat niet was. Mohammed kreeg een goede baan als verkoper van parfums en aftershaves in een boutique. Hij begon geld naar Nadia en zijn moeder, Salama te sturen. Hij bleef meestal een half jaar achtereen in Saoedi-Arabië, waarna hij telkens voor een vakantie van een paar maanden weer naar huis kwam.

De eerste keer dat hij terugkwam, werd Nadia zwanger. Gowad werkte toen in Engeland en hij schreef naar Nadia dat zij daar binnenkort ook heen zou kunnen, zodra Mohammed voldoende geld had gespaard voor hun vliegtickets. Het was hetzelfde verhaal dat Abdul Khada mij had verteld. Wanneer we maar eenmaal zwanger zouden zijn, zo dachten ze, dan zouden we niet langer willen ontsnappen of ons tegen hen verzetten. Dan zouden we de situatie accepteren en 'goede' Arabische vrouwen worden.

Nadia had een probleemloze zwangerschap. Ze had geen last van ochtendmisselijkheid, of van een van de andere symptomen, behalve dat haar borsten begonnen te groeien. Ze leek helemaal niet bang te zijn bij het vooruitzicht om een kind te moeten krijgen in het dorp. In bepaalde opzichten was ze heel sterk. In andere werd ze gemakkelijk gemanipuleerd. Ik denk dat wanneer ik er niet zou zijn geweest, ze haar Engels zou hebben vergeten en volkomen het soort vrouw zou zijn geworden dat zij graag zagen. Ik bleef voortdurend aan haar hoofd zeuren en zei haar dat ze zich moest blijven verzetten en moest blijven hopen. Zonder mij zou ze denk ik zo over zich heen hebben laten lopen.

Salama was heel goed voor Nadia tijdens haar zwangerschap. Ze mocht van haar rusten, zodat ze niet te moe zou worden. Ze mocht me tot het eind aan toe komen opzoeken in Hockail. Ik ging echter zo vaak ik kon naar haar toe, om haar de wandeling te besparen. Abdul Khada zat in die tijd in Saoedi-Arabië, en op een gegeven moment schreef hij me dat ik niet meer zo vaak naar Ashube mocht gaan. Het idee dat Nadia en ik zoveel tijd samen doorbrachten, beviel hem niet. Ik denk dat hij zich verbeeldde dat wij een plan beraamden voor onze ontsnapping, en het idee dat ik uit het huis was beviel hem ook niet, behalve als dat was om boodschappen te doen. Ik denk dat hij bovendien het gevoel had dat als geen van zijn spionnen kon zien waar ik mij op ieder moment bevond, hij me niet langer onder controle had.

Van toen af aan mocht ik nog maar eens per week overdag naar haar toe. Hoe meer ik gewend raakte aan het Arabische leven, hoe strenger Abdul Khada werd over hoe ik me diende te gedragen. Als ik zijn regels overtrad, dan was er altijd wel iemand uit de familie of uit het dorp die hem erover schreef, en hij liet me dan weten dat hij me zou straffen wanneer hij terug was, als ik hem niet gehoorzaamde. Hoewel ik meestal deed wat hij zei, gaf ik me diep van binnen nooit gewonnen, en ik hield nooit op hem te haten.

Salama weerhield Nadia er nooit van om mij op te zoeken, maar in de negende maand van haar zwangerschap zei ik dat ze niet meer moest komen, omdat ik bang was dat de lange wandeling in de hete zon te veel voor haar zou zijn. Daardoor had ik geen contact met haar op het moment dat de baby geboren zou moeten worden.

Vroeg op een morgen kwam een buurvrouw van Nadia naar ons huis, en vertelde tegen Ward dat Nadia die nacht een zoon had gekregen, en dat alles goed was. Toen ik hoorde dat de geboorte al achter de rug was, werd ik woedend. Ik wilde weten waarom niemand mij was komen halen. Ze zeiden dat dit kwam omdat geen van de vrouwen zo laat op de avond nog buiten durfde te lopen. En als een man me was komen halen en Abdul Khada had dat gehoord, dan zou hij me hebben vermoord. Het was onaanvaardbaar dat een vrouw met een man zou worden gezien in zo'n situatie.

Ik rende het huis uit, waarbij Ward achter me aan schreeuwde: 'Ik hoop wel dat je rond lunchtijd terug bent.'

'Ik kom vandaag helemaal niet meer terug,' schreeuwde ik op mijn beurt. 'Ik blijf bij mijn zus logeren.'

Ik bleef de hele weg naar Ashube hard lopen, tot in Nadia's kamer aan toe. Het was er vol vrouwen, en de baby sliep in een hangmat naast het bed. Ik barstte in tranen uit, en ik geloof dat ik wel de hele dag heb gehuild. Nadia zag er beslist goed en kalm uit. Ze zei dat ik op moest houden met huilen, omdat zij anders ook begon. Ik werd die dag weer ziek en langzaam begon ik mijn stem kwijt te raken.

Nadia vertelde me dat de weeën de vorige avond tamelijk laat waren begonnen. De bevalling had niet lang geduurd. Salama was naar het naburige dorp gerend om een aardige, oude vrouw die ze daar kende, te halen om te komen helpen. Nadia vertelde dat ze niet veel pijn had gehad, en dat de vrouw heel kalmerend en rustgevend was geweest. Het jongetje werd ongeveer een uur later geboren. Ik vond het ongelooflijk dat mijn kleine zusje moeder was geworden.

Bij ons in de kamer zat een vrouw, die allerlei namen voorstelde. Nadia koos echter de naam Haney. Later kregen we een brief van onze vader waarin hij schreef dat hij het had gehoord van de geboorte, en zei hoe Nadia de baby moest noemen. Ik kan me niet meer herinneren welke naam hij wilde, maar Nadia ging er niet op in. Haney werd geboren op 29 februari 1984, een schrikkeljaar, dus hij is maar eens in de vier jaar echt jarig. Het zou een mooi kind worden, het evenbeeld van zijn moeder.

Ik bleef drie dagen bij Nadia en sliep bij haar op de kamer. Ik begon me steeds zieker te voelen, en die eerste nacht had ik het behoorlijk te pakken en was ik absoluut niet meer in staat om te praten. Ik moest in haar oor fluisteren om met haar te kunnen praten. De volgende dag kon ik niet meer opstaan en Nadia moest me eten geven met een lepel, terwijl ze tegelijkertijd voor haar pasgeboren baby moest zorgen.

Ze nam de rol van moeder meteen op zich, met dezelfde kalmte en beheerstheid waarmee ze alles benaderde. Ze bleef Haney twee jaar lang borstvoeding geven. Het was duidelijk dat ze stapelgek op hem was, en het feit dat ze hem daar had, maakte haar kwetsbaarder en banger wanneer ik praatte over teruggaan naar Engeland.

'Als we nu teruggaan,' zei ze, 'nemen ze Haney van me af.' Die gedachte maakte haar doodsbang. Het maakte me ongerust dat ze nu misschien een manier hadden gevonden om haar ervan te weerhouden met mij mee te gaan wanneer ik een uitweg had gevonden.

Wanneer Nadia en ik samen waren, sloten we ons meestal af van de andere vrouwen en zonderden we ons constant af. We praatten een hoop over vroeger in Engeland, en dat was het enige wat Nadia nog aan het lachen kon maken. Er viel niet veel voor ons te lachen in Jemen. We maakten plannen en droomden over manieren om te ontsnappen, het ene idee nog wilder dan het andere. We wisten dat onze enige echte hoop was om ervoor te zorgen dat een brief van ons op de een of andere manier mama zou bereiken, om haar te laten weten dat we in de problemen zaten en haar zover te krijgen dat ze hulp zou gaan zoeken. We hadden er geen idee van wat ze haar hadden verteld over ons, of wat zij dacht dat er was gebeurd. Als ze de kaarten had ontvangen die ze ons in het begin hadden laten schrijven, dan dacht ze misschien wel dat we echt gelukkig waren en genoten van Jemen. We konden onszelf niet toestaan om dat te denken; we moesten geloven dat ze wist dat wij gevangenen waren, en dat ze haar best deed om ons te vinden.

Dan was er nog het bandje dat Abdul Khada me gedwongen had te maken, toen ik nog maar net in Jemen was. Hij had me toen geslagen en me gedwongen om te zeggen dat mijn vader een goed man was, en dat we nu veel gelukkiger waren in Jemen dan we in Engeland waren geweest, en hoe geweldig het hier was. Het had mijn hart bijna gebroken om dat bandje te moeten maken, omdat ik wist dat het mama misschien van het spoor zou kunnen brengen.

Kort nadat Haney was geboren, kwam er een afgestudeerde dokter in Hockail. Hij was afkomstig uit de streek en had in het buitenland gezeten om daar zijn opleiding te volgen. Na zijn studie besloot hij dat hij terug wilde om in zijn eigen dorp een praktijk te beginnen, om zo zijn eigen mensen te helpen. Hij was een jonge man en ik ging wel naar hem toe als ik me niet goed voelde, wat steeds vaker het geval was. Hij sprak geen Engels, maar ik was toen al in staat om voldoende Arabisch te spreken om hem mijn problemen te kunnen vertellen. Wanneer ik niet kon slapen, gaf hij me slaaptabletten. Ik begon erge pijn in mijn borst te krijgen, en hij gaf me toen tabletten die de pijn wegnamen. Hij leek een heel goede dokter en was een aardige man.

Zijn huis was heel anders dan de huizen waaraan wij gewend begonnen te raken. Het had wat van een huis uit de stad dat in het dorp was neergezet, compleet met vloerkleden, een koelkast en televisie. Ik denk dat hij wel een generator zal hebben gehad om al die dingen te laten werken, omdat er toen nog geen elektriciteit in de streek was. Het was het beste huis in het dorp, en iedereen praatte erover. Het was gebouwd door zijn vader, die een van de belangrijkste wijze mannen van het dorp was.

Met iedere visite werd hij vriendelijker en ik merkte dat ik goed met hem kon praten. Ik vertelde hem dat ik nooit brieven kreeg van mijn moeder en vroeg hem om, als hij weer eens naar de stad ging – wat hij vaak deed – een brief voor me te posten in een openbare brievenbus. Hij had er eerst niet veel zin in; ik denk dat hij zich niet wilde mengen in de familieaangelegenheden van iemand anders. Ik moest het hem diverse malen vragen, maar uiteindelijk had hij in de gaten hoe belangrijk het voor me was en stemde toe. Hij stemde er ook in toe dat mijn moeder terug zou schrijven via zijn postbusnummer in Taiz, en dat hij me de brieven dan stiekem zou overhandigen. Op die manier zouden we in staat zijn om

Nasser Saleh en zijn censuur te omzeilen.

Toen ik Nadia vertelde dat ik dacht eindelijk iemand gevonden te hebben waarvan ik dacht dat ik die kon vertrouwen, begonnen we allebei weer te dromen over ontsnappen. Ik kon nog steeds niet geloven dat het zou werken. Ik was als de dood dat iemand in het dorp of in Taiz de brief zou openen en hem zou lezen, en alles zou laten weten aan Abdul Khada, die me dan zou slaan omdat ik weer geprobeerd had om hem te bedriegen. Dus kon ik nog steeds niet alles wat ik wilde zeggen, erin zetten. Ik moest mijn moeder in een soort code schrijven, in de hoop dat ze in staat zou zijn om tussen de regels door te lezen en zou weten dat ik om hulp vroeg. De brief stond vol hints, waarvan ik wist dat ze die zou begrijpen, maar die iemand anders niet zouden alarmeren.

Ik schreef de brief uiteindelijk op een stuk papier dat ik uit een oud schrift had gescheurd. Ik gaf mijn moeder het postbusnummer van de dokter. Twee weken later kwam de vrouw van de dokter naar ons huis voor een bezoek. Toen Ward de kamer uitliep, fluisterde ze tegen mij dat haar man een brief voor me had, en dat ik die moest gaan ophalen.

Zodra ik de kans had, rende ik naar het dorp en kwam hijgend bij het huis aan. Ik kon het haast niet geloven toen ik de envelop zag met mijn moeders handschrift erop. Hoe kon het plotseling zo makkelijk zijn om haar te bereiken, terwijl het jarenlang onmogelijk had geleken?

De dokter glimlachte vriendelijk tegen me en vroeg of ik soms even wilde blijven om de brief te lezen. Ik bedankte hem, maar zei dat ik ergens alleen wilde zijn. Ik wilde niet huilen waar hij bij was. Ik verborg hem onder mijn mantel en ging terug naar huis. Mijn hart ging wild tekeer toen ik terugklom naar huis met mijn geheime brief. Ik kon niet geloven dat ik hem echt zou kunnen lezen, dat er niet plotseling iemand op me af zou komen om de brief van me af te pakken, en hem in stukken zou scheuren, zoals Abdul Khada had gedaan met mijn foto's.

Ik sloot mezelf op in mijn kamer en scheurde de envelop open. Ik wist zeker dat, nu mijn moeder eenmaal wist waar we waren, we binnen de kortste keren weer thuis zouden zijn. Nu ik zo'n prompte reactie had gekregen op mijn brief, twijfelde ik er niet aan dat de andere brieven haar niet hadden bereikt. Ik huilde zo hard dat ik moeite had om de woorden duidelijk te zien.

Hoewel mama zich wel had gerealiseerd dat er iets fout zat, was ze kennelijk erg in de war, want haar brief was erg lang en stond vol met vragen. Ze schreef me dat ze geen van mijn brieven had ontvangen, maar wel het bandje had gehoord dat ik had moeten maken.

Abdul Khada had het bandje naar mijn vader gestuurd, maar mijn moeder had erover gehoord. Toen mijn broer Mo op een dag een bezoek bracht aan mijn vader, had hij het bandje achterovergedrukt en het meegenomen naar mijn moeder. Ze schreef me dat ze had kunnen horen dat ik was gedwongen om de dingen te zeggen die ik zei, maar ze had niet geweten wat te doen. Mijn vader was woedend op Mo en had hem gezegd dat hij moest kiezen tussen hem en zijn moeder. Mo had voor mama gekozen en ging niet meer naar mijn vader toe.

Ik was teleurgesteld dat ze kennelijk nog steeds niet volledig de situatie had begrepen, en dat het duidelijk veel langer zou duren om uit Jemen weg te komen dan ik me had voorgesteld in de tijd voordat ik de brief had gelezen. Maar in ieder geval wisten we nu zeker dat ze er niets mee te maken had gehad dat we verkocht waren als bruid en dat, wanneer ze maar eenmaal zou weten van onze situatie, ze alles zou doen om ons hier weg te krijgen.

Nu ik een manier had gevonden om brieven het land uit te krijgen, stuurde ik er een stroom en ik ontving ook een stroom brieven terug. Nadia en ik durfden nu meer te schrijven en aan anderen te laten weten dat we contact hadden met onze moeder, waarbij we niet meer ons best deden om te verbergen wat er gaande was. De vrouw van de dokter bracht soms heel openlijk de brieven naar ons huis, en hoewel het ze niet beviel, probeerde de familie niet om ze van me af te pakken. De dokter was een ontwikkeld man uit een goede familie, die niet bang was voor wat Abdul Khada hem zou kunnen doen. Eindelijk hadden we een bondgenoot gevonden die sterk genoeg was om ons te helpen.

Abdul Khada kreeg al snel te horen wat er was gebeurd, maar hij was te sluw om zijn ware gevoelens te tonen bij deze ondermijning van zijn gezag. Hij schreef me om me te laten weten dat hij blij was te horen dat ik een brief van mijn moeder had ontvangen. Hij deed alsof er nooit iets was gebeurd, en informeerde als een oude vriend van de familie naar haar gezondheid. In feite was er ook niets wat hij kon doen, aangezien hij al die tijd had gedaan alsof hij onze brieven had verstuurd. Ik had het gevoel dat we er voor de eerste keer in waren geslaagd om hem te slim af te zijn, maar niettemin veranderde er niets aan onze situatie. Zelfs al wist mijn moeder van onze ellende, dan nog leek er voorlopig niets te zijn wat ze eraan kon doen.

Ze vertelde ons in haar brieven dat ze voor het eerst van onze situatie had gehoord, toen een paar van mijn vriendinnen in de snackbar waren gekomen met het nieuws dat Nadia en ik waren getrouwd. Ze hadden het gehoord van een vrouw wier man uit Mokbana kwam.

Mijn moeder zei dat mijn vader onze geboortebewijzen uit haar la had gehaald terwijl zij in de zaak werkte. Toen ze hem hiermee confronteerde, zei hij tegen haar dat hij legale trouwdocumenten had gekregen, en dat er twee Jemenitische mannen getuige waren geweest.

Mijn moeder was daarop razend geworden en had tegen hem geschreeuwd: 'Hoe kon je, het zijn mijn kinderen! Ze zijn van mij. Het zijn je dochters en je hebt ze verkocht!'

Hij glimlachte toen tegen haar en zei: 'Bewijs dat maar eens.'

'Ik zal ervoor zorgen dat ze terugkomen,' zei ze tegen hem, maar hij lachte haar gewoon in haar gezicht uit.

'Ga je gang,' zei hij, 'er is niets wat je kunt doen. Ze zijn weg, net als de andere twee.'

Dus schreef mijn moeder naar het ministerie van buitenlandse zaken, net zoals ze dat al die jaren daarvoor had gedaan bij Ahmed en Leilah, maar ze schreven terug dat we een dubbele nationaliteit hadden, en dat de Jemenitische regering ons nu beschouwde als Jemenitische burgers. Ze vertelde haar dat we alleen naar huis zouden kunnen als onze 'echtgenoten' ons toestemming gaven om het land te verlaten, zodat we een uitreisvisum zouden kunnen krijgen.

Nadia's maatschappelijk werkster, Mary Birchell, begon ook te schrijven naar mensen zoals de Britse ambassadeur en diverse charitatieve instellingen, maar die gaven allemaal hetzelfde antwoord. Het speet hen, maar ze konden niets doen.

Ze begon toen brieven aan ons te schrijven via het postbusnummer in Taiz dat Goad en Abdul Khada haar hadden gegeven maar natuurlijk ontving ze geen antwoord omdat de brieven allemaal werden onderschept. Zelfs als de Britse ambassade in Sana'a had willen helpen, dan nog hadden ze ons niet kunnen opsporen via dat postbusnummer.

Lynettes moeder, mevrouw Wellington, die een goede vriendin van mijn moeder was, had haar ook geholpen. Ze schreef een brief aan de Koningin waarin ze om hulp vroeg. Een hofdame had een heel meelevende brief teruggeschreven waarin ze zei dat haar brief was doorgegeven aan het ministerie van buitenlandse zaken. Mijn moeder en Mary Birchell schreven naar Nigel Cantwell, voorzitter van een liefdadigheidsinstelling die Defence of Children International heette, en een kantoor had in Genève. Deze schreef terug, om hetzelfde te zeggen als de anderen; aangezien Nadia en ik een dubbele nationaliteit hadden door ons huwelijk, was er weinig dat er gedaan kon worden. Maar hij had juridisch advies gevraagd over een bepaald punt betreffende de huwelijken. Kennelijk was mijn moeder onze enige voogd, omdat mijn vader en moeder nooit waren getrouwd. Aangezien haar toestemming nooit was gevraagd voor de huwelijken van haar dochters, was het mogelijk dat de Jemenitische regering zou bepalen dat onze huwelijken niet wettig waren.

Ik greep me vast aan deze strohalm en wist zeker dat dit onze uitweg zou zijn, omdat ik ervan overtuigd was dat onze huwelijken gewoon niet legaal kònden zijn. Hoe zou dat in vredesnaam kunnen? Ons was nooit iets gevraagd en we hadden er beslist niet in toegestemd, en als mijn moeder er niets van wist, dan konden ze niet rechtsgeldig zijn. Maar mijn moeder was heel voorzichtig met wat ze ons schreef, omdat ze ons niet te veel hoop wilde geven. Ze scheen niet te geloven dat de Jemenitische regering veel tijd zou willen besteden aan een onderzoek naar een paar onwettige huwelijken in een afgelegen dorp. Ze was ook bang dat mijn vader misschien zou proberen om Ashia en Tina van haar af te pakken en hetzelfde met hen zou doen als hij met ons had gedaan. Andere mensen vertelden me dat mijn moeder een zenuwinzinking had gehad in de jaren dat wij onbereikbaar waren; dat ze er door alle druk, angst en frustraties aan onderdoor leek te gaan. Maar toen ze onze brieven begon te krijgen, keerde haar vechtlust terug.

Wat mijn moeder echter niet deed, was naar de pers stappen om publiciteit te krijgen. Ik bleef in mijn brieven proberen om haar dat te laten doen en het publiek te laten weten wat er was gebeurd. Een paar oude mannen uit het dorp, die de oude blinde man in ons huis regelmatig bezochten, zeiden me wel dat ik me geen zorgen moest maken, dat ik er wel in zou slagen om terug te keren. De meesten van hen wisten hoe het Britse volk was, en als mijn moeder hen zou laten weten wat er gaande was, dan zou het er wel voor zorgen dat de regering er iets aan zou doen. Ik bleef er in mijn brieven op zinspelen dat ze moest zorgen dat het in de kranten kwam, maar ze leek het niet te begrijpen. Ze bleef maar proberen om alles zelf te doen. Ik voelde me nog steeds niet moedig genoeg om volledig open te zijn in mijn brieven, uit angst dat er misschien nog andere mensen waren die ze zouden lezen.

Onze correspondentie was nu regelmatig, hoewel er soms een kloof van bijna twee maanden zat tussen de brieven, maar dat was niets vergeleken bij de vier jaar stilte die we hadden moeten doorstaan. Mijn moeder begon foto's van de familie te sturen, ter vervanging van de foto's die waren vernietigd. Ashia had toen al een dochter, waarover ik tot dan toe niets had geweten. Abdul Khada had een fototoestel, en af en toe maakte hij foto's van Nadia en mij, die ik dan naar mijn moeder stuurde. Ik denk dat hij geloofde dat door een dergelijk gebaar onze beweringen dat we gevangen werden gehouden, belachelijk zouden lijken. Maanden achtereen bleven de brieven over en weer gaan, waardoor we hoop kregen dat er iets zou gebeuren, en waardoor we nog ongeduldiger werden om uit Jemen weg te kunnen, terug naar onze familie.

11 *Bezoek van thuis*

Abdul Khada ging met Abdullah naar Engeland, zodat de jongen een medische behandeling zou kunnen ondergaan en terwijl hij daar was, nam hij hem mee naar mijn vader. Ik denk dat mijn vader schrok toen hij zag hoe klein en ziek Abdullah was. Alle anderen uit hun vriendengroep lachten om Abdullah, en aan mijn vader vroegen ze hoe hij zijn dochter in vredesnaam had kunnen uithuwelijken aan zo'n jongen. Mijn vader kreeg een gevoel van schaamte door het commentaar van zijn eigen vrienden; mensen die nooit kritiek zouden hebben gegeven op zijn handelwijze als Abdullah net als andere mannen zou zijn geweest. Abdul Khada vertelde me dit zowaar nadat hij was teruggekeerd naar Hockail, op weg naar Saoedi-Arabië, terwijl hij Abdullah in Engeland had achtergelaten waar zijn behandeling moest worden afgemaakt.

Ik ben er nooit helemaal achtergekomen wat de behandeling precies inhield. Abdullah bleef er negen maanden voor in Engeland, maar moest toen weg omdat zijn visum was verlopen voordat ze hem hadden kunnen genezen. De autoriteiten wisten dat hij de termijn van zijn visum al had overschreden, wat werd genoteerd bij zijn gegevens. Later kwam dit feit weer boven water en zou het zorgen voor een nieuwe complicatie in ons leven.

Abdul Khada had me verteld dat mijn moeder had opgebeld toen hij in Engeland was. Hij had toen met haar afgesproken dat hij haar in het huis van Gowad zou ontmoeten, omdat die toentertijd in Birmingham woonde. Ze ontmoetten elkaar en mijn moeder was hem vragen gaan stellen over mij en Nadia, waarbij hij haar had verteld dat ik nu was getrouwd en gelukkig was. Hij vertelde me dat hij ook mijn zussen had ontmoet.

Abdullah was maar voor een paar weken teruggekomen naar het dorp, voordat Abdul Khada hem naar Saoedi-Arabië liet komen om zich daar bij hem te voegen. Hij was iets langer geworden in Engeland, maar zag er nog net zo mager en ziek uit als toen hij wegging. De behandeling leek niet veel te hebben geholpen. Abdullahs broer Mohammed nam contact op met Abdul Khada en zei hem dat het niet goed ging met Abdullah, en dat hij in Saoedi-Arabië behandeld diende te worden. Abdul Khada was het met hem eens en weer vertrok Abdullah uit Jemen. Telkens als hij wegging, was ik opgelucht, hoewel ik nauwelijks aandacht aan hem besteedde als hij er was.

Korte tijd later hoorde ik dat hij een grote operatie moest ondergaan. Er was iets niet in orde met een van de slagaderen die van zijn hart leidde. Deze blokkeerde de bloedstroom en moest worden vervangen door een plastic buisje. Ze zeiden dat hij 24 uur onder narcose zou moeten. Abdul Khada zei dat de jongen maar een kans van vijftig procent had. Ik bad dat hij zou sterven op de operatietafel, zodat ik vrij zou zijn om het land te verlaten. Toen ik een paar dagen later hoorde dat hij het had gehaald, was ik teleurgesteld. Abdul Khada stuurde een telegram naar Ward om haar te laten weten dat alles in orde was, omdat ze zich zo ongerust maakte, Een paar dagen later kwam hij haar persoonlijk geruststellen.

Abdullah bleef een paar maanden in Saoedi-Arabië om op te knappen en zijn vader te helpen in het restaurant. Zodra hij sterk genoeg was, stuurde Abdul Khada hem terug naar het dorp, in de hoop dat hij nu in staat zou zijn om mij zwanger te maken. Ze hadden zich allemaal al eerder afgevraagd waarom ik maar niet zwanger werd, maar ik liet ze praten. Ze dachten dat het kwam door Abdullahs ziekte, en ik denk dat dat ook best de reden kon zijn geweest. Hij zag er een stuk beter uit toen hij terugkwam nadat hij geopereerd was, en eindelijk was hij wat steviger geworden.

Ik werd onmiddellijk zwanger. Toen ik in 1985 voor het eerst niet ongesteld werd sinds mijn allereerste menstruatie, wist ik onmiddellijk wat dat betekende. Ik vertelde Ward dat ik niet ongesteld was geworden, en ze was verrukt – ze waren allemaal in de wolken. Ik voelde me niet naar of misselijk, maar ik wist gewoon dat ik zwanger was. Ook ik was er blij mee, omdat Abdul Khada me altijd had beloofd dat, wanneer ik zwanger zou worden, ik terug zou mogen naar Engeland om daar de baby te krijgen. Ik had in de afgelopen maanden mijn best gedaan om hem de indruk te geven dat ik tenslotte toch gewend was, en dat ik goed kon opschieten met de familie. Ik loog toen veel, om hem voldoende vertrouwen in mij te geven dat hij mij met Abdullah naar Birmingham durfde te laten gaan voor de bevalling.

Mohammed kwam rond dezelfde tijd als Abdullah terug uit Saoedi-Arabië, en Nadia werd precies gelijk met mij weer zwanger. Haar zoon Haney was toen twee jaar.

Ward was niet zo zorgzaam voor mij als Salama voor Nadia tijdens haar zwangerschappen. De hele zwangerschap moest ik precies evenveel werk doen als ervoor. Er waren dagen waarop ik dacht dat ik het niet zou redden, maar ik moest wel omdat Bakela naar Taiz was gegaan om daar bij Mohammed te gaan wonen. En Ward weigerde om zelf te werken, dus er was niemand anders om het water te halen, het eten te maken, het huis schoon te houden en voor de dieren te zorgen. Bakela had nog een baby gekregen voordat ze uit Hockail was vertrokken, maar nu was ze weg uit het dorp, en ik benijdde haar daarom. Eindelijk was ze naar de moderne wereld ontsnapt, ook al was dat maar Taiz. Ze kreeg weer een zoon, maar hij was ziek toen hij werd geboren; te klein en te ziek om besneden te worden. Hij moest naar Taiz worden gebracht om er behandeld te worden. Daarna besloot Mohammed dat zijn vrouw in de stad bij hem moest komen wonen. Dus bleef ik achter met alleen Ward en het oude echtpaar als gezelschap.

Op sommige dagen wist ik zeker dat het einde van de nachtmerrie in zicht was, dat als ik hen er maar van kon overtuigen dat ik een gehoorzame schoondochter was, ze me naar Engeland zouden laten gaan, en dat ik dan in staat zou zijn om te ontsnappen. Op andere dagen wanhoopte ik of er nog ooit iets zou gebeuren wat de dingen zou veranderen. Ik bleef al mijn huishoudelijke taken doen, en Nadia probeerde wel om mij te helpen, omdat Salama haar vrije tijd gaf. Wanneer ik naar de bron ging, waren er ook altijd andere vrouwen, en die waren geschokt om te zien dat ik, terwijl ik acht maanden zwanger was, nog steeds water moest dragen. Ik had een enorme omvang gekregen, wat extra zwaar werd door de vreselijke hitte.

In de laatste maand probeerde ik telkens wanneer ik de kans had rust te nemen. Op een middag lag ik net een paar minuten op bed, toen ik Amina vanaf het dak van haar huis onderaan de berg hoorde roepen. Ze zei dat er een pakje was bezorgd van Mohammed uit Taiz, en of we allebei naar beneden wilden komen om het op te halen. Ward ging eerst, omdat ik er wat meer tijd voor nodig had om overeind te komen van het bed en over het rotspad naar beneden te gaan.

Toen ik beneden was gekomen, zag ik een kleine menigte van mensen uit de buurt, die allemaal met elkaar stonden te fluisteren. Ik wist dat er iets aan de hand was door de manier waarop ze naar me keken terwijl ze praatten. Ik keek de weg af, maar ik zag geen Land Rover, terwijl ik wist dat ik die nog zou moeten zien als er net een pakje was bezorgd.

Haola kwam naar me toe en zei zacht: 'Zana, je moeder staat daar bij de weg op je te wachten.'

Toen ik naar de rand van de volgende steile rots liep, zag ik een auto wegrijden. Ik keek naar beneden en zag twee mensen aan de kant van de weg staan. Er stond een vrouw in een rood T-shirt en een jonge man die ik niet herkende. Het was voor het eerst sinds tijden dat ik een vrouw zag met onbedekt haar. Ik stond daar te kijken, en mijn hart ging wild tekeer.

De tranen druppelden langs mijn wangen en ik kon voelen hoe de emoties in mij steeds heviger werden, terwijl ik glijdend en struikelend het pad afliep in hun richting. Mijn moeder stond aan de kant van de weg met haar armen uitgestrekt, terwijl ze alleen maar naar me keek. Toen ik bij haar was gekomen, barstten we allebei in tranen uit en viel ik in haar armen. We klemden ons voor mijn gevoel uren aan elkaar vast. De dorpsvrouwen verzamelden zich zwijgend bovenop de steile rots om naar ons te staren.

Toen ik haar eindelijk losliet, gebaarde ze naar de jongen naast haar. 'Zeg je broer eens gedag,' zei ze, en toen besefte ik pas dat het Mo was. Ik zou hem nooit hebben herkend, omdat hij zo was veranderd in die vijf jaar. Toen begon ook hij te huilen. Ik keek weer naar mijn moeder en zag dat ze problemen had met de warmte.

'Kom,' zei ik, 'dan gaan we uit de zon.'

Ook al was ik acht maanden zwanger, toch liep ik veel

te snel voor haar het pad op, en ze moest me vragen om langzamer te lopen. We kwamen bij het huis van Abdul Noor en gingen daar buiten op de betonnen vloer in de schaduw zitten. het hele dorp leek daar wel te staan, alleen maar starend naar ons. Ik wist niet wat ik moest zeggen.

Amina verbrak de stilte. 'Zo, daar is dan je moeder, Zana. Hoe voel je je?' Ik wist niet wat ik moest antwoorden. Ik begon alsmaar vragen op haar af te vuren.

'Wat is er allemaal gebeurd? Hoe bent u hier gekomen? Bent u gekomen om ons mee terug te nemen?'

'Laat me eerst even uitrusten, dan zal ik het je vertellen,' was alles wat ze kon zeggen. 'Waar is jouw huis?' Ik wees naar de top van de berg, en ze kon haar ogen niet geloven. 'Moeten we dáár helemaal naar toe?' was alles wat ze kon zeggen.

Amina bracht haar iets kouds te drinken, en mijn moeder nam even rust. Ik wilde haar graag mee naar boven nemen en horen wat er was gebeurd. Ik had het niet meer; ik wilde alles meteen weten.

Het kostte ons ongeveer een half uur voordat mijn moeder bij de volgende heuvel was, en toen ze helemaal boven was, zakte ze voor het huis in elkaar en had niet eens meer de kracht om naar binnen te gaan.

Als ik had geweten dat ze zou komen, dan had ik wat extra eten in huis kunnen halen, of iets kunnen doen om het huis wat comfortabeler voor haar te maken. Nu was er niets in huis dat geschikt was voor iemand uit Engeland om te eten, alleen de maïs waaraan ik toen gewend was. Mijn moeder kon dat niet eten. Wat haar het meest angst aan leek te jagen, waren de vliegen die overal om haar heen zwermden en overal op haar huid gingen zitten. Het was vreemd om het huis nu met nieuwe ogen te zien, en er weer aan te denken hoe raar het allemaal had geleken toen ik net was aangekomen. Ik besefte erdoor hoe ik langzaam aan alles was gaan wennen.

Haola bracht de koffer van mijn moeder naar boven en bood aan om naar Ashube te gaan om Nadia te halen. Ik vroeg haar om Nadia niet aan het schrikken te maken vanwege haar toestand, dat ze haar alleen moest vragen naar me toe te komen en niet te zeggen dat mijn moeder er was.

We gingen naar mijn kamer en ze begon me te vertellen wat er was gebeurd, Kennelijk realiseerde ze zich al dat er iets fout moest zijn gegaan toen we niet terugkwamen van onze 'vakantie' in Jemen, hoewel ze niet precies begreep wat. Mensen die uit Jemen kwamen, brachten haar nieuws over ons, en een paar brieven van ons bereikten haar wèl. Toen ze besefte wat mijn vader had gedaan, verliet ze hem en ging ze samen met Mo, Tina en Ashia weg uit de snackbar. Ongeveer een jaar nadat we waren vertrokken, had ze meneer Cantwell van de liefdadigheidsinstelling in Genève benaderd, en hij zou proberen haar te helpen.

Ze zei dat ze bang was om publiciteit te krijgen, voor het geval dit de Jemenieten boos zou maken, en ze ons nog verder in de bergen zouden verstoppen. Meneer Cantwell schreef talloze brieven aan de Jemenitische regering, waarin hij om hulp vroeg. Slechts één keer kreeg hij een brief terug, waarin ze zeiden dat ze de zaak zouden onderzoeken. Verder gebeurde er helemaal niets, en meneer Cantwell vertelde mijn moeder dat er geen kaarten bleken te zijn van het gebied waar we naar toe waren gebracht. Kennelijk was er sprake van omkoperij binnen de regering en de politiemacht van Taiz, om ervoor te zorgen dat niemand iets zou doen om ons te gaan zoeken. Iedere poging die ze deden om informatie over ons te krijgen, liep op niets uit.

Nadia (links) en Zana voor hun vertrek naar Jemen.

In Jemen: Nadia, Tina en Zana, december 1987.

Muthana Muhsen, de vader van de meisjes, november 1987. © *The Observer & John Reardon*

Nadia, Tina en Zana, december 1987. © *The Observer & Ben Gibson*

Nadia, Tina en Zana met Eileen MacDonald, december 1987. © *The Observer & Ben Gibson*

Nadia en Tina, december 1987.

Miriam (moeder) en Zana op het vliegveld van Londen, april 1988. © *The Observer & Ben Gibson*

Eindelijk vrij, met mama in Brighton. Mijn eerste momenten in Engeland breng ik door in deze hotelkamer.

Zana (links) en Lynette na haar vlucht uit Jemen.

Ashia (links), Tina (midden) en Zana. Kort na haar vlucht uit Jemen.

Tina, Marcus en Nadia. Ik heb deze foto genomen op de dag van mijn vertrek.

Taiz, 10 februari 1992. Met de Franse televisie keer ik terug naar Jemen en zie ik, na een scheiding van vier jaar, Nadia terug. Op deze foto worden wij omringd door Nadia's man, Jean-Pierre Foucault en mama.
© *Sygma / James Andanson*

Het is eindelijk mogelijk met mijn zus te praten. Voor haar en voor Marcus zal ik doorgaan met mijn strijd.
© *Sygma / James Andanson*

Toen kreeg mijn moeder een verkeersongeluk. Ze stond te bellen in een openbare telefooncel om de hoek van haar huis in Birmingham, toen er een auto met een klap tegenaan vloog. Ze was zwaar gewond en moest een spoedoperatie ondergaan. Als schadevergoeding kreeg ze 6500 pond aangeboden. Ze vertelden haar dat ze veel meer zou krijgen als ze er een rechtszaak van zou maken, maar ze wilde het geld snel hebben. Aangezien niemand in staat leek te zijn om ons te vinden, besloot ze om zelf naar Jemen te vliegen om op zoek te gaan naar ons, waarbij ze Mo met zich meenam. Ze vertelde meneer Cantwell over haar plan, en hij opperde dat als het zou mislukken, het tijd werd om de pers in te schakelen, aangezien er dan niet veel meer te verliezen viel. Ze geloofde dat het ongeluk zo had moeten zijn, om haar het geld te bezorgen om ons te kunnen zoeken, en ze schreef ons om te vertellen dat ze zou komen zodra ze het geld had. Ze moest nog drie jaar wachten voordat ze eindelijk het geld kreeg.

Bij aankomst in Jemen gingen zij en Mo eerst naar de Britse vice-consul, Colin Page. Hij was erg onbeschoft en agressief en zei dat ze haar tijd verknoeide, dat ze geen enkele kans maakte om ons Jemen uit te krijgen, en dat ze net zo goed meteen weer terug kon gaan naar Engeland. Hij vertelde haar nogmaals dat de enige manier waarop we weg zouden kunnen, was als we toestemming hadden van onze echtgenoten. Hij wilde weten hoe ze dacht ons te zullen vinden. Mijn moeder vertelde hem hoe de dorpen heetten, maar hij zei dat hij er nooit van gehoord had, en dat het bovendien weinig nut had om de namen te weten, omdat er geen kaarten van de streek waren.

Toen ze het kantoor verliet, zei meneer Page haar dat ze maar beter kon uitkijken voor Mo, aangezien 'ze waarschijnlijk ook zullen proberen hem in handen te krijgen'.

Toen mijn moeder zich realiseerde dat ze geen hulp hoefde te verwachten van de ambassade, pakte ze de bus naar Taiz. Ik had haar verteld over Nasser Saleh, de agent van Abdul Khada, en had gesuggereerd dat als ze zou komen, ze met hem moest gaan praten. Mijn moeder had nog een wazige foto van Mohammed uit 1980, en ze wist dat hij en Bakela met de kinderen tegenwoordig in Taiz woonden, waar hij een baan had in de boterfabriek. Drie dagen lang zwierf ze rond in de stad en sprak met iedereen die Engels kende, waarbij ze vroeg of ze een van de namen herkenden, of de man op de foto, of dat ze van de dorpen hadden gehoord. Niemand kon haar helpen, totdat iemand uiteindelijk de naam Nasser Saleh herkende, en haar bij hem bracht. Hij liet Mohammed halen om in zijn huis met haar te praten.

Mohammed schrok toen hij haar zag, maar was zo behulpzaam mogelijk en stemde erin toe om te regelen dat ze naar Mokbana gebracht zouden worden. Hij moest Abdul Khada in Saoedi-Arabië hebben opgebeld, want hij riep mijn moeder aan de telefoon en vroeg haar om met hem te praten. Mijn moeder zei dat Abdul Khada boos en bang had geklonken. Hij wilde weten wat ze daar deed, en waarschuwde haar om geen problemen te veroorzaken. Ze deed alsof ze niet wist waar hij het over had, dat ze alleen was gekomen om haar dochters te bezoeken. Hij zei dat hij een brief van mijn vader had gekregen, die hem toestemming gaf om ons naar Marais, in de buurt van Aden te brengen, en ons daar achter te laten als ze problemen zou veroorzaken.

Ze kalmeerde hem en hing op. Mohammed leek zich te generen over wat er was gebeurd, en bekende tegenover mijn moeder dat mijn vader ons aan Abdul Khada en Gowad had verkocht voor 1300 pond ieder. Het was voor het eerst dat ze dit bevestigd hoorde.

Ze vertelde me ook dat ze al snel had ontdekt dat het Nasser Saleh was geweest die onze brieven aan haar en haar brieven aan ons had onderschept. Ze had de Jemenitische regering hiervan op de hoogte gesteld, en Nasser Saleh was ervoor de gevangenis in gegaan. Abdul Khada en Gowad hadden moeten betalen om hem eruit te krijgen. We hadden hier niets van geweten. Toen ze hem in Taiz had gevonden, zei hij tegen iedereen: 'Dit is de vrouw die me al die moeilijkheden heeft bezorgd.'

Zij en Mo bleven die nacht bij Mohammed, Bakela en de kinderen, en de volgende dag huurde Mohammed een taxi om hen naar Mokbana te brengen. Terwijl ze de stad uitreden, kregen mijn moeder en Mo een schok door wat ze zagen – de kale woestijn en de kleine hutten van steen en leem. het kwam bij hen over alsof er een bom was gevallen. Mijn moeder zei dat het net een nachtmerrie voor haar was.

Nadat zij haar verhaal had beëindigd, begon ik haar het mijne te vertellen, en ik kon zien dat het haar erg schokte. Er was geen tijd om in details te treden, en ik vertelde haar alleen de belangrijkste punten. Ze had er geen idee van gehad hoe erg het allemaal wel was. Ze had niet beseft dat ik bedekt te kennen had gegeven dat ze naar de pers moest stappen. Het was allemaal erg verwarrend voor haar.

Toen ze me vertelden dat Nadia uit Ashube was gekomen, liep ik naar buiten om haar daar alleen te ontmoeten, om haar voor te bereiden op de schok om mama na zoveel jaren te zien. Ze reageerde precies zoals ik: ze wierp zich in mama's armen en omhelsde haar. Haney was toen twee jaar en hield zich afzijdig, geschrokken door de aanblik van deze vreemd geklede oma.

Ward leek hun komst in huis te ondergaan zonder enige emotie. Ze leek niet te hebben opgemerkt dat er iets bijzonders aan de hand was; ze zorgde gewoon voor drinken voor de bezoekers.

Toen ik mijn moeder aan de kant van de weg had zien staan, had ik gedacht dat we nu eindelijk naar huis zouden kunnen. Zodra ik echter met haar begon te praten, wist ik al dat er geen kans was dat dat zou lukken. Ik zag in dat ze nog niet voldoende had gedaan, en nog niet bij de juiste mensen was geweest. Ik zei haar dat ze terug moest gaan naar Engeland, en daar naar de pers moest stappen om te zorgen voor een hoop publiciteit, waarbij ze moest eisen dat er iemand iets zou doen om ons te helpen.

We kwamen tot de conclusie dat ze bewijs nodig had van wat er was gebeurd, en ik stelde voor dat ik een bandje zou maken dat ze naar meneer Cantwell in Genève kon sturen, en aan journalisten kon laten horen. Deze keer zou ik mijn eigen woorden gebruiken en de hele waarheid vertellen.

Ik had nog steeds mijn bandrecorder, dus ging ik alleen naar het dak om erin te praten, om een smeekbede te richten aan meneer Cantwell om ons te helpen. Het viel me zwaar om in de microfoon te praten. Ik wist niet waar ik moest beginnen, en ik had moeite om op de juiste woorden in het Engels te komen. Ik bleef maar in tranen uitbarsten terwijl ik sprak, dus moest ik de bandrecorder stopzetten en staarde dan naar de bergen totdat ik kalm genoeg was om verder te gaan. Het kostte me uren, maar uiteindelijk slaagde ik erin om het bandje vol te praten en bracht het toen naar mijn moeder. Ik zei haar dat ze er niet naar moest luisteren, omdat ik wist dat de dingen die ik had gezegd over dat ik geslagen werd door Abdul Khada, haar van streek zouden maken. Ik zei haar dat ze het bandje gewoon in haar tas moest stoppen en het mee moest nemen.

Ze bleef twee weken bij ons, een deel ervan bij mij en een deel ervan bij Nadia. Ik wist dat ze er overstuur van zou raken als ze zag hoe hard ik moest werken, dus probeerde ik dit voor haar verborgen te houden, maar ik kon niet voorkomen dat ze er toch wat van zag. Ik moest nog steeds water halen bij de bron, en we hadden nu nog meer nodig omdat zij er was. Ze had het altijd warm en wilde zich vaak wassen.

Ze wilde nergens heen en wilde niets zien zolang ze er was; ze wilde alleen maar in huis zijn bij Nadia en mij. Alle vrouwen uit de buurt wilden haar zien, en het huis was altijd vol als zij er was. Ze kon maar niet gewend raken aan de manier waarop ze allemaal in het openbaar spuwden en *qat* kauwden. Sommige vrouwen hadden er een hele tocht voor over om haar te ontmoeten. Ze vertelden haar hoe vreselijk het voor haar wel niet moest zijn om je dochters op deze manier te moeten kwijtraken.

Mo werd heel boos over wat er met ons was gebeurd. Hij had iedereen wel willen vermoorden. Hij wilde mijn vader en Abdul Khada doden.

Ik moest vaker dan normaal naar de winkels, om vers voedsel voor hen te kopen. Zolang mijn moeder bij mij was, mocht Nadia van Salama bij ons logeren, maar toen mijn moeder voor de tweede week naar Nadia ging, mocht ik niet naar hen toe.

Mijn moeder had al die tijd veel last van de vliegen en muskieten; alle dingen waaraan Nadia en ik in de voorgaande vijf of zes jaar gewend waren geraakt, waren voor haar een nachtmerrie. We konden de nieuwe kamer op het dak voor haar gebruiken. Ik dacht dat het daar voor haar prettiger zou zijn, maar het was net zo erg. Ze voelde zich voortdurend ziek en Mo kreeg over zijn hele lichaam huiduitslag door de muskietenbeten. Na twee weken konden Nadia en ik de spanning niet meer aan.

'Hoe sneller u weggaat, mama,' zei ik, 'hoe sneller wij hier weg zullen kunnen. Maakt u zich geen zorgen over ons, we hebben nu al zo lang gewacht, we kunnen nog wel wat langer wachten totdat u iets hebt geregeld.' Ze zei dat ze zo'n hulpeloos gevoel kreeg dat ze niets voor ons kon doen, maar ze was het ermee eens dat het het beste zou zijn als ze terugging naar Engeland en contact zou opnemen met meer mensen.

We regelden een taxi voor haar via Amina's schoonzoon, en op de morgen dat die aankwam, liep ik met mijn moeder en Mo de berg af naar de weg. Nadia zei dat ze de emotionele spanning van dit laatste afscheid niet aan zou kunnen, en nam de avond ervoor al afscheid van hen.

Toen we bij de weg aankwamen, zei mijn moeder dat ik me geen zorgen moest maken, dat ze ervoor zou zorgen dat het bandje in de openbaarheid zou komen. Ik bracht ze naar de auto en nam afscheid. De hele weg terug naar huis keek ik niet één keer om. Ik dacht dat het mijn hart zou breken als ik me om zou draaien en de auto met mijn moeder erin de woestijn in zou zien rijden.

Toen ik weer in mijn kamer kwam, was ik uitgeput. Ik liet me op mijn bed vallen en al mijn emoties kwamen eruit in een stortvloed van snikken en tranen.

Abdul Khada was tot de conclusie gekomen dat hij ons niet kon vertrouwen met mijn moeder in het dorp, en hij kwam terug uit Saoedi-Arabië om zich ervan te overtuigen dat er niets gebeurde. Hij had verwacht dat mijn moeder een paar maanden zou blijven en hij schrok toen hij hoorde dat ze alweer in Taiz was en van plan was om terug te vliegen. Hij ging haar opzoeken in de stad en besefte door wat ze zei, en door het feit dat ze al zo snel weer terugvloog naar Engeland, dat ze van plan was om iets te doen om te proberen ons te redden. Hij zei haar dat ze dat wel kon vergeten, en dat ze toch niets kon uitrichten, en dat ze ons met rust moest laten. Ze liet hem praten.

Hij ging die avond samen met Mohammed naar Hockail en tegen de tijd dat hij er aankwam, kookte hij van woede en was hij ervan overtuigd dat hij was bedrogen. Hij wilde precies weten wat we haar hadden verteld en wat er gaande was.

'Niets,' zei ik, 'je hebt er trouwens niets meer mee te maken.' Ik wist dat ik niets meer moest zeggen, maar ik kon de verleiding niet weerstaan om door te gaan. Ik was er zo zeker van dat we uiteindelijk toch weg zouden komen. 'Ik blijf hier niet lang meer, ik ga terug naar Engeland.'

Hij sloeg me met zijn hand dwars over mijn gezicht. 'Je hebt geluk dat je die baby in je buik hebt,' schreeuwde hij, 'anders had ik je heel wat harder geslagen.'

'Als je moeder je terug wil,' zei Mohammed tegen mij, 'dan zal ze voor je moeten betalen, net zoals wij dat hebben moeten doen, Dat zijn hier de regels.' Ik liet hem praten en ze bleven me treiteren.

Toen het moment van de bevalling dichterbij kwam, realiseerde ik me dat er geen kans was dat Abdul Khada me terug zou laten gaan naar Engeland voor de geboorte. Het bezoek van mijn moeder betekende dat hij me nu beslist niet kon vertrouwen. Ik moest het angstaanjagende vooruitzicht onder ogen zien dat ik zou moeten bevallen in het dorp, net als Nadia en Bakela.

Twee dagen later braken de vliezen terwijl ik alleen in huis was. Ik schrok van de hoeveelheid vruchtwater. Ik was op dat moment aangekleed, dus trok ik een andere broek aan en bracht de vuile broek naar het dak om die te wassen. Ik kreeg een zeurende pijn in mijn rug en merkte dat ook de schone broek nat was geworden zonder dat ik er erg in had gehad. Ik had er geen idee van wat er hierna zou gebeuren, maar ik wist wel dat we voor die dag nog water in de tanks nodig hadden, dus ging ik op weg naar de bron. Tegen de tijd dat ik terugkwam met het water op mijn hoofd, werd de pijn steeds erger, en ik ging weer naar het dak om te rusten.

Ward kwam naar boven en vroeg, toen ze me daar alleen zag zitten, wat er aan de hand was. Ik zei haar dat de pijn erger werd en dat mijn vliezen waren gebroken. Ze riep Abdul Khada en ze brachten me naar beneden, naar mijn kamer. Ik was heel bang voor wat er zou komen, hoewel de pijn zelf niet zo erg was, vergeleken met wat ik had doorgemaakt sinds ik in Jemen was aangekomen.

Langzaam werd de pijn erger en ik begon te huilen. Saeeda kwam de kamer in om me te troosten en ook Ward was er. Ik bleef heen en weer lopen in de kamer, niet in staat om stil te staan. Het was toen ongeveer tien uur in de avond, dus was de kamer verlicht door de rokerige olielampen. Na middernacht ging ik op de grond liggen en kon ik niet meer rondlopen. Ik begon rond twee uur in de morgen te persen. Ward was in slaap gevallen. Ik wekte haar en zei haar dat de baby eraan kwam. Ze zei me dat ik niet zo dom moest doen, dat hij niet voor de volgende dag zou komen, en dat ik niet zo'n drukte moest maken. Mijn lichaam zei me dat ze ongelijk had. Ik argumenteerde niet met haar, ik deed alleen mijn broek uit en bleef persen. Ze had al snel in de gaten dat ik serieus was. Ze stond op en liep de kamer door. Ze stond bij mijn voeten en keek toe om te zien wat er zou gaan gebeuren.

Saeeda, de oude vrouw, bond een touw aan het raam en gaf me het andere uiteinde om vast te houden. Ik wilde steeds maar mijn benen sluiten, waarop Ward boos werd en tegen me schreeuwde dat ik ze van elkaar moest doen. Toen het hoofdje van de baby eruit kwam, gilde ik van de pijn. Ward ging op haar hurken zitten om te kijken. De baby gleed eruit en ik wachtte tot Ward hem zou oppakken, de navelstreng zou doorsnijden en hem zou laten zien, zoals ik haar dat ook bij Bakela had zien doen. Maar ze bleef gehurkt zitten, waarbij ze iets tussen mijn benen deed. Ik had er geen idee van wat er aan de hand was. Ze riep Abdul Khada om een toorts te brengen en die voor haar op te houden, omdat de lamp niet voldoende licht gaf om te zien wat ze deed.

'Wat ben je aan het doen?' schreeuwde ik.

'De navelstreng zit om zijn hals,' antwoordde ze, zonder op te kijken. 'Ik ben hem aan het losmaken.' Een paar minuten later bevrijdde ze de baby, sneed de navelstreng door en gaf hem een tik zodat hij ging huilen. Het was een jongetje.

Abdul Khada was verrukt. 'Zo,' zei hij, 'nu hebben we ons souvenir. We hebben je niet meer nodig. Je kunt terug naar Engeland.' Hij lachte en ik wist dat hij me alleen maar aan het treiteren was. Hij was nog steeds niet van plan om mij te laten gaan. Als ik had gedacht dat hij het had gemeend, dan was ik onmiddellijk vertrokken.

Ward dekte me toe op de grond. Ik kon me niet bewegen. De nageboorte was er nog niet uit, maar daar wist ik niets van. Toen het dag werd, zei Ward tegen me dat ik op moest staan. Ze bond een stuk touw om het uiteinde van de navelstreng die nog steeds uit me hing, en bond dat vast aan mijn been. Ik ontdekte dat ze dat altijd doen, omdat ze geloven dat de navelstreng anders weer naar binnen zal gaan en de placenta er dan nooit meer uit zal komen.

Ze lieten me overeind staan, wachtend totdat de nageboorte eruit zou komen. Ik voelde me duizelig en zwak van vermoeidheid en bleef zwaaien op mijn benen, maar ze dwongen me weer overeind. Op het laatst kon ik niet meer en moest ik gaan liggen. Ward ging naar het dorp om een vrouw te halen die moest helpen bij het eruit halen van de nageboorte. Tegen die tijd waren Amina en Haola naar boven gekomen om ook te helpen.

De vrouw uit het dorp arriveerde en liet me weer overeind komen. Ze begon op mijn buik te drukken. De pijn was erger dan de geboorte zelf en ze probeerde de placenta eruit te krijgen door met haar vingers in me te graven. Ze leek ongerust omdat de nageboorte maar niet kwam en ik begon in paniek te raken. Na een half uur martelen kwam die er eindelijk uit. Het was een grotere opluchting dan de geboorte zelf. Ik voelde me plotseling schoon.

De vrouw baadde en waste me, en waste ook de baby. Abdul Khada bracht me wat eten, maar ik kon niet eten, ik viel gewoon in slaap. Het volgende dat ik me herinner is dat Ward me wekte en me vertelde dat ik de baby moest voeden. Ik had toen nog niet veel melk voor hem, maar ik voedde hem zo goed mogelijk.

Ward hielp me nergens mee, ze wilde niet eens mijn kamer schoonmaken, en op de derde dag werd het zo stoffig dat ik het niet meer kon verdragen. Ik stond dus op om het dan zelf maar te doen, en ging toen ook al mijn andere taken doen. Zorgen voor een baby is heel wat moeilijker wanneer je helemaal geen modern comfort hebt, dingen die in Engeland vanzelfsprekend zijn. Ik had bijvoorbeeld geen luiers, wat betekende dat de baby de hele dag door moest worden schoongemaakt en gewassen, telkens wanneer hij zichzelf nat of vies had gemaakt. Toen de baby aan vast voedsel toe was, kreeg hij fijngemaakte chapati's, geweekt in melk, hoewel Abdul Khada soms wat potjes babyvoeding voor me meenam als hij terugkwam uit Saoedi-Arabië. Het grootbrengen van een baby is overal ter wereld moeilijk, maar het is tien keer zo zwaar als je het in je eentje moet doen, zonder de moderne uitvindingen om je te helpen, naast al die andere traditionele vrouwentaken.

Ze wilden de baby Mohammed noemen, maar ik wilde een Engels klinkende naam, dus noemde ik hem Marcus. Toen ze hem voor het eerst aan me overhandigden, wist ik dat ik hem zou moeten achterlaten als ik terug zou gaan naar Engeland. Ik wist dat ze me nooit zouden toestaan om hem mee te nemen. Ik kon mezelf niet beletten om van hem te houden, maar ik wist dat hij nooit echt van mij zou worden.

12 *Iemand daarginds bekommert zich om ons*

Marcus werd geboren op 8 mei 1986. Het was bijna alsof hij wist dat ik hem op een dag zou verlaten. Hij hing vreselijk aan me, omdat hij niemand anders had. In het huis waren verder alleen Ward en de twee oude mensen, dus was hij voortdurend bij mij, zelfs als ik naar de winkels ging. Ik deed mijn best om een goede moeder te zijn. Hij was een gemakkelijke baby die zelden huilde, zolang ik maar in de buurt was om hem vast te houden.

Binnen een paar weken had ik geen melk meer. Daarom bracht Abdul Khada een paar flessen melkpoeder voor me mee uit Taiz. Een paar dagen was Marcus ziek van die melk; telkens als ik hem voedde, spuugde hij alles er weer uit, maar uiteindelijk raakte hij eraan gewend.

Abdul Khada was onmiddellijk dol op zijn nieuwe kleinzoon, en hij stuurde me regelmatig kleertjes voor Marcus vanuit Saoedi-Arabië. Ik denk dat hij het idee had dat hij me uiteindelijk dan toch verslagen had, dat ik nooit meer terug zou gaan naar Engeland nu ik Marcus had. Ik zei niets, maar ik hield vast aan mijn besluit: ik moest terug naar huis. Ik was opgelucht dat de baby een jongen was, omdat ik wist dat als ik hem daadwerkelijk zou verlaten, het wel goed zou komen met hem. Als het een meisje zou zijn geweest, dan zou ik hebben ingezeten over wat er met haar zou gebeuren zonder mij in de buurt om haar te beschermen.

Ongeveer een maand nadat Marcus was geboren, ontving ik een grote envelop uit Engeland met 'Van harte gefeliciteerd met je verjaardag' erop geschreven. Ik wist dat hij van mijn moeder moest zijn, dus voordat ik hem opende, stuurde ik iemand om Nadia te halen. Toen ze er was, openden we samen de envelop. Er zaten twee aanvraagformulieren voor een Brits paspoort in. We wisten in dat stadium nog niet wat mama van plan was, maar we vulden ze in en zonden ze terug via de dokter. Mijn moeder had er nog een grote envelop bijgedaan waarin we de formulieren konden retourneren. We schreven er 'Gefeliciteerd met je 16e verjaardag' op, en adresseerden hem aan onze zus in Engeland. We voelden ons opgetogen en lachten hysterisch terwijl we de formulieren invulden. Eindelijk leek er dan iets te gebeuren.

De brief kwam aan en mijn moeder schreef terug dat ze de formulieren had ontvangen en dat alles prima ging. Eindelijk zag het er dan naar uit dat er iets gebeurde. Het enige wat we nu moesten doen was wachten en hopen. Maar toen besefte mijn moeder dat er recente pasfoto's nodig waren voor ons paspoort. Ze vroeg ons of we naar Taiz konden om die te laten maken. Ik begreep niet dat ze, nadat ze toch had gezien hoe we werden vastgehouden in het dorp, kon denken dat we zomaar naar Taiz konden gaan als we daar zin in hadden. Plotseling leek het alsof alle stappen die we tot dan toe hadden genomen, zinloos waren.

Nadia kreeg haar baby Tina een paar weken nadat ik Marcus had gekregen, maar het verliep niet zo gemakkelijk als de eerste keer. Net als toen wist ik van niets totdat alles achter de rug was. Ik ging naar Ashube op de morgen dat ze de baby had gekregen. Toen ik het huis binnenliep, keek ik om me heen, op zoek naar een pasgeboren baby, en zag er toen een die zes maanden oud leek. Ze had lang zwart haar en leek me recht aan te kijken.

'Waar is jouw baby?' vroeg ik.

'Dat is ze,' antwoordde Nadia.

Ik kreeg een schok. 'Hoe heb je kunnen bevallen van zo'n groot kind?' vroeg ik.

Ze vertelde me dat ze drie dagen weeën had gehad, maar er was niemand naar boven gekomen om me dat te vertellen. Nadia had het me expres niet laten weten omdat ze wist hoe bezorgd ik zou zijn. Op de derde dag begon ze te persen en dat ging zo zes uur door, maar de baby wilde niet in beweging komen. Ze vertelde me dat ze de hele tijd door had gegild, en de andere vrouwen zeiden dat ze er zeker van waren dat ze dood zou gaan. Geen van hen dacht dat ze zo'n vreselijke bevalling kon overleven. Ze waren allemaal ontzet geweest.

Na zes uur kwam een oude vrouw uit het dorp voorbij. Ze was een van de vrouwen die de besnijdenis deed bij de meisjes. Ze zag hoe wanhopig Nadia aan het vechten was, en pakte een gebruikt scheermesje dat aan de kant lag. Ze sneed haar daarmee in zonder dat ze het zelfs waste. Op het moment dat ze de snee maakte, kwam de baby vrij en werd Tina geboren.

De vrouw zei dat ze snel iets had moeten doen, anders zou òf de moeder òf de baby zijn gestorven. Ik vroeg Nadia hoe ze zich voelde, en ze zei dat ze nogal pijn had. Er was geen dokter bij geweest, en van een medische behandeling was al helemaal geen sprake. De vrouwen waren een dokter aan de andere kant van Ashube gaan halen toen het ernaar uitzag dat Nadia dood zou gaan, maar tegen de tijd dat hij er was, had de oude vrouw het werk al gedaan, dus vertrok hij weer zonder haar zelfs maar onderzocht te hebben. De dokter die ons had geholpen met de brieven, had haar gemakkelijk kunnen helpen, maar de vrouwen wilden niet dat een man uit het dorp zo'n intiem contact zou hebben met een meisje.

Een vrouw uit het dorp, die een nicht was van de dokter, had een stuitbevalling gehad, waarbij de baby in haar was gestorven met de beentjes naar buiten hangend. De dokter werd er op het laatst bijgehaald en was naar haar huis gerend, maar toen was het al veel te laat. Hij vroeg zijn nicht en de vrouwen om haar heen waarom ze hem niet eerder hadden gehaald. Als ze dat hadden gedaan, had hij het leven van de baby kunnen redden. Ze vertelden hem dat ze zich te erg schaamden om in zo'n geval een man om hulp te vragen.

Ik stelde de dokter altijd vragen als ik naar hem toe ging, en hij probeerde altijd om me een eerlijk antwoord te geven. Ik denk dat hij erg verlegen was, en hij was er niet aan gewend om met de vrouwen uit het dorp over iets persoonlijks te praten. Toen ik hem vroeg wat er met me aan de hand was en waarom ik zo'n pijn in mijn borst had, vertelde hij me dat het stress was, en dat de tabletten daarvoor waren.

Ze besneden Nadia's nieuwe baby Tina op de vierde dag, wat traditie was bij de meisjes, hoewel het bij de jongens pas op de zevende dag gebeurde, als ze sterk en gezond genoeg waren.

Niet lang hierna begon Marcus ziek te worden. Hij begon te huilen en wilde er maar niet mee ophouden. Hij moest spugen en wilde niet eten. Ik wist niet wat ik moest doen omdat de dokter weer weg was. Hij huilde 48 uur achter elkaar. Ik hield hem al die tijd bij me, en niemand leek overdag enige aandacht aan ons te besteden. 's Nachts kwam Ward echter bij me binnen en beschuldigde me ervan dat ik dingen met hem deed waardoor hij wakker bleef en zich naar voelde. Ik zei alleen tegen haar dat ze mijn kamer uit moest gaan en ons met rust moest laten. Het enige wat ik kon doen was hem vasthouden en proberen hem te troosten. Ik werd heel ongerust over hem, en naarmate mijn vermoeidheid toenam, werd ik steeds wanhopiger.

Nadat ik drie nachten niet had geslapen, kon ik niet meer. Abdul Noor was toen thuis. Ik ging naar hem toe en zei dat Marcus naar het ziekenhuis moest. Als hij me niet wilde helpen, zei ik, dan zou ik een auto huren en zelf gaan. Ik betwijfel of iemand me had willen brengen, maar ik zei het toch, en hij kon zien dat ik niet van plan was om bakzeil te halen. Hij stemde erin toe om met me mee te gaan.

De volgende morgen vroeg gingen we met een nog steeds huilende Marcus op weg naar Taiz. Abdul Noor kende een kinderziekenhuis en daar gingen we regelrecht heen. Toen we daar binnen gingen werden we begroet door een muur van lawaai, voor het merendeel afkomstig van kinderen die huilend en kermend wachtten op een dokter. Rijen banken waren gevuld met vaders en moeders die hun kinderen vasthielden, en er verloren en wanhopig uitzagen. We gingen bij hen zitten op de houten banken. Sommige kinderen waren ernstig gewond door een verkeersongeluk of hadden ernstige brandwonden, maar niemand hielp hen totdat ze aan de beurt waren. Marcus en ik zaten daar urenlang, terwijl Abdul Noor tevergeefs in het ziekenhuis rondliep, op zoek naar iemand die ons zou kunnen helpen. Marcus bleef al die tijd maar doorhuilen. Ik dacht dat we nooit iemand te zien zouden krijgen die zou kunnen helpen.

Eindelijk slaagden we erin om bij een dokter terecht te komen die wilde luisteren naar wat ik had te zeggen. Hij gaf me echter geen uitleg, overhandigde me alleen wat medicijnen en zei dat ik die aan Marcus moest geven. Verder zei hij niets; hij zat kennelijk alweer klaar voor de volgende patiënt, dus moesten we weg. We gingen regelrecht naar onze taxi en reden weer terug naar het dorp.

Ik gaf Marcus de medicijnen, waarop het iets beter met hem ging. In ieder geval zorgden ze ervoor dat hij ophield met huilen, maar hij bleef ziekelijk, wilde niet eten en bleef mager en zwak. Ward bleef maar zeggen dat hij precies zijn vader was op die leeftijd, en ik haatte de gedachte dat hij net zo zou worden als Abdullah.

Een paar maanden voordat Tina werd geboren, gingen er geruchten dat Salama, Nadia's schoonmoeder, naar Gowad in Engeland toe zou gaan. Gowad was al twee jaar aan het proberen om voor haar een visum te krijgen om naar Engeland te mogen, en nu had ze problemen met haar gezondheid, wat betekende dat ze naar Engeland mocht reizen om er behandeld te worden. Salama wilde dolgraag gaan; ze zei altijd hoe erg ze Gowad miste als hij weg was. Ze had hem inmiddels al vier jaar niet meer gezien. Ze zei dat ze Nadia niet in de steek wilde laten, maar dat als ze maar naar Engeland kon om te worden genezen, ze meteen daarna weer terug zou komen.

Van alleen maar een gerucht werd het plotseling werkelijkheid, en weg was Salama. Gowad schreef aan Nadia dat ze zich geen zorgen moest maken, en dat Salama zo snel mogelijk weer terug zou komen. Maar Nadia was intussen wel in haar eentje in het huis, in verwachting van Tina en met de zorg voor Haney, en bovendien nog eens voor Salama's twee kinderen die toen negen en vier waren. Nadia kon fantastisch met kinderen overweg, maar het was wel erg zwaar voor haar. De vrouwen uit het dorp hielpen haar waar ze maar konden, zoals water dragen en passen op de baby toen die eenmaal was geboren. Maar toch moest ze alles het grootste deel van de tijd alleen doen. Het kleine meisje Magida vormde geen probleem, maar de negenjarige jongen Shiab was een bezoeking voor haar. Hij was altijd stout en luisterde nooit naar haar. Hij wilde haar nooit helpen met de andere kinderen of het huis netjes houden, en beet haar zelfs als ze probeerde hem een standje te geven.

Ik wilde haar zelf ook graag helpen, maar ik werd steeds meer belemmerd door Ward om naar Nadia te gaan. Ze vond dat ik mijn werk in huis erdoor verwaarloosde, en ze vertelde Abdul Khada alles wat ik deed, in brieven die ze door andere mensen liet schrijven. Op een gegeven moment belette hij me zelfs een paar maanden lang om naar Ashube te gaan. Hij bedreigde me in zijn brieven, om er zeker van te zijn dat ik hem gehoorzaamde, en ik was als de dood dat ik weer door hem geslagen zou worden wanneer hij terugkwam, en geneerde me bij de gedachte dat andere mensen zouden weten dat hij me sloeg. Daardoor zag ik Nadia alleen als zij naar mij toe kon komen. Haar bezoeken werden minder frequent omdat ze het heel druk had met de zorg voor alle kinderen. Uiteindelijk werd Abdul Khada iets minder streng en zei dat ik eens per maand naar haar toe mocht gaan, maar op die manier kon ik haar niet erg helpen. We moesten harder werken dan ooit en begonnen steeds meer slavinnen te worden. Het leek haast alsof mijn moeder nooit bij ons was geweest: we zaten nog steeds in de val en konden niets doen.

Gowad bleef brieven schrijven aan Nadia om haar te vertellen hoe het met Salama ging, maar hij vertelde haar niet de waarheid. Hij zei haar dat Salama spoedig weer terug zou komen naar Jemen, en dat Nadia en Mohammed met hun kinderen naar Engeland zouden kunnen. Op dat moment ging Mohammed nog steeds op en neer naar Saoedi-Arabië, waar hij een jaar werkte en dan voor een paar maanden naar huis kwam. Als hij weer thuis was, kon hij in ieder geval zijn broertje Shiab een beetje onder controle houden, wat hard nodig was voor Nadia.

Nadia leek Gowads beloften over naar Engeland gaan eerst te geloven, maar naarmate de maanden verstreken, werd het duidelijk dat Salama niet van plan was om terug te keren naar Jemen, en dat Nadia zou blijven waar ze was. Ik had al snel door dat Gowad aan het proberen was om ervoor te zorgen dat Salama net als hij een Brits paspoort zou krijgen, en dat hij niet van plan was om zijn beloften aan Nadia te houden.

Nadia had altijd een hechte band gehad met Salama toen die er nog was, maar toen ze uiteindelijk besefte wat er gaande was, voelde ze zich verraden, en haatte Salama en Gowad om wat ze haar hadden aangedaan. Ze stuurden haar nooit genoeg geld. Het gebeurde wel dat ze moest huilen als ik bij haar was, omdat ze haar geen geld hadden gestuurd om eten te kopen en ze niet wist wat ze moest doen. Ze moest dan in het dorp bij mensen geld en eten lenen om het huishouden draaiende te houden. Ik zei tegen haar dat ze gewoon de rekening in de winkel moest laten oplopen, en het dan maar aan hen moest overlaten om de zaak te regelen. Dat idee vond ze maar niets, maar uiteindelijk moest ze wel. De winkeliers vonden het niet erg; ze kenden de situatie. Ze begon ook voor andere mensen kleren te maken op haar naaimachine, net als haar buurvrouw, en liet hen dan betalen voor het werk. Ze was altijd aan het werk.

Vrienden die naar Saoedi-Arabië gingen, zeiden er tegen Mohammed wat van dat hij zijn vrouw zo liet ploeteren, en uiteindelijk begon hij meer geld naar haar te sturen. Hij kon ook niet veel meer doen, omdat hij zijn moeder niet kon dwingen om terug te komen, of invloed uitoefenen op zijn vader om ervoor te zorgen dat Nadia een beter leven kreeg.

Mohammed was een betere man dan Abdullah. Toen Abdullah uit Saoedi-Arabië terugkwam en onze zoon voor de eerste keer zag, toonde hij totaal geen belangstelling. Misschien had hij het gevoel dat Marcus hem was opgedrongen, net als ik. Hij wilde nooit bij ons in huis blijven, hij wilde altijd weg. Eigenlijk was hij zelf nog een kind. Niet dat ik hem om me heen wilde hebben. Hoe meer tijd hij buitenshuis doorbracht, hoe liever het me was. Als hij dan uiteindelijk thuis kwam, negeerde ik hem omdat ik hem haatte. Ik moest wel met hem naar bed als hij dat verlangde, maar ik negeerde hem gewoon.

Marcus was bijna een jaar oud toen mijn broer Ahmed onverwacht uit Marais bij me op bezoek kwam. Dit was de eerste keer dat ik hem weer zag sinds het bezoek aan Aden, de dag voordat Nadia in Jemen zou aankomen. Noch Abdul Khada noch Abdullah was in het land toen hij kwam. Ik zat in mijn kamer toen Ward me naar beneden riep. Ze stond voor het huis. Ik kwam naar buiten en zag een man bij haar. Ik herkende hem eerst niet.

'Hallo,' zei hij, 'ik ben je broer Ahmed.'

Kennelijk waren al mijn gevoelens toen afgestompt, want ik voelde niets op dat moment. Maar ik omarmde hem wel om hem te tonen dat ik blij was hem te zien, en vroeg hem binnen te komen. Hij had helemaal geen bagage bij zich, alleen de kleren die hij aan had, en een kleine tas met een schoon hemd erin.

Hij volgde me naar boven. We gingen zitten en begonnen elkaar vragen te stellen. Ik vertelde hem wat er gebeurd was, en hij was geschokt. Hij zei dat hij er geen idee van had gehad wat er allemaal gaande was toen ik hem in Marais had opgezocht, anders had hij wel geprobeerd om er iets aan te doen. Ik vertelde hem nog meer, en hoe ongelukkig ik was, en hij begon om mij te huilen. Toen vertelde hij me meer over onze zus Leilah.

Nadat ze in Jemen waren achtergelaten door onze vader, groeiden ze samen op, totdat ze op haar tiende werd uitgehuwelijkt. Hij vertelde me dat ze van haar man was gaan houden, en een aantal jaren waren ze samen. Maar haar man ging weg om in het leger te vechten en werd gedood. De familie dwong haar om te hertrouwen met iemand die ze niet mocht. Haar nieuwe man was niet goed voor haar en sloeg haar. Hij nam haar mee naar Aden om daar te wonen, en ze had nu drie kinderen en was in verwachting van het vierde. Ahmed had haar al enkele jaren niet meer gezien, maar hij hoorde over haar via andere mensen. Leilah was kennelijk net als ik een vechter – misschien was dat mijn moeders bloed in ons – omdat ze niet bereid was om alles te accepteren wat deze man haar aandeed.

In Aden, zo vertelde Ahmed me, hebben de vrouwen het recht om hun man voor de rechtbank te dagen als ze menen dat ze niet goed worden behandeld. Leilah deed dat en het hof zei tegen haar man dat als hij haar niet beter zou behandelen, ze van hem zou mogen scheiden. Ahmed zei dat het daarna beter voor haar was geworden en nu ging het tamelijk goed.

Nadat we een poosje hadden gepraat, viel hij uitgeput in slaap. Hij werd later op de avond wakker, ik maakte toen iets te eten voor hem klaar en we praatten verder over mama. Hij kon zich haar helemaal niet meer herinneren, en hij had geen foto's van ons gezin. Ik liet hem er een paar zien die mijn moeder me had gegeven. Hij praatte over onze vader en hoe erg hij hem haatte, en hoe vreselijk alles was wat hij ons had aangedaan. Ahmed had in het verleden wel brieven van hem ontvangen, maar hij had ze niet beantwoord. Hij vroeg me of ik wist waarom onze vader dit zijn kinderen had aangedaan, maar ik wist er ook geen antwoord op. Hij vertelde me hoe vreselijk hij het in het leger vond en dat hij eruit wilde.

Het feit dat hij zo onverwacht was komen opdagen, maakte me achterdochtig, en ik vroeg me af of hij was gestuurd door Abdul Khada of door mijn vader, om erachter te komen wat er gebeurde. Ik wilde hem niet alles vertellen. In dat stadium had ik geleerd om niemand te vertrouwen. De enige mensen waarvan ik wist dat ze aan mijn kant stonden, waren Nadia en mijn moeder, en zelfs toen had ik het gevoel dat ik hen moest opporren om te vechten.

Hij bleef ongeveer drie dagen bij me, en het was fijn om iemand in huis te hebben die aardig was. Nadia kwam naar boven om hem voor het eerst van haar leven te ontmoeten, op de dag nadat hij was aangekomen. Hij was geschrokken door de manier waarop Nadia en ik moesten werken. Hij zei dat het soort werk dat van ons werd verlangd, uit de tijd was, en dat er nog maar weinig mensen waren die zo leefden. Hij vertelde over mijn grootvader en hoe hij en Leilah zich voelden toen onze vader hen achterliet in Marais. Hij zei dat hij zich die dag nog steeds kon herinneren, toen hij hen verliet en hem en Leilah gillend achterliet. Hij zei dat hij zich van de daaropvolgende jaren niet veel meer kon herinneren. Toen onze grootvader hertrouwde, kreeg hij nog meer kinderen bij zijn tweede vrouw, en ze behandelden Ahmed en Leilah heel slecht.

Ahmed geloofde dat, omdat onze grootvader zo'n hekel had gehad aan zijn zoon, hij die gevoelens botvierde op de jongen die bij hem was achtergelaten. Ik begon de gebogen, grijze man die ik in Marais had ontmoet, in een ander licht te zien.

Ahmed bleef daarna nog een paar dagen bij Nadia in Ashube, en de dorpelingen begonnen achterdochtig te worden over zijn motieven. Er gingen geruchten circuleren dat hij was gekomen om ons weg te halen, maar ik wist dat hij niets voor ons kon doen. Hij had niet de macht om ons te helpen; hij was in wezen net als wij – een gevangene in Jemen. Abdul Khada kreeg te horen dat hij er was, en raakte gealarmeerd. Hij stuurde brieven naar mij en naar Ahmed, waarin hij ons waarschuwde om niets te proberen. Tegelijkertijd echter stuurde hij ook geld om eten te kopen voor onze gast, als een perfecte gastheer. Ahmed zat erover in dat hij helemaal geen eten had meegenomen uit de stad, omdat we op dat moment helemaal geen fruit hadden. Het was een hele tijd geleden dat ik voor het laatst een sinaasappel of een appel had geproefd. Hij beloofde om over een paar weken terug te zullen komen met fruit.

Terwijl Ahmed bij ons logeerde, kwam een vrouw uit Nadia's dorp naar het huis. Ze vertelde me dat mijn moeder weer was gekomen, samen met een paar andere Engelse mensen. Ik was volkomen verrast, en met bonzend hart pakte ik Marcus in mijn armen en liep naar de deur.

'Waar ga je heen?' schreeuwde Ward.

'Ik ga naar mijn zus,' zei ik.

'Dat kan niet, dan krijg je moeilijkheden,' waarschuwde ze.

'Dat kan me niet schelen, ik ga toch,' zei ik, en ik haastte me samen met de vrouw de berg af in de richting van Nadia's huis. Toen ik daar aankwam, trof ik er een Engelse man en vrouw aan. Ze zagen eruit als toeristen, behangen met camera's. Het huis was vol mensen uit de buurt, die probeerden te ontdekken wat er aan de hand was. Er was geen spoor van mijn moeder. Het was een vergissing. Ik was teleurgesteld dat ze er niet was. Nadia kwam naar me toe en zei kalm: 'Het zijn verslaggevers. Ze zijn uit Engeland gekomen om ons te halen.'

Ik voelde me plotseling uitgelaten, maar tevens verward omdat mijn moeder me had doen geloven dat de eerste mensen die naar ons toe zouden komen, de mensen van meneer Cantwells instelling uit Genève zouden zijn. De wetenschap dat de Britse pers er nu was, zorgde ervoor dat ik helemaal vrolijk werd. Het was uitgesloten dat ze geen alarm zouden slaan in Engeland, nadat ze met eigen ogen hadden kunnen zien hoe wij moesten leven. Het zag ernaar uit dat mijn moeder erin was geslaagd een manier te vinden om ons uit Jemen te krijgen.

13 *De gevaren onder ogen zien*

De vrouw was Eileen MacDonald, journaliste bij *The Observer*, een Londense krant. De man was Ben Gibson, een fotograaf die met haar mee was gegaan om foto's te maken bij ons verhaal. Ze hadden ook een vrouwelijke tolk bij zich – haar had de vrouw uit het dorp aangezien voor mijn moeder – en een chauffeur. De chauffeur had een pistool achter zijn riem gestoken, waaraan hij nerveus zat te vingeren. Een paar van de mannen die in de kamer waren, hadden eveneens een wapen.

Ik liep regelrecht op Eileen af. 'We hebben op je zitten wachten,' zei ik tegen haar. 'Kom je ons hier weghalen? Neem ons alsjeblieft met je mee.' Ik dacht dat er eindelijk iemand gekomen was om ons te bevrijden.

Ze leek heel kalm en rustig. Ik waarschuwde haar om voorzichtig te zijn met wat ze zou zeggen, omdat het merendeel van de mannen in de kamer Engels sprak.

Eileen zei tegen de chauffeur: 'Is er een mogelijkheid dat we de meisjes en hun kinderen in de jeep mee terugnemen naar Taiz?'

De chauffeur keek verontrust. Kennelijk hadden ze hem niet verteld dat ze journalisten waren. Hij reed in een Unicef-jeep, en hij dacht dat ze dokters waren die ons een bezoek wilden brengen tijdens hun vakantie, omdat ze vrienden waren van mijn moeder. De glanzende witte jeep was algemeen bekend in de bergdorpen, omdat hiermee geneesmiddelenvoorraden naar een kleine kliniek in het centrum van Mokbana werden gebracht. Niemand legde hun ooit een strobreed in de weg. Ahmed had intussen aan de chauffeur onze geschiedenis verteld, terwijl Nadia en ik met Eileen aan het praten waren. Hoewel hij wel wilde helpen, was hij bang voor wat er met hem zou gebeuren als hij dat zou doen. Eileen en Ben hadden hem verteld dat ze cadeautjes voor ons hadden van onze familie. De man schudde zijn hoofd en sprak snel en rustig met de tolk.

'Ik kan die meisjes niet meenemen, ze kennen me in deze streek Als ik ze mee zou nemen, zouden de mannen van hier achter me aan komen. Ze weten dat ik in het ziekenhuis in Taiz werk, dus het zal ze weinig moeite kosten om me te vinden. Het zou zelfmoord voor ons allemaal zijn om te proberen hen op die manier mee te nemen. Ze zouden ons niet eens de bergen uit laten gaan.'

Er waren inmiddels nog meer mannen in het vertrek gekomen, en een van hen begon te schreeuwen dat ze Nadia en mij mee mochten nemen, maar de kinderen niet. We hielden allebei onze baby in onze armen.

Ik werd razend en begon te schreeuwen. 'Goed dan, ik laat de jongen hier achter. Ik werd trouwens toch verkracht om hem te kunnen krijgen. Ik zal hem hier achterlaten.'

Nadia probeerde me te weerhouden. Ze zag er erg ongelukkig uit. Ze wist hoe graag ik weg wilde, en zij wilde net zo graag, maar ze kon de gedachte niet verdragen om haar kinderen te moeten achterlaten. Haney keek om zich heen naar al die volwassenen met een verwilderde uitdrukking op zijn gezichtje.

De mannen begonnen plotseling te schreeuwen, en een paar van hen gingen staan en schudden met hun vuisten. De hand van de chauffeur ging naar zijn pistool. De tolk waarschuwde Eileen dat de gemoederen wel erg verhit raakten, en stelde voor dat ze wat van de *qat* zouden ronddelen die ze hadden meegenomen. Eileen was kennelijk opgelucht dat ze iets had waarmee ze de lont uit het kruitvat kon halen. Het werd rondgedeeld en de mannen kalmeerden allemaal toen ze begonnen te kauwen.

'Is er ergens een plek waar we rustig kunnen praten?' vroeg Eileen me.

'Ja, kom maar met me mee,' zei ik, en Eileen, Ben, Nadia en ik gingen naar buiten. Ik leidde hen naar beneden, om te gaan zitten aan de achterkant van een van de andere huizen, onder een steile rotswand. Het zou daar moeilijker zijn om ons af te luisteren.

'We dachten dat iedereen ons was vergeten,' zei ik. 'We wachten nu al zeven jaar totdat iemand ons komt redden, en we dachten dat jullie daarvoor waren gekomen.'

'Het spijt me.' Eileen leek oprecht geschokt door onze situatie. Ze was kennelijk een moedige vrouw dat ze helemaal hierheen had durven komen. 'Ik denk niet dat we in staat zullen zijn om jullie zomaar mee te nemen. Van deze reis hadden we alleen verwacht dat we met jullie zouden kunnen praten, niet dat we jullie zouden gaan redden. Ik denk dat we weg zullen moeten om meer officiële hulp te krijgen.'

Ze vervolgde met ons te vertellen dat men had geprobeerd om hen ervan af te brengen om naar de bergdorpen van Mokbana te gaan. Mensen in Taiz hadden haar verteld dat de mannen uit de dorpen gewoon schurken waren, die er niet tegenop zagen om een vreemde te vermoorden waarvan ze dachten dat die aan het rondsnuffelen was. Een paar jaar eerder had men kennelijk geprobeerd om een volkstelling te houden in heel Jemen, maar alle informatieverzamelaars die in de streek Mokbana waren geweest om vragen te stellen, waren verdwenen en werden nooit meer teruggezien. Aan Eileen en Ben was verteld dat niemand in de berggebieden reist zonder een wapen bij zich te hebben, zelfs als hij alleen maar gaat picknicken.

Ze was ervan geschrokken hoe moeilijk het was om iemand te vinden die wist waar de dorpen waren, en hoe slecht de wegen waren. Zelfs met de Land Rover hadden ze niet harder kunnen rijden dan tien kilometer per uur.

'Ik stond er versteld van hoe het landschap veranderde,' zei ze me later. 'Van een riviertje met groene bomen en ijsvogels op de oevers bevonden we ons plotseling in een kaal berglandschap.'

Toen ze eenmaal in de bergen waren, ontmoetten ze mensen die over ons hadden gehoord. Ze vertelden hun dat we bekend stonden als de 'arme, droevige zusters van Mokbana', omdat we altijd huilden. Ze zeiden hun dat wij naar huis wilden, maar dat de mannen ons nooit zouden laten gaan. Iedereen daar kende onze geschiedenis.

Toen ze dichter in de buurt van onze dorpen kwamen, spraken ze mensen die ons persoonlijk kenden, en iemand vertelde hun dat Nadia's huis het huis was met de geel geverfde deur en ramen. Tot dat moment hadden ze niet geweten of ze ons ooit nog zouden vinden.

Hoewel ze was gewaarschuwd dat het onmogelijk zou zijn om ons Jemen uit te krijgen, was ze toch blijven geloven dat het haar uiteindelijk zou lukken, al was het dan misschien niet tijdens dit bezoek. Nu besefte ze pas hoe moeilijk het was. Ze legde uit dat als we nu met haar mee zouden gaan, we bij de wegversperringen, waar ze naar onze papieren zouden vragen, zouden worden tegengehouden. Noch Nadia noch ikzelf had identiteitspapieren. Als bekend zou worden dat ze waren gekomen om ons te redden, dan zouden ze worden neergeschoten nog voordat ze op de hoofdweg hadden kunnen komen, realiseerden ze zich wel. Er gingen ook geruchten over een legerkamp in de bergen, niet ver bij de dorpen vandaan, en Eileen was gewaarschuwd dat het bericht van hun komst spoedig bekend zou zijn bij de soldaten, die niet zouden aarzelen om eerst te schieten en daarna vragen te stellen.

Wat we toen niet wisten was dat bijna op het moment dat we aan het praten waren, Gowad aan het telefoneren was met de commandant daar, waarbij hij hem waarschuwde dat er twee gevaarlijke journalisten in Mokbana als spion aan het werk waren, die zochten naar manieren om problemen te veroorzaken. De commandant beloofde Gowad dat hij onmiddellijk actie zou ondernemen. Hij overwoog om een team politiemensen te sturen naar de dorpen om de journalisten die middag te arresteren, maar besloot toen dat het al laat was en dat ze beter in de koelte van de vroege morgen konden gaan. Als Gowad een dag eerder had opgebeld, zouden Eileen en Ben regelrecht in een hinderlaag terecht zijn gekomen.

In Engeland bleef de publiciteit doorgaan, maar in de *Birmingham Post* stond een artikel met als kop: 'Weinig hoop op hulp voor Jemenitische zussen.' Het betrof een verslag van een bespreking tussen Roy Hattersley, het parlementslid uit mijn moeders kiesdistrict, en de Jemenitische ambassadeur in Londen.

Intussen was Eileen, onbewust van deze ontwikkelingen, vragen op ons aan het afvuren, om te proberen zoveel mogelijk uit ons te krijgen, voordat er iemand zou komen om ons te storen. We vertelden haar alles wat er maar in ons opkwam. Ze had een brief van mama voor ons meegenomen, en ze vertelde ons alles wat mijn moeder intussen had gedaan. Ze had mijn bandje laten horen aan verslaggevers, die hadden moeten huilen toen ze ernaar luisterden, en een gedeelte ervan was uitgezonden op de radio. Wat ze me niet vertelde – maar waar ik later achterkwam – was dat veel kranten stukjes van ons verhaal hadden gepubliceerd, waarbij ze zich concentreerden op het thema 'blanke slavinnen' en het er alleen over hadden over hoe we werden gedwongen om naar bed te gaan met Abdullah en Mohammed, waarbij de rest werd genegeerd. Kennelijk was mijn moeder daar nogal overstuur van geweest.

De eerste contactpersoon van mijn moeder was een man geweest die Alf Dickens heette, en die haar voorstelde aan Tom Quirke, journalist bij de *Birmingham Post.* Tom luisterde naar het bandje dat ik had gemaakt en las onze brieven, en kwam tot de conclusie dat dit het geweldigste verhaal was dat zijn krant ooit had gepubliceerd.

Hij ging naar mijn vader om zijn kant van het verhaal te horen, en mijn vader vertelde hem dat ons gedrag in Engeland hem niet zinde, en dat hij had gewild dat wij iets leerden van de traditionele Jemenitische moslim-cultuur. De advocaten van de kranten waren er nogal huiverig voor om mijn vader ervan te beschuldigen dat hij ons had verkocht, dus verscheen er een verhaal op de voorpagina waarin stond dat we waren verdwenen onder 'mysterieuze omstandigheden'.

Op de dag dat dit verhaal verscheen, hielden Alf Dickens en mijn moeder een persconferentie. De journalisten die daar kwamen, leken mijn moeder op dat moment niet te geloven, maar Tom Quirke nam contact op met *The Observer*, en het verhaal werd aan Eileen gegeven om ermee verder te gaan.

Ik kon de gedachte niet verdragen dat Eileen en Ben gewoon weg zouden gaan en wij weer zouden achterblijven. Ik wilde wanhopig graag een plan bedenken waardoor we onmiddellijk met hen mee zouden kunnen. Ik was op hetzelfde moment aan het denken en praten. 'Als we ze nu eens vertellen dat mijn moeder in Taiz is, te ziek om door de bergen te reizen, en dat ze jou heeft gestuurd om ons te halen, zodat ze haar kleinkinderen kan zien voor ze sterft?'

Op de een of andere manier, in die sfeer van wanhoop, leek het alsof een dergelijk idioot verhaal zou kunnen werken, en we besloten om het te proberen. De mannen begonnen uit het huis te komen, en hingen rond terwijl ze luisterden naar ons gesprek. Daarom gingen we weer naar binnen, en Nadia en ik vertelden hun over onze moeder en haar ziekte.

Een van de oudste mannen knikte wijs. 'Eerst zullen we iemand naar Taiz sturen om te zien hoe ziek je moeder is. Als hij terugkomt en het is waar, dan zal hij jullie meenemen voor een bezoek.'

We moesten nu snel denken. Ik vroeg Eileen of haar krant mijn moeder niet naar Jemen kon laten vliegen en haar in een ziekenhuis in Taiz stoppen, maar ik zag al in dat dit een te wild plan was. Ahmed kwam ook met het wilde idee dat hij de volgende dag met een paar vrienden uit het leger terug zou komen, waarbij ze het zouden uitvechten met de mannen uit het dorp, en dan gewoon met ons weg zouden rijden. Ik begreep wel dat dat niet zou lukken, maar ik snakte ernaar dat er iets zou gebeuren. Ik begon te beseffen dat we weer achter zouden blijven, terwijl de mensen die waren gekomen on ons te redden, zonder ons zouden wegrijden. Eileen beloofde dat ze, zodra ze in Sana'a waren, naar de Britse ambassade zouden gaan. Ze beloofde dat er spoedig hulp zou komen, maar dat we geduld moesten hebben.

'Wat denk je dat we de afgelopen zeven jaar hebben gedaan?' vroeg ik sarcastisch. 'Geduld is iets waar we geweldig goed in zijn.'

'Maak je geen zorgen,' zei Eileen, 'het zal nu een kwestie van weken zijn voordat jullie hier weg zijn.'

'Probeer om de dorpelingen niet tegen je in het harnas te jagen, door hun voortdurend te vertellen dat jullie weggaan,' waarschuwde de tolk me. 'Als je dat blijft vertellen, dan brengen ze jullie misschien naar een nog verder afgelegen dorp, en dan zal niemand jullie nog kunnen vinden.'

'We kunnen er niet over zwijgen dat we hier weggaan,' explodeerde ik, 'dat is het enige waar we over dromen en praten. Alleen door dat telkens weer te zeggen, voorkomen we dat we gek worden.'

Tegen de tijd dat Ben en Eileen vertrokken, was het hele dorp uitgelopen om hen te zien vertrekken, waarbij de kinderen voor hen uitrenden, terwijl zij al struikelend het brokkelige bergpad afliepen in de richting van de Land Rover. Nadia en ik huilden allebei toen ze vertrokken. We waren erg verward, omdat het allemaal zo snel was gebeurd.

Later hoorde ik dat ze twee keer waren tegengehouden bij wegversperringen, waarbij gewapende mannen wilden weten wat ze daar deden, en hun spullen doorzochten om te zien of ze probeerden ons mee te smokkelen. Het was buiten twijfel dat ze hun leven op het spel hadden gezet door zo ver het land in te gaan. Voor ons leek Eileen een engel uit de hemel.

Toen we eenmaal over onze eerste teleurstelling heen waren dat we niet met hen mee konden, waren we een stuk optimistischer over de toekomst. We hadden het gevoel dat er nu echt wat hoop was. We stelden al ons vertrouwen in Eileen.

Ahmed voegde zich in Taiz bij hen, en ze begonnen met een bezoek aan de directeur van het ziekenhuis, die hun de jeep had geleend en die, voordat ze de bergen in waren gegaan, had aangeboden om namens hen contact op te nemen met Muhsen Al Usifi, de burgemeester van Taiz. Die zat op dat moment echter in Sana'a en was nog steeds niet terug.

'Ik beloof jullie,' verzekerde de directeur hun, 'dat de burgemeester hiervan zal horen zodra hij terugkeert in Taiz, en de meisjes zullen dan naar de stad worden gebracht om te worden ondervraagd.'

Hij ging verder tegen Eileen: 'Als de burgemeester dat wil, kunnen ze onmiddellijk terug naar hun moeder. Als hij alles van de kant van de echtgenoten wil horen, dan zullen die vanuit Saoedi-Arabië naar Taiz worden ontboden en dan zal er een rechtszaak van komen. De meisjes moeten dan vragen om een echtscheiding. Dat zal een hoop geld kosten en het kan wel vijf jaar duren. Iedereen moet worden omgekocht – van de soldaten die naar Mokbana zullen gaan om hen te halen, tot aan de advocaten en rechters aan toe.'

Eileen en Ben vlogen daarna terug naar Sana'a, met de politietroepen vlak achter hen aan, en ze namen contact op met Jim Halley, een nieuwe consul op de ambassade, die hen hielp. Hij ontmoette ze op het vliegveld en nam hen mee naar de Britse ambassadeur in een kogelvrije, extra beveiligde jeep.

Toen ze bij de zware ijzeren hekken arriveerden, gaf Jim een stoot op zijn claxon en een gewapende wacht opende een kleine deur in de hekken, en de hekken zwaaiden open.

Eileens benadering van deze mensen was net zo agressief als de mijne. Ze ging tekeer tegen de ambassadeur over onze problemen, en hij probeerde de juiste mensen te vinden om mee te praten. Omdat ze zich zorgen maakten dat de politietroepen achter hen aan zaten, vroegen Eileen en Ben of ze die nacht in de bewaakte ambassade mochten blijven.

Ben moest ervoor zorgen dat zijn foto's in Engeland kwamen om in *The Observer* van die zondag te worden geplaatst, en hij smokkelde tegelijk Eileens verhaal eruit, nadat ze bijna de hele nacht was opgebleven om het te schrijven.

De ambassadeur en Jim meenden dat het belangrijk was dat Eileen Jemen uit zou zijn voordat het verhaal zou verschijnen in de krant in Engeland. Als ze dan nog in het land zou zijn, zou ze misschien gearresteerd worden zodra ze zou proberen om te vertrekken, en dan in de gevangenis worden gegooid. Uiteindelijk slaagden ze erin om haar op zaterdagavond op het vliegtuig naar Engeland te krijgen.

Toen Eileen aankwam op de Londense luchthaven Heathrow, stond haar verloofde Paul op haar te wachten met een exemplaar van *The Observer* van die morgen. Haar verhaal stond op de voorpagina, met een foto van Ben erbij van Nadia die Tina in haar armen hield. We waren beroemd.

14 *Er verschijnt een redder*

Spoedig nadat Eileen uit Mokbana was vertrokken, begonnen de geruchten zich te verspreiden. Iedereen wist nu dat ze verslaggevers waren geweest die onder valse voorwendsels reisden, maar tegen de tijd dat men in de gaten had wat er was gebeurd, waren Eileen en Ben al veilig terug in Engeland. Als ze waren gepakt, weet ik niet wat er met hen zou zijn gebeurd. Als ze nog in de bergen hadden gezeten, waren ze misschien wel doodgeschoten. Als ze in Taiz of in Sana'a waren gepakt, zouden ze waarschijnlijk in de gevangenis terecht zijn gekomen en beschuldigd van een poging tot ontvoering. Het had best gekund dat ze dan geëxecuteerd waren.

Toen we ons realiseerden dat iedereen nu wist wie we waren, werden we heel bang dat ze misschien niet op tijd uit Jemen waren ontkomen. We hadden geen manieren om erachter te komen wat er in Taiz gebeurde, laat staan in Sana'a of Londen. We hadden ze zien vertrekken, maar we hadden geen manieren om te weten te komen wat er daarna was gebeurd; of de vloedgolf van geruchten en woede hen had ingehaald, of dat ze erin waren geslaagd om alles de hele weg naar het vliegveld vóór te blijven.

We bleven in het duister tasten, totdat er een brief van mijn moeder kwam waarin ze vertelde wat Eileen had gedaan sinds haar terugkeer naar Engeland. Plotseling, zo vertelde ze ons, was het hele verhaal de wereld overgevlogen. Eileen had een lang artikel geschreven over haar ontmoeting met ons in het dorp, en iedereen had er nu belangstelling voor. De regeringen waren erbij betrokken en waren nu gedwongen om ons serieus te nemen. Na zeven jaar huilen in het donker werden de schijnwerpers van de wereld plotseling op ons gericht, hoewel er niets veranderde in Mokbana, en we alleen uit de tweede hand hoorden wat er gebeurde.

Eerder, in haar pogingen om ons te redden, had mijn moeder Roy Hattersley benaderd, het parlementslid uit haar kiesdistrict en tevens schaduwminister van binnenlandse zaken, omdat ze zijn hulp wilde vragen. De eerste keer gebeurde er niets, maar de tweede keer begon hij druk uit te oefenen op de regering. Hij sprak over onze situatie met Sir Geoffrey Howe, die toen minister van buitenlandse zaken was, en Douglas Hurd, de toenmalige minister van binnenlandse zaken. De Britse regering had het buiten de publiciteit willen houden; ze had zeker niet gewild dat verslaggevers alles zouden aanwakkeren wat er zich tussen de Britse en Jemenitische regering afspeelde. Nu was het te laat om het uit de openbaarheid te houden; de hele wereld kreeg van een ooggetuige te horen wat er met ons was gebeurd, met foto's om het verhaal te ondersteunen.

Abdul Khada was er als altijd sneller dan wie ook in geslaagd om erachter te komen wat er gaande was, ook al zat hij in Saoedi-Arabië. Hij leek altijd in staat te zijn om op hetzelfde moment dat er iets gebeurde, daar ook informatie over te krijgen. Hij moet overal bronnen hebben gehad die contact met hem opnamen over alles wat er gebeurde in Jemen en in Engeland. Jemenitische mannen zijn dol op geruchten en kletspraatjes en nieuws gaat heel snel, omdat zovelen van hen van land naar land trekken. Hij schreef me onmiddellijk een brief waarin hij me zei dat hij wist dat er journalisten in de dorpen waren geweest, en waarin hij me verzekerde dat ze niets konden doen en hij dreigde: 'Moge God je bijstaan, als je ook maar iets probeert.'

Voor het eerst besefte ik dat ik niet meer bang voor hem was. Ik trok me niets meer van iemand aan. Ik had het gevoel dat ze niets meer konden doen om me te treffen. Het enige waaraan ik nu nog kon denken, was mijn vrijheid, en ik was ervan overtuigd dat er vroeg of laat iets zou gebeuren.

Onze broer Ahmed kwam weer bij ons op bezoek toen hij verlof had van het leger, maar deze keer bracht hij een hoop problemen met zich mee. De dorpelingen hadden de politie verteld dat hij een onruststoker en een dief was, en dat er verscheidene dingen uit de dorpen waren zoek geraakt tijdens zijn vorige bezoek. Ze waren allemaal erg op hun hoede voor iedereen die eruitzag als iemand die ons zou kunnen helpen, en ze deden hun best om hem te beletten bij ons te komen. Hij kwam het eerst in Ashube en de mannen uit het dorp kwamen daar naar hem toe. Ze vertelden hem dat Abdul Khada had gehoord dat hij onderweg was, en een telegram had gestuurd waarin hij liet weten dat hij ons gedag mocht zeggen, maar daarna meteen weer weg moest gaan. Zij zouden ervoor zorgen dat dit ook gebeurde. Ze vertelden hem dat, als hij zou proberen ons te helpen, ze hem zouden laten arresteren. Tegen de tijd dat hij bij mijn huis kwam, huilde hij.

Abdul Noor, de broer van Abdul Khada, was toen net thuis in Hockail vanuit Saoedi-Arabië. Toen hij hoorde dat Ahmed naar mijn huis was gekomen, kwam hij naar boven om met hem te praten. Hij was aardiger dan zijn broer, maar hij gedroeg zich overeenkomstig Abdul Khada's wensen. Hij wilde weten wat Ahmed wilde, en of hij dacht dat hij ons weg kon halen. Ik vertelde hem dat Ahmed niet was gekomen om problemen te veroorzaken, en smeekte Abdul Noor om hem te laten blijven. Hij geloofde me en stemde toe.

Een paar dagen later bracht Abdul Noor me een nieuwe brief van Abdul Khada. Hij gaf me de brief en liet me zien dat hij ook nog een bandje had. Ik las eerst de brief. Abdul Khada vertelde me dat hij uit Engeland een kopie had ontvangen van Eileens artikel, en schreef me dat ik naar het bandje moest luisteren. Ik haalde mijn bandrecorder en gaf die aan Abdul Noor. Abdul Khada's stem klonk uit de luidspreker.

Hij zei: 'Ik heb zoveel voor je gedaan, en je hebt me er niet eens voor bedankt. Ik dacht dat je nu wel gelukkig zou zijn en je familie zou zijn vergeten. Ik dacht dat je het feit had aanvaard dat je getrouwd bent. Dan zou je je vader en moeder hebben kunnen bezoeken. Als je wilt gaan, laat me dat dan gewoon weten en ik zal je zonder meer laten gaan, maar je zoon zul je bij ons achter moeten laten. Je moeder is een heel sterke vrouw. Het is ongelooflijk wat ze voor haar kinderen heeft gedaan. Ik heb begrip voor wat ze heeft gedaan en je kunt vrijuit gaan.'

Ik wist dat hij nog steeds niet geloofde dat ik Marcus zou verlaten. Hij dacht dat hij me rustig kon aanbieden om me te laten gaan; dat het zou lijken alsof ik uit eigen vrije wil bleef. Hij leek wat onsamenhangend te praten, als iemand die paranoïde is. Het ene ogenblik zei hij dat Eileens artikel me geen goed zou doen, dat niemand er enige aandacht aan zou besteden, en het volgende ogenblik dat ik vrij was om te gaan. Hij leek me het ene moment te bedreigen en het daarna weer goed proberen te maken. Ik was blij dat ik de veranderingen in zijn toon kon horen. Ik wist dat dit betekende dat de situatie eindelijk aan het veranderen was, en dat hij zijn grip begon te verliezen. Toen het bandje was afgelopen, haalde Abdul

Noor het uit de bandrecorder en stopte het in zijn zak.

'Mag ik het houden?' vroeg ik, met de gedachte het te laten horen aan de andere mannen in het dorp, die me dan zouden moeten laten gaan.

'Nee,' zei hij met zijn hoofd schuddend, 'je moest er alleen even naar luisteren.' Ik heb het bandje daarna nooit meer gezien.

Ik ging naar mijn kamer om een antwoord te schrijven. In de wetenschap dat hij van me verwachtte dat ik zou zeggen bij Marcus te willen blijven, schreef ik in plaats daarvan dat ik weg wilde, en vroeg wanneer ik kon gaan. Ik wist dat hij het aanbod niet nog een keer zou doen nu hij wist dat ik het zou aanvaarden.

Ik ging naar Nadia om te vertellen wat er was gebeurd, en beschreef het bandje. Ze leek nergens meer belangstelling voor te hebben. Eileen beschreef Nadia's ogen als 'dood', toen ze haar voor het eerst ontmoette, en ik denk dat ze inmiddels zo was geworden. Ze aanvaardde dat ze naar huis zou gaan, en ze wist dat ze haar kinderen zou moeten achterlaten, maar het brak haar hart. Ik denk dat ze eigenlijk die gedachte niet kon verdragen, dus verdrong ze het en leefde verder als een zombie. Ze waren erin geslaagd om alle pit die in Nadia had gezeten toen ze een meisje was, te laten verdwijnen.

We kwamen overeen dat als er voor een van ons de kans bestond om eerder te gaan, ze dan ook naar Engeland zou gaan en daar verder zou gaan vechten voor degene die achterbleef. De kinderen zouden allemaal blijven bij degene die nog niet weg kon. Ik hoopte dat Nadia het eerst zou gaan, omdat ik wist dat als ik in Jemen zou achterblijven, ik zou blijven doorvechten, terwijl ik bang was dat zij niet lang in staat zou zijn om te blijven vechten wanneer ik niet in de buurt was om haar te stimuleren.

De volgende dag riep Abdul Noor me vanaf het dak van zijn huis. Hij zei dat ik naar beneden moest komen. Toen ik daar arriveerde, kwam hij me voor zijn huis tegemoet.

'Er is iemand gekomen die met je wil praten,' zei hij.

'Wie?' vroeg ik.

'Abdul Walli,' zei hij. 'Hij is commissaris van politie. Hij is een belangrijk man, je moet heel eerbiedig tegen hem doen als je naar binnen gaat. Hij is gestuurd door het bestuur van Taiz om jouw zaak te onderzoeken.'

'Waar is hij?' wilde ik weten.

'Hij wacht op je in het huis dat van de familie van zijn vrouw is.'

Ik had over hem gehoord en ik wist hoe belangrijk hij was, maar ik had hem nooit ontmoet. Men zei van hem dat hij het vertrouwen had van alle topmensen van het land.

'Wat wil hij weten?' Ik wilde duidelijkheid over wat er gaande was.

'Hij heeft over jouw geval gehoord,' zei Abdul Noor. 'Kranten uit Engeland zijn naar landen als Libië en Saoedi-Arabië verzonden. De regering wil weten wat er aan de hand is, en ze hebben hem gevraagd om het te onderzoeken.'

We liepen de weg af naar het huis waar Abdul Walli zat te wachten. Het was toen al normaal voor me dat ik overal waar andere mannen me zouden kunnen zien, een sluier droeg. Er reden op de weg auto's voorbij waarin mannen zaten, dus moest ik mijn zedigheid bewaren totdat ik binnenshuis was. Het huis zat vol mensen en Abdul Noor zei me dat ik in de kamer bij de andere vrouwen moest gaan wachten.

'Ik roep je wanneer Abdul Walli zover is dat hij je kan ontvangen,' zei hij.

De vrouwen brandden allemaal van nieuwsgierigheid om te weten wat er gaande was, en waarom zo'n belangrijk man mij wilde spreken. Ze hadden allemaal gehoord over de kranteartikelen en ze bleven me vragen stellen. Ik wilde ze alleen maar de mond snoeren, zodat ik kalm kon blijven en mezelf kon voorbereiden op een ontmoeting met iemand die misschien in staat zou zijn om ons te redden. Ik was openlijk sarcastisch en zo onbeleefd als ik maar kon tegen hen, om maar een einde te maken aan hun vragen.

Een paar minuten later kwam Abdul Noor naar de deur en riep me. Ik volgde hem naar een andere kamer en hij bracht me naar binnen. Het was een groot vertrek, waarin een man alleen met gekruiste benen op een kussen zat in de verste hoek. Hij was gekleed als een Saoedi-Arabiër in een lang wit gewaad, en had zijn hoofdbedekking afgedaan en die naast zich neergelegd. Hij had wat papieren voor zich op een tafel liggen. Hij was klein en dik met donker, krullend haar en leek midden of eind dertig te zijn. Hij zag eruit als een belangrijk man.

'Hallo,' zei hij beleefd.

'Hallo.'

'Ga zitten,' gebaarde hij naar de grond voor zijn tafel. 'Je kunt gaan,' zei hij tegen Abdul Noor, en wachtte totdat de andere man het vertrek had verlaten voordat hij verder ging. 'Ik had er geen idee van wat er hier in het dorp met je gebeurde,' bekende hij. 'Wil je me erover vertellen?'

Ik vertelde in grote lijnen weer mijn verhaal. Toen ik klaar was, probeerde hij me de gewoonten en de godsdienst van zijn land uit te leggen, en vroeg me of ik ooit had overwogen om een leven met Abdullah te accepteren, en of ik in de jaren van ons huwelijk ooit het gevoel had gehad dat ik van hem hield.

'Nee,' zei ik vastberaden, 'ik haat hem en ik wil hem niet.' Ik huilde en ik kon merken dat hij van zijn stuk was gebracht door mijn emoties.

'Ik ben vandaag al bij je zus Nadia geweest,' vertelde hij me, 'en ik heb met haar hetzelfde gesprek gehad als ik nu met jou voer. Zij heeft me ook verteld dat ze ongelukkig is en naar Engeland terug wil, maar zij wil haar kinderen en man meenemen. Wat vind je daarvan?'

Ik wist dat Nadia dat had gezegd, omdat dat haar enige kans was om Haney en Tina samen met ons het land uit te krijgen. Als ze Mohammed zou verwerpen, zouden de kinderen automatisch bij hem blijven. Hoewel ze Mohammed en Gowad net zo erg haatte als ik Abdullah en Abdul Khada, was ze bang om dat te laten merken aan andere mensen, voor het geval ze haar kinderen van haar zouden afnemen. De mannen hadden haar in de val zitten op precies die manier die ze voor ogen hadden gehad. Ik kon mijn gevoelens niet verbergen zoals zij.

Ik had het gevoel alsof hij minutenlang in stilte zat te denken, en ik wachtte eerbiedig, zoals Abdul Noor me had gezegd. Uiteindelijk sprak hij.

'Goed,' zei hij, 'je kunt nu wel gaan. Tot ziens.' Ik stond op en verliet het vertrek. Hoewel hij niets had gezegd, wist ik zeker wat er nu zou gebeuren. Ik wist zeker dat hij terug zou gaan naar Taiz om hogere functionarissen te vertellen dat het waar was wat de kranten zeiden, en dan zouden we het land mogen verlaten. Het feit dat het nu bijna zeven jaar geleden was sinds we in Jemen waren aangekomen, betekende dat een beetje langer wachten niet veel meer uit zou maken. Ik was opgewonden bij de gedachte dat we nu eindelijk aan het praten waren met mensen die enige invloed hadden, mensen die veel sterker waren dan Abdul Khada en al die andere dorpelingen.

Ik deed mijn sluier weer voor en verliet alleen het huis, en keerde terug naar mijn huis bovenop de berg. Toen ik langs haar huis liep, wilde Amina weten wat er was gebeurd, maar ik zei alleen dat ze zich met haar eigen zaken moest bemoeien en bleef doorlopen. Ik voelde me opgelucht, alsof er een grote last van me was afgevallen. Ik had eindelijk mijn zaak uiteen kunnen zetten aan de juiste mensen.

Ward en het oude echtpaar hadden het nooit over wat er gaande was. Ik denk dat ze meenden dat ze er toch niets aan konden doen, dat het buiten hen omging en dat, als ze er met mij over zouden praten, ik toch alleen maar aanmatigend tegen hen zou doen. Dus, hoeveel ze er misschien onder elkaar wel over praatten, ze hielden hun mond als ik erbij was.

De oude vrouw, Saeeda, was aardig tegen me geweest in al die jaren. Omdat ze er altijd was, had ze gezien hoe ik moest lijden en werken, en ze zei vaak: 'Maak je geen zorgen, kind; moge God je behoeden. Als Hij denkt dat je onschuldig bent, en dat hetgeen jou is aangedaan fout is, dan zal Hij ervoor zorgen dat het weer goed komt.' Ik begon te denken dat ze misschien wel gelijk had gehad.

Ik ging naar Nadia toe en we praatten over hetgeen we tegen Abdul Walli hadden gezegd. Ze legde me uit waarom ze had gezegd dat ze samen met Mohammed naar Engeland wilde, en ik was bang voor haar. Ze had zo'n hechte band met Haney en Tina, en ik moest er niet aan denken wat er zou gebeuren als ze zouden proberen om haar van hen te scheiden. Ik slaagde er nog steeds in om de gedachte dat ik Marcus zou moeten achterlaten, uit mijn gedachten te bannen. Het was iets dat ik gewoon moest doen, dus het had geen zin om mezelf te laten lijden door eraan te denken.

Haney had de leeftijd bereikt waarop hij begon te begrijpen wat er aan de hand was, en hij stelde vragen zoals: 'Mama, ga je bij me weg?' Als ik hem dat hoorde zeggen, had ik het gevoel alsof mijn hart brak, en ik kon me het effect ervan voorstellen dat dit op Nadia moest hebben.

Twee dagen later kwam Abdul Noor naar boven voor mij. 'Er is me gezegd dat ik jou en Nadia naar de stad moet brengen,' verklaarde hij. 'We zullen morgenochtend vroeg vertrekken, dus zorg dat je klaar bent.'

'Waarvoor?' vroeg ik.

'Iemand wil jullie spreken.'

'Gaan we in dezelfde auto?'

'Ja.'

Ik geloofde het eerst niet, want als dat waar was, dan zou het de eerste keer zijn, sinds Nadia zeven jaar geleden in Jemen was aangekomen, dat we weer ergens samen naar toe mochten reizen. Dat op zichzelf was al opwindend voor mij.

'En hoe moet het met de baby?'

'Je gaat maar voor één dag, dus laat hem gewoon hier. 's Avonds ben je weer terug. Zorg dat je om vijf uur onderaan de berg bent. Daar sta ik op je te wachten.'

'Oké.'

Ik lag die hele nacht wakker, nadenkend over wat er gebeurde. Ward kwam vroeg in de morgen mijn kamer binnen om Marcus van me over te nemen en me in mijn stadskleding te helpen, die bestond uit een zwarte cape en sluier. De cape viel tot op mijn taille en daaronder strekte een zwarte rok zich uit tot op de grond. Daaronder droeg ik mijn gewone Arabische broek. Abdul Khada had deze kleding voor mij in Saoedi-Arabië laten maken. Nadia had een identieke outfit die voor haar in het dorp was gemaakt. We waren toen wel gewend aan de hitte, zelfs als we zoveel lagen kleding droegen. Zelfs als we zo formeel gekleed waren, droegen we nog steeds rubberen teenslippers aan onze voeten, aangezien dat het enige schoeisel was dat geschikt was in die omstandigheden. De bandjes braken voortdurend en we moesten ze praktisch iedere maand vernieuwen.

Toen ik aangekleed was, begon ik in het donker aan de afdaling van de berg, met mijn rok opgetrokken rond mijn taille. Abdul Noor stond op het dak van zijn huis met een opgeheven brandende toorts, zodat ik een beetje kon zien waar ik mijn voeten neerzette. Ik was bang om in het donker te zullen struikelen, ook al kende ik het pad overdag goed. Hij kwam me onderaan de berg tegemoet, en samen gingen we de volgende berg af naar de Land Rover die op de weg stond te wachten. Het was een twaalfpersoonstaxi, maar die dag reisde er verder niemand mee.

We reden naar Ashube en wachtten daar op Nadia, die ook op weg was naar beneden in het donker. Toen ze arriveerde, stapte ze in en samen zaten we in de auto. Ik was heel vrolijk omdat we daadwerkelijk samen ergens naar toe gingen. Geen van beiden kon geloven dat dit ons echt overkwam. Het was net een droom.

'Ik kan het niet geloven,' zei ik. 'We gaan niet echt ergens naar toe, we mogen alleen een paar minuten in de auto zitten, en dan komt iemand het voor ons verpesten door te zeggen dat we terug moeten naar ons dorp en naar dat vreselijke huis.' Maar er kwam niemand om ons tegen te houden, en de Land Rover begon kreunend en hobbelend over de woestijnwegen te rijden, waarbij de koplampen bogen vormden in het duister.

Toen we Taiz naderden, begon de zon net op te komen.

15 *Gevangenen in een paleis*

We reden in één ruk door naar Taiz. 'Waar gaan we eigenlijk naar toe?' vroeg ik Abdul Noor toen we de stad binnenreden.

'We gaan naar het huis van iemand,' was het enige wat hij zei. 'Een belangrijk iemand.' We reden in peinzende stilte verder door de vuile straten vol mensen. De mannen hielden ervan om alles wat ze deden met geheimzinnigheid te omhullen. Ik denk dat ze meenden dat dit hun meer macht gaf over ons.

Waar je ook bent in Taiz, altijd kun je er die ene berg zien die is bedekt met huizen en zich hoog verheft boven de stad. Van onderaf gezien, temidden van de hitte, het lawaai, het stof en het vuil van de straten in de stad, ziet die berg er altijd sereen en vredig uit. De chauffeur bleef rijden via smalle achterafstraten, en we leken regelrecht naar de berg toe te rijden. Al snel kwamen we er aan en we begonnen omhoog te rijden, zodat we schuin onder ons de daken zagen.

De wegen werden gladder en de omgeving werd mooi. De huizen zagen er prachtig en perfect onderhouden uit. Het leek een andere wereld vergeleken met de rest van de stad, en een andere planeet vergeleken met de dorpen van Mokbana. We bleven doorrijden via soepele bochten, langs hoge muren die ons af en toe een blik gunden op prachtige tuinen. We zagen het ene schitterende huis na het andere, totdat we de straat inreden die onze eindbestemming was.

Vanaf het einde van de weg zagen we het prachtigste huis van allemaal, in de berg gebouwd net boven ons en omgeven door een hoge muur. Het zag er voor ons uit als een klein rood paleis, met regenboogkleurige ramen. Toen we dichterbij kwamen, begon de muur het gebouw aan het zicht te onttrekken, en uiteindelijk stopten we voor enorme, ijzeren hekken.

Abdul Noor stapte uit de auto en drukte op een intercomknop naast de hekken. Een geüniformeerde en gewapende Jemenitische politieman reageerde op het bellen. Abdul Noor stelde zich voor en de politieman opende de hekken, en gaf ons toestemming om door te rijden en te parkeren bij het hoofdgedeelte van het huis.

Nadia en ik beklommen de treden naar een enorme, witte, houten deur. De deur werd opengezwaaid door een vrouw in dezelfde traditionele Arabische kleren als wij, en we werden naar binnen geleid. Toen we binnenkwamen, zagen we aan de rechterkant een deur waarvan ik aannam dat die toegang gaf tot de zitkamer. We werden erlangs geleid naar een andere deur recht voor ons uit, en toen in een enorm vertrek, gevuld met banken en stoelen. Er hingen gordijnen voor de ramen en de muren waren behangen. Er stonden hier en daar tafeltjes bij de muren, en in een hoek stond een enorme kleurentelevisie te flikkeren met het geluid af. We hadden nog nooit zo'n luxe gezien.

We werden uitgenodigd om te gaan zitten en onze sluiers af te doen. De vrouw bood ons thee en koffie aan; we vroegen om frisdrank. Ze stelde zich voor als de vrouw van Abdul Walli en vertelde ons dat dit een van de huizen van haar man was. Ik had haar nooit eerder ontmoet, ook al kwam ze oorspronkelijk uit Hockail. Ze was een kleine vrouw, nog geen 1,50 m lang, heel mooi, en duur gekleed. Ze gaf ons wat te drinken en verdween.

Er werd op de deur geklopt en Abdul Walli kwam binnen. Hij droeg nog steeds het witte gewaad dat hij ook had aangehad toen ik hem voor het eerst ontmoette. Abdul Noor volgde hem de kamer in.

'Hallo.' Abdul Walli glimlachte vriendelijk. 'Ik vermoed dat jullie je afvragen wat er aan de hand is. Ik heb jullie zaak voorgelegd aan de burgemeester van Taiz, en hij heeft gevraagd of jullie naar de stad konden komen om te zien of we jullie probleem kunnen oplossen.'

In dat stadium had ik nog niet veel vragen; ik bleef gewoon kalm om te zien wat er zou gebeuren. De mannen verdwenen weer en wij bleven een paar uur in het vertrek met Abdul Walli's vrouw en haar hulp in de huishouding, die haar hielp met de zorg voor haar zoontje, dat nog een baby was. Ze legde uit dat buiten bij de voordeur alle politiemensen van haar man elkaar ontmoetten, en op bepaalde momenten van de dag daar hun *qat* kwamen kauwen. Ze vertelde ons wat een drukbezet man haar echtgenoot was, en dat hij maar zelden thuis was. Ze vroeg of ik ooit iemand van haar familie had ontmoet in het dorp, maar dat was niet het geval. De enige keer dat ik in haar huis was geweest, was op de dag dat Abdul Walli met me was komen praten. Ze hoopte kennelijk dat ik nieuws voor haar had over haar familie, maar het enige wat ik kon zeggen was dat ik had gehoord dat alles goed met ze ging.

Ze liet ons een poosje alleen en keerde toen terug met haar hulp, om ons in hetzelfde vertrek een lunch aan te bieden. Ze legden een tafelkleed op de grond en stalden er toen een maaltijd op uit met borden en vorken. Ik had in mijn hele leven nog niet zoveel eten gezien. Er was rijst, rundvlees, kip, sandwiches, soep, fruit en een verscheidenheid aan gebak dat ik nooit eerder had geproefd. Met ons vieren aten we rustig en daarna hielpen Nadia en ik hen met afruimen. Toen alles was opgeruimd, gingen we zitten om even te rusten totdat de twee mannen terug zouden komen. Toen was het al avond.

'Jullie blijven vannacht bij ons,' vertelde Abdul Walli ons.

'Maar hoe moet het dan met de kinderen?' vroeg ik. Ik wist dat Nadia haar kinderen had achtergelaten bij een buurvrouw die ze vertrouwde.

'Maak je geen zorgen over de kinderen,' stelde hij ons gerust. 'Jullie blijven vannacht hier.'

Hij had iets over zich dat ervoor zorgde dat we hem vertrouwden. We namen aan dat we de volgende dag terug zouden gaan, dus gingen we zitten en keken de rest van de avond televisie. Het was net of we in het paradijs waren beland. Later nodigde Abdul Walli ons uit in een ander, nog fraaier vertrek, waarvan ik aannam dat het zijn privé-zitkamer was. Ik merkte een telefoon op, iets wat ik in jaren niet had gezien.

'Is die echt?' vroeg ik, niet in staat mijn ogen te geloven.

'Ja,' glimlachte hij, 'die is echt.'

'Kun je hem gewoon oppakken en overal naar toe bellen?'

'Ja.'

Het enige waaraan ik kon denken, was de hoorn op te pakken en mijn moeder te bellen. We bleven daar een poosje met hem praten, en ik kon mijn ogen haast niet van de telefoon afhouden. Hij sprak over mijn moeder en wat ze had gedaan, en vertelde ons alles wat hij wist over de Britse kranten en de verhalen die erin hadden gestaan. Abdul Noor was teruggegaan naar het dorp om te vertellen dat we die avond niet terug zouden komen. Hij had er geen idee van gehad dat we in Taiz zouden moeten blijven toen we die morgen op reis gingen; Abdul Walli had hem dat nog maar net verteld. Hij hield ervan om geheimen te hebben en mysteries te creëren.

'Jullie willen nog steeds weg uit Jemen?' vroeg hij me op conversatietoon.

'Ja, ik wil naar huis.'

'Veronderstel,' zei hij vriendelijk, 'dat jullie hier in de stad zouden kunnen wonen, zou dat voor jullie gevoel dan enig verschil maken?'

'Nee,' herhaalde ik, 'ik wil gewoon naar huis.'

Hij bleef een tijdje doorpraten over algemene dingen, maar kwam toen weer terug op dezelfde vraag. 'Maar als jullie hier in de stad zouden kunnen wonen met jullie kinderen, zou dat dan niet voldoende zijn?' Hij vroeg nog een paar keer precies hetzelfde, totdat ik gespannen, boos en agressief begon te worden.

'Dringt het niet tot u door,' snauwde ik, 'dat ik naar huis wil. Ik wil hier niet blijven. Ik wil dat mijn moeder doorgaat met hetgeen waarmee ze bezig is, totdat we kunnen gaan.'

Hij knikte en dacht even na, en begon toen geduldig uit te leggen hoe mijn moeders pogingen om in de publiciteit te komen, de Jemenitische regering in verlegenheid hadden gebracht, en dat die ontstemd begon te worden.

'Dat kan me niet schelen,' zei ik chagrijnig. 'We hebben publiciteit nodig. De mensen moeten weten wat er gaande is. Wij willen naar huis, en niemand kan ons tegen onze wil vasthouden. Ik ben al een heel eind gekomen en ik ben niet van plan om het op te geven omwille van een beetje luxe in de stad.'

'Ben jij het eens met je zus?' vroeg hij aan Nadia.

'Ja, ik ben het met haar eens,' zei Nadia.

Ik was niet van plan om me door hem te laten ompraten met zijn argumenten. In de afgelopen zeven jaar was ik maar al te zeer gewend geraakt aan het argumenteren en strijden met Jemenitische mannen. Ik wist hoe hun geest werkte, en ik zou ze nu niet meer hun gang laten gaan. Ze leken uiteindelijk altijd hun zin te krijgen door te weigeren naar je te luisteren of aandacht aan je te besteden. Ik wist dat we dichtbij een ontsnapping zaten, en ik was niet van plan om het nu op te geven. Het was om gek van te worden om de telefoon te zien en te weten dat mijn moeder in zeker opzicht zo dichtbij was, terwijl we haar toch niet konden bereiken.

Die nacht sliepen Nadia en ik op matten op de grond van de zitkamer waar we de dag hadden doorgebracht. Er lag een kleed op de grond en het was er best comfortabel. De volgende dag leek er niets te gebeuren en we werden aan onszelf overgelaten, rondhangend in het huis. We begonnen ons te vervelen. We wilden dat er beweging in de zaak zat. We begonnen ons zorgen te maken over de kinderen. Toen Abdul Walli eindelijk naar ons toekwam, vroeg ik hem wat er allemaal gebeurde.

'We zullen de kinderen hier bij jullie brengen,' verzekerde hij ons.

'Wanneer?' vroeg ik. 'We willen de kinderen nu.'

'Ze zullen hier binnen twee dagen zijn,' verzekerde hij me.

'Goed,' zei ik.

'We willen alleen dat jullie een brief voor ons ondertekenen.'

Hij begon me weer vragen te stellen. Kon ik opschieten met Ward? Ik vertelde hem hoe erg we elkaar haatten, en hoe slecht ze me had behandeld, me liet werken van de vroege morgen tot de late avond, en me werk liet doen dat grotendeels onnodig was. Hij leek te luisteren en begrip te hebben voor wat ik zei. Na een poosje ging hij de kamer uit. Die dag wipte hij regelmatig bij ons binnen, om een paar minuten een praatje te komen maken. Daarna vertrok hij weer om met zijn politiemensen te praten of verder te gaan met zijn eigen zaken.

Op de derde dag begon ik pogingen te ondernemen om meer informatie uit hem los te krijgen over wat er nu zou gaan gebeuren, waarbij ik verwachtte dat hij zou proberen om een rechtstreeks antwoord op mijn vragen te vermijden.

'We willen niet terug naar ons dorp,' zei ik agressief. 'We willen alleen maar naar huis.'

'Jullie hoeven ook niet terug,' zei hij kalm.

'Wat? Nooit meer?' Ik kon niet geloven dat ik het goed hoorde.

Hij glimlachte. 'Jullie hoeven nooit meer terug naar jullie dorp, jullie hebben mijn woord.'

Even snakte ik naar adem. 'Waarom?' Ik kon mijn oren niet geloven.

'Omdat jullie daar nooit meer naar terug hoeven,' zei hij schouderophalend. 'Jullie kunnen een poosje hier in Taiz blijven wonen.'

Eerst vertrouwde ik hem niet. Het was net een droom die werkelijkheid was geworden. Langzaam, sinds het dieptepunt van mijn leven in Campais, was het leven beter geworden, en mijn gevecht begon vruchten af te werpen. Eerst was ik teruggekomen in Hockail en weer dichtbij Nadia, nu was ik al in Taiz met haar en weg uit het dorp. De volgende stap moest de terugkeer naar Engeland zijn.

Wat we niet wisten was dat elders in de stad de politietroepen alle mensen oppakten en ondervroegen die iets te maken hadden gehad met Eileen en Ben – de ziekenhuisdirecteur, de tolk en de chauffeur. Ze moesten allemaal een verklaring schrijven, en ze werden ondervraagd om erachter te komen of ze er enig idee van hadden gehad dat de Engelse vrouw hier als verslaggeefster was geweest. Geen van hen had vanzelfsprekend iets geweten, anders zouden ze hen nooit hebben durven helpen.

Nadia en ik begonnen in die dagen allebei sympathie voor Abdul Walli te voelen, omdat hij eerlijk met ons leek te praten. Hij gedroeg zich vaderlijk tegenover ons, en vertelde ons altijd wat hij van alles vond en wat er volgens hem gebeurde. Hij leek niets voor ons verborgen te houden en ik hield niets voor hem verborgen. Hoewel hij begreep wat ik zei, denk ik niet dat hij werkelijk begreep wat onze gevoelens waren over naar huis gaan. Ik denk niet dat iemand daar begreep hoe sterk onze gevoelens waren, hoe erg we het leven in het dorp haatten en hoe vastberaden we waren om te ontsnappen. Het beste gevoel was wel dat, zolang hij voor ons zorgde, we veilig waren voor Abdul Khada en de anderen. Niemand kon ons iets doen zolang Abdul Walli het voor het zeggen had. Althans voor wat ons betrof had hij de leiding, hoewel ik wist dat hij alleen maar deed wat de regering hem zei, en niet in een positie verkeerde om zelf de uiteindelijke beslissing te nemen over ons lot.

Toen hij ons vertelde dat we alleen maar even wat papieren hoefden te tekenen en onze kinderen dan terug zouden krijgen, gingen we daarmee akkoord. De brieven waren gericht 'Aan wie dit leest' en daarin aanvaardden we openlijk dat we waren getrouwd met onze mannen en gelukkig waren met hen, dat we nu in Taiz woonden en dat al onze problemen nu voorbij waren. Abdul Walli gaf ons een tekst om die over te schrijven in ons eigen handschrift, en vroeg ons toen om die te ondertekenen, waarbij hij zei dat als we dit zouden doen, we onze kinderen aan het einde van de week terug zouden hebben. We deden wat hij voorstelde, omdat we hem meer dan wie ook vertrouwden en omdat we de kinderen terug wilden.

We moesten in die dagen wel in huis blijven, hoewel

we van de ene kamer naar de andere mochten lopen en op het dak wat frisse lucht mochten halen. Het belangrijkste voor ons was dat we samen waren. We vonden het niet erg dat we gevangenen waren zolang we elkaar hadden. Er was een enorme keuken op het dak, compleet met koelkast, gootsteen, wasmachine en sapcentrifuge, dingen die we niet meer hadden gezien sinds we Engeland hadden verlaten.

Er waren diverse commandanten in Taiz zoals Abdul Walli, allemaal met een eigen kleine politiemacht. De politiemensen bevonden zich net als wij binnen de muren van het complex, maar ze zaten in een gebouw aan de andere kant van de binnenplaats. Alle mannen hadden een pistool en sommigen van hen droegen ook een geweer over hun schouder. Als we hen vanaf het dak gadesloegen terwijl ze op hun gemak over het terrein liepen, of in groepjes zaten te kletsen, voelden we ons tegelijkertijd erg vrij en erg veilig.

Op de vierde dag zaten we in het huis te praten toen Abdul Walli onverwacht binnenkwam. 'Hier zijn jullie kinderen,' zei hij. We konden onze ogen haast niet geloven. Ze waren uit het dorp gebracht door Abdul Noor en Shiab, de oudste zoon van Gowad. Shiab en zijn zusje zouden teruggaan om te logeren bij hun grootouders, maar Marcus, Haney en Tina bleven bij ons. We waren enorm opgelucht. Marcus begon net te lopen en ik ving hem op in mijn armen. Ze vertelden me dat hij, vanaf het moment dat ik was vertrokken, niets anders had gedaan dan om me huilen.

16 *Wonen in de stad*

Een paar dagen later arriveerden Abdullah en Mohammed, onze zogenaamde mannen, vanuit Saoedi-Arabië in de stad. Ze hadden bevel gekregen van de regering om te komen, om iets aan de situatie te doen. Abdul Walli had ons gewaarschuwd dat ze zouden komen, maar hij had niet gezegd wanneer. We zaten in de vrouwenzitkamer toen hij binnenkwam om ons te spreken.

'Jullie mannen zitten in de kamer hiernaast,' zei hij ons. 'Willen jullie hen komen begroeten?'

We deden met tegenzin wat hij vroeg. Ze zaten op ons te wachten en leken zich allebei zorgen te maken over wat er gebeurde. We gingen zitten en praatten even beleefd met elkaar. Toen verliet Abdul Walli het vertrek. Mohammed was enorm dik geworden, maar Abdullah was nog net zo mager als altijd.

'Wat is er allemaal aan de hand?' wilde Mohammed weten. 'We hebben alle geruchten wel gehoord, maar we weten niet wat er gaande is. We hebben gehoord over verhalen in de kranten in Engeland, en we hebben geruchten gehoord dat je moeder komt. Wat gebeurt er allemaal?'

Ik voelde me veilig en hoefde niets meer te verbergen. Ik had er alle vertrouwen in dat Abdul Walli niet zou toestaan dat we zouden worden teruggebracht naar onze dorpen, dus vertelde ik het hem.

'Mijn moeder doet wat ze maar kan om ons hier vandaan te krijgen. Wat jullie en jullie vaders met ons hebben gedaan is fout, en we zullen dat nooit aanvaarden. Zo liggen de zaken.'

Abdullah bleef zwijgen.

Toen Abdul Walli terugkeerde, vroegen de jongens of ze de telefoon mochten gebruiken. Hij stemde toe en ze belden Gowad in Engeland en Abdul Khada in Saoedi-Arabië. Beide vaders vertelden hun zoon dat ze niet moesten toestemmen in een echtscheiding, en dat wij de kinderen niet mochten hebben. Ze wilden niet dat wij terug zouden keren naar Engeland, waardoor zij in verlegenheid gebracht zouden worden, en ze geloofden niet dat wij de kinderen in de steek zouden laten. Hun vaders vertelden hun dat ze ermee in moesten stemmen om in Taiz te blijven, zolang wij en de kinderen bij hen zouden blijven. Arabische mannen zijn hun vader nooit ongehoorzaam, dus weigerden ze om welk alternatief dan ook in overweging te nemen. We waren op een nieuwe hindernis voor onze ontsnapping gestuit.

We konden niet allemaal in het huis blijven; daarvoor waren we met te veel mensen. Abdul Walli had daarom een flat voor ons geregeld, die per taxi nog geen vijf minuten rijden van zijn huis was, en met ons vieren en de drie kinderen trokken we erin. Het kon me in dat stadium niet schelen waar we heengingen, zolang ik maar bij Nadia en de kinderen was, en zolang ik maar niet terug hoefde naar Hockail. Ik had het gevoel dat ik, zolang ik in Taiz was en in contact stond met Abdul Walli, door kon gaan met mijn strijd om terug te keren naar Engeland.

De flat bevond zich in een volkswijk, in een blok van drie verdiepingen hoog aan een smalle, vervallen straat. Wij zaten op de tweede verdieping. Er was een grote hal in de flat waarop twee slaapkamers en een zitkamer uitkwamen, en een badkamer en keuken. Verder was er nog een balkon dat uitkeek op de straat eronder.

We wisten dat we zouden moeten slapen met Mohammed en Abdullah; er zou geen andere keus zijn. Ook al waren we nu in de stad, we kenden de regels van het huwelijk. Ik wist dat de hele beproeving bijna voorbij was, dus wilde ik geen onnodige problemen veroorzaken tussen ons. Marcus sliep in dezelfde kamer als Abdullah en ik, en Nadia's kinderen sliepen bij haar en Mohammed.

Ze hadden onze matrassen gebracht vanuit het dorp. We legden die op de koude stenen vloer, omdat er in de flat geen ander meubilair was. Er stond alleen een tv die op stroom werkte. Ik had nog steeds mijn bandrecorder. In de keuken was de gootsteen, een klein gasfornuis en een keukenplank. Er was een douche in de badkamer, maar geen warm water. We hadden alles wat we nodig hadden, en ik was simpelweg gelukkig omdat ik de hele dag bij Nadia kon zijn. Hoewel het een achterbuurt was, vergeleken met ongeacht welke plek in Engeland waar ik had gewoond, was het een droom vergeleken met de dorpen van Mokbana. Het was fantastisch om nu eens niet van de morgen tot de avond te hoeven werken, om in bed te kunnen blijven tot de middag als we daar zin in hadden.

De jongens gedroegen zich zoals altijd. Ze waren het grootste deel van de dag in de stad met vrienden, en we namen nooit de moeite om hun te vragen waar ze naar toe gingen; dat interesseerde ons gewoon niet. Zolang Nadia en ik elkaar hadden, vonden we het prima om alleen gelaten te worden.

Abdullahs broer Mohammed woonde nog steeds met Bakela in Taiz, en af en toe kwamen ze op bezoek. Nu de regering erbij betrokken was, sprak niemand meer over onze situatie. We praatten niet over wat er was gebeurd, we zaten allemaal alleen maar te wachten op wat er zou gaan gebeuren. Nadia en ik wilden niet meer aan het verleden denken.

In het begin gingen Nadia en ik niet veel naar buiten. We voelden ons vreemd beangst door de drukke straten, de auto's en alle mannen die buiten rondliepen. Na zeven jaar praktisch gevangen te hebben gezeten in een dorp werden we overweldigd door het idee van vrijheid. Zelfs als we naar buiten gingen om onze was op het balkon te drogen te hangen, deden we een sluier voor, voor het geval er iemand achter een van de andere ramen stond te kijken. We waren net als de dorpsvrouwen geworden waartussen we hadden geleefd, zedig en bang voor de buitenwereld, omdat we waren vergeten hoe we daarmee om moesten gaan. De jongens zorgden voor het voedsel en alles wat we verder nodig hadden om te kunnen leven, terwijl wij binnen bleven.

Soms gingen de jongens 's middags naar het huis van Abdul Walli om er *qat* te kauwen, en wij gingen dan met hen mee voor het ritje, en om wat te praten met de andere vrouwen die daar op bezoek kwamen. Abdul Walli kwam nooit naar de flat om ons te bezoeken. We hadden altijd de kinderen bij ons, en ze leken heel gelukkig zolang wij maar in de buurt waren. Maar als Nadia of ik de kamer verliet, begonnen ze te huilen en wilden ze mee. Ik denk dat ze bang waren dat we hen weer achter zouden laten. Haney was het ergst; hij klemde zich altijd aan Nadia vast als ze ergens heenging, huilend en vragend waar ze naar toe ging. Als we allemaal bij elkaar waren, speelden ze leuk samen.

In Engeland werd mijn moeder met net zoveel frustraties geconfronteerd als wij in Taiz. Alf Dickens had haar met de *Daily Mail* in contact gebracht, en ze begon zich te realiseren dat ze alleen maar werd gebruikt om hun een exclusief verhaal te bezorgen en Eileen en *The Observer* te laten vallen. Ze ging terug naar Eileen en bracht de kerstdagen bij haar thuis in Londen door, verbouwereerd en verward door alle verschillende adviezen en de eisen die aan haar werden gesteld.

De Jemenitische ambassadeur in Londen had een verklaring uitgegeven, waarin hij zei dat hij had begrepen dat Nadia en ik onze mannen in Birmingham hadden ontmoet. We waren daar met hen getrouwd, en waren daarna in Jemen gaan wonen. Er waren volgens hem pas problemen ontstaan toen mijn moeder mijn vader verliet.

Dat was de laatste versie van mijn vader, en het stond haaks op alles wat hij tot dan toe tegen de journalisten had gezegd, toen hij had toegegeven dat we op vakantie waren gegaan en daar de jongens hadden ontmoet waaraan we heimelijk waren uitgehuwelijkt. De ambassadeur zei ook dat als mijn moeder Jemen wilde bezoeken om de familieproblemen op te lossen, ze alle mogelijke medewerking zou krijgen van de Jemenitische regering om haar dochters mee terug naar huis te nemen.

In Taiz ging ons leven door alsof niets van dit alles plaatsvond. We begonnen op bezoek te gaan bij andere mensen om de tijd te doden. We ontmoetten nu een heel ander type vrouwen dan die waaraan we gewend waren geraakt in de dorpen. De vrouwen die met hun mannen naar de stad waren gekomen, waren moderner in hun opvattingen en vonden het leuk om bij elkaar op bezoek te gaan. In tegenstelling tot de dorpsvrouwen hoefden ze niet de hele dag te werken, zoals water halen en maïs malen; ze hadden tijd genoeg. Ze gingen – meestal gesluierd – in een taxi van het ene huis naar het andere, en bezochten dan vrienden en familie. Omdat Ward en ik in Hockail maar zelden bezoek kregen, kostte het me enige tijd om gewend te raken aan dit sociale leven.

Een hoop van hen wilden kennelijk uitvissen wat er met ons aan de hand was, maar ze waren vermoedelijk gewaarschuwd dat ik nogal agressief werd wanneer mensen me vragen stelden, want meestal deden ze dat niet. Een enkele keer vroeg iemand of we teruggingen naar Engeland, of dat mijn moeder ons zou komen halen, maar dan zei ik alleen maar dat ze zich met hun eigen zaken moesten bemoeien. De meesten van hen waren wel aardig. Onze gezondheid begon beter te worden en ik begon me ook geestelijk veel beter te voelen, minder moe en depressief.

Ik moest voortdurend denken aan de telefoon in Abdul Walli's kamer, maar ik had nooit de moed om te vragen of ik die mocht gebruiken om mijn moeder te bellen. Op een dag moet een hoog geplaatst persoon aan Abdul Walli hebben gezegd dat hij ons naar huis moest laten bellen. Ze wilden dat wij zouden vertellen wat er gebeurde, en wat een verandering ten goede ons leven had ondergaan sinds we het dorp hadden verlaten. Ze hoopten dat we haar zouden vertellen hoe geweldig het nu was, en dat ze wel kon ophouden met ophef maken, en niet meer met de kranten hoefde te praten. Dat konden ze wel vergeten. Hoe dichter het moment van ons vertrek naderde, des te sneller wilde ik weg.

We vertelden Abdul Walli en de anderen dat we ons beter en gelukkiger voelden, en speelden zo hetzelfde spelletje. We logen tegen hen net zoals zij tegen ons logen, niet zozeer door wat ze zeiden, maar door wat ze niet zeiden en door wat ze niet deden. Ze hoopten dat ze niets meer voor ons hoefden te doen, dat de hele zaak gewoon tot bedaren zou komen nu we weg waren uit Mokbana. We waren bereid om hen te laten denken dat het zo was, maar we waren niet van plan om mama te vertellen dat ze kon ophouden met haar pogingen om ons Jemen uit te krijgen.

Ashia nam de telefoon op en kon niet geloven dat ze echt met mij sprak. Ze stelde me allerlei vragen over vroeger, om te controleren of ik het werkelijk was. Toen ging ze mama halen. We praatten een poosje en ze vertelde dat ze naar Taiz zou komen om ons weer op te zoeken.

Een paar weken later werd ons verteld dat we een telefoontje zouden krijgen uit Engeland, en we gingen naar Abdul Walli's huis om het aan te nemen. Het was mijn moeder die opbelde om te vragen hoe het met ons ging, en om te zeggen dat we ons geen zorgen hoefden te maken, omdat er van alles gebeurde. Ze was nog steeds van plan om te komen. Ik voerde het hele gesprek, omdat Nadia te verlegen was.

'Ik heb hier een vriend die iets tegen je wil zeggen,' zei ze.

'Goed hoor.' Ik was verbaasd, maar zei niets. Ik was bereid om mee te werken aan alles wat ze maar wilde.

'Hij heet Tom.'

'Oké.' Ik snapte er niets van. Toen kwam Tom Quirke aan de telefoon. Ik wist toen nog niet wie hij was, maar later ontdekte ik dat hij een plaatselijke reporter was die het verhaal in gang had gezet en op dat moment met me praatte op de radio, waardoor ons gesprek te horen was in heel Birmingham en omgeving. Ze konden me niet zeggen wat ze deden, voor het geval de lijn dan zou worden verbroken. Iedereen kan daar een telefoongesprek afluisteren.

'Hoe gaat het met je, Zana?' vroeg hij.

'Goed.' Ik was op mijn hoede, omdat ik niet wist wie hij was.

'Wil je nog steeds terug naar Birmingham, Zana?' vroeg hij.

'Ja,' antwoordde ik. 'Ik wil nog steeds naar huis, zo snel mogelijk.'

'Wat mis je het meest van thuis?'

'Mijn vriendinnen.' Na nog een paar vragen gaf hij me weer terug aan mijn moeder.

Toen kregen we een telefoontje van mijn vader. Hij was meer dan een uur aan de telefoon, en smeekte ons om niet terug te komen, omdat hij zich dan dood zou schamen, Hij bleef maar zeggen: 'Als jullie van me houden, kom dan niet terug.' Nou, we hielden niet van hem en dat moet hij hebben geweten. Hij smeekte ons om in Taiz te blijven totdat de pers de hele geschiedenis zou zijn vergeten. Ik zei hem dat hij dan zou boffen. Hij zei dat hij zelfmoord zou plegen als we naar huis zouden komen en ik zei: 'Goed.'

Al die tijd dat we in Taiz waren, hoorden we geruchten dat er nog meer artikelen verschenen in de kranten, en dat het probleem steeds groter begon te worden voor de regering. Abdul Walli leek zich steeds bezorgder te maken. Ik denk dat zijn superieuren druk op hem gingen uitoefenen, en wilden weten waarom hij niet in staat was om de zaak tot rust te brengen.

Telkens als we praatten over de verhalen in de buitenlandse media, en hij ons probeerde over te halen om alles nu maar te accepteren en tegen onze moeder te vertellen dat ze moest stoppen met haar campagne, zei ik alleen maar: 'Maar het is de waarheid die ze schrijven in de kranten,' en dan zei hij niets meer.

Op een gegeven moment liet hij ons onze trouwakten zien. Ze waren in het Arabisch geschreven, maar ik kon voldoende van de taal lezen om te begrijpen wat er stond. Hij liet ze aan me zien om te bewijzen dat ze echt waren.

'Wat mij betreft zijn ze vals,' zei ik boos tegen hem. 'Ik heb de koran bestudeerd, en ik weet dat daarin staat dat het verkeerd is om een meisje te dwingen tot een huwelijk dus ik accepteer niet dat die certificaten echt zijn.'

Hoewel we wisten dat hij ook maar handelde op bevelen van anderen, zagen Nadia en ik Abdul Walli toch als onze redder, aangezien hij degene was die ons daadwerkelijk uit ons dorp had gehaald. Hij was de eerste man die we daar hadden ontmoet, die ons goed had behandeld, en we waren hem daar erg dankbaar voor. Naast de vrouw die hij in de stad had, had hij er ook nog een in zijn eigen dorp. Er werd me verteld dat hij bij haar zes kinderen had, naast het kind bij zijn vrouw in Taiz. Ik weet niet of ze meer dan één vrouw mogen hebben, maar ik had de indruk dat de rijke mannen in Jemen precies deden waar ze zin in hadden.

Langzaam begonnen Nadia en ik gewend te raken aan het leven in de echte wereld. We begonnen er in een taxi op uit te gaan, samen met de kinderen, waarbij we gewoon wat rondreden in de stad. De taxi kwam voorrijden en zette ons later weer af bij onze flat, zodat we nergens hoefden te lopen.

Na een poosje werden we moedig genoeg om de taxi te laten stoppen, uit te stappen en wat te winkelen of boodschappen te doen, maar altijd droegen we onze sluier en traditionele kleren. We wilden de stad een beetje leren kennen, want we hadden inmiddels wel in de gaten dat we daar nog een poosje vast zouden zitten. We konden er daarom maar net zo goed het beste van maken. Het was geen stad om van te houden, smerig en overbevolkt als ze was. Geleidelijk begonnen we ons wat meer te voelen als de vrije Engelse meisjes die we eens waren geweest.

De gewelddadigheid van het leven daar, zelfs in de stad, werd geïllustreerd door de openbare executies die plaatsvonden op de stadspleinen, waar groepen mensen zich verzamelden – ook vrouwen en kinderen – om toe te kijken hoe gevangenen met machinegeweren werden doodgeschoten.

Doordat we gesluierd waren, waren we min of meer onzichtbaar. Niemand wist wie we waren en we hadden zo het idee dat we in de menigte konden verdwijnen. Dat was een heerlijk gevoel nadat we al die jaren constant in de gaten waren gehouden en het onderwerp van gesprek waren geweest.

Op een dag waren we in het huis van Abdul Walli toen er drie vrouwen voor ons kwamen die er belangrijk uitzagen. Ze waren heel anders dan de vrouwen waaraan we gewend waren. Ze zagen eruit alsof ze een baan en geld hadden. Ze maakten een gezonde indruk en droegen juwelen. Ze hadden boeken, pennen en papier bij zich. Een van hen werkte als secretaresse voor de burgemeester van Taiz, en de andere twee hadden iets te maken met een vrouwenbeweging die in de stad was opgericht. Ze hadden over ons gehoord en wilden meer van onze geschiedenis weten. De secretaresse zei dat ze gestuurd was door de burgemeester om meer over ons aan de weet te komen.

'Je kunt tegen de burgemeester zeggen dat het zijn zaak niet is,' snauwde ik op mijn gebruikelijke manier.

'Je hoeft niet op die manier te praten,' zei ze resoluut. 'We komen je bezoeken als vriendinnen. We gaan niets doen met de informatie die je ons geeft, we willen alleen maar horen hoe je hebt geleefd en wat er met je is gebeurd, zodat we misschien andere meisjes zoals jij kunnen helpen.'

Ik had in de gaten dat ze meende wat ze zei, en dus vertelden Nadia en ik hun over het leven in de dorpen en het werk dat we moesten doen. Ze waren duidelijk geschokt. Ook al waren het Jemenitische vrouwen, toch hadden ze er geen idee van gehad dat er dergelijke dingen gebeurden in hun eigen land. Ze dachten dat graan met de hand planten en malen iets was wat hun voorouders deden, en hadden er geen idee van gehad dat sommige mensen nog steeds op die manier leefden. We vertelden hun nogmaals hoe ongelukkig we waren en dat we naar huis wilden. Ze probeerden ons uit te leggen dat we nu Jemenitische burgers waren.

'Ik weet wat ik ben,' zei ik koppig, 'en ik weet wat ik wil. Ik wil naar huis.' Ik had het gevoel alsof ik een druppelende kraan was die maar door bleef lekken, totdat ik ze uiteindelijk murw had gemaakt en ze zouden accepteren dat ze me niet konden overhalen om van gedachten te veranderen en te blijven.

De drie vrouwen waren kennelijk geïnstrueerd door dezelfde mensen als Abdul Walli, omdat ze met precies dezelfde argumenten kwamen over in de stad blijven. Ik gaf hun dezelfde antwoorden die ik aan hem had gegeven. Ik kon merken dat ze niet tevreden waren over wat ik had gezegd, maar ze namen beleefd afscheid en vertrokken.

Een paar dagen later hoorden we dat mama onderweg was. Ze vloog vanuit Sana'a samen met Jim Halley, de Britse consul, en een ambtenaar van het ministerie van buitenlandse zaken, die hen kon helpen met vertalingen. Eindelijk, zo dachten we, gaat er iets gebeuren, maar voor mijn moeder verliep er niets echt probleemloos.

Om een visum voor Jemen te krijgen, moest ze naar de Jemenitische ambassade in Londen. Ze ging erheen met Eileen en Ben. Toen ze per taxi arriveerden bij het gebouw, ontdekten ze dat het gebouw was omringd door filmploegen, fotografen en journalisten. Mijn moeder dook neer op de bodem van de taxi en ze reden door naar een pub om de hoek. De ambtenaren van de ambassade werden van daaruit opgebeld om te vragen of ze de papieren bij haar wilden komen brengen. Ze kwamen naar mijn moeder toe, namen haar paspoort en aanvraagformulier mee, en zeiden dat ze met een half uur terug zouden zijn. Ze zeiden tegen mijn moeder dat ze op hen moest blijven wachten.

Toen de papieren eindelijk allemaal in orde waren, werd ze snel door de luchthaven Gatwick geloodst alsof ze een VIP was. Tijdens de vlucht naar Sana'a met de Lufthansa was er een stewardess die constant speciale aandacht aan haar besteedde.

Jim haalde haar af in Sana'a en bracht haar naar een klein hotel in de buurt van zijn huis. De volgende dag gingen ze naar het ministerie van buitenlandse zaken, dat erop had gestaan dat mijn moeder eerst daar langs zou komen voordat ze door mocht reizen naar Taiz. Iedereen beweerde het echter te druk te hebben om hen te ontvangen toen ze daar aankwamen, en er werd gezegd dat ze geen telefonisch contact met ons mochten opnemen. Jim ging later terug en ontmoette toen een ander contactpersoon van hem, die ervoor zorgde dat ze naar Taiz konden doorvliegen. Er kon daar echter niet geland worden vanwege de mist, en pas de volgende middag vertrokken er weer vliegtuigen.

Maar uiteindelijk zaten ze dan toch in de lucht, op weg naar ons.

17 *Bureaucratie en officiële vervolging*

Er werd ons verteld dat er een grote vergadering zou worden gehouden op het stadhuis. Mijn moeder, de Britse consul en de Jemenitische functionaris zouden erbij zijn, en wij moesten samen met Mohammed, Abdullah en de kinderen komen.

We gingen naar Abdul Walli's huis om daar op mama te wachten, die nog moest aankomen met het vliegtuig uit Sana'a. Toen ze arriveerde, ging hij naar buiten om haar te begroeten, terwijl wij wachtten in de vrouwenzitkamer. Hij bracht haar naar binnen. Ze had maar één koffer bij zich. We begroetten haar rustig. De emoties liepen nu niet zo hoog op als de eerste keer, misschien omdat we het gevoel hadden dat we steeds dichter bij ons vertrek kwamen, misschien omdat we te volwassen werden om onze gevoelens nog langer te tonen. Nadia huilde, maar ik niet.

Het was voor het eerst dat mama de kleintjes zag. Ze leek verrast door de luxe waarin Abdul Walli leefde. Toen ze ging zitten, slaakte ze een kreet van verbazing. 'Jee! Wat een comfortabele stoelen.' Ze maakte me aan het lachen. Het moet een grote verrassing voor haar zijn geweest, als ze had verwacht om een huis aan te treffen zoals dat in Hockail.

Abdul Walli en zijn vrouw waren in de kamer, evenals Abdullah en Mohammed. Ze vermeed het om naar de twee jongens te kijken. Het was duidelijk hoe ze over hen dacht: ze verachtte hen. Abdul Walli voerde een paar minuten een beleefd gesprek, en nam de jongens toen mee naar het bijgebouw waar de mannen vaak zaten te praten en te kauwen.

Mijn moeder werd alleen gelaten met Nadia, mij en de kinderen. We konden haar alles vertellen wat er was gebeurd sinds we haar voor het laatst hadden gezien, terwijl zij ons al het nieuws van haar kant vertelde. Ze had voor de kinderen wat speelgoed meegenomen uit Engeland. Er was een pop voor Tina, een vrachtwagen met autootjes voor Haney en een draaimolen voor Marcus. De kinderen waren allemaal verrukt van de cadeautjes, en ze begonnen ermee te spelen terwijl wij praatten.

Mijn moeder was doodop, maar ze zag er desondanks veel beter uit dan de laatste keer. Ze vertelde ons over Jim en over alles wat er met hen was gebeurd in Sana'a, en over de vergadering waar wij allemaal naar toe zouden moeten.

Die zou de volgende dag plaatsvinden, dus namen we haar mee naar de flat om daar te slapen. Ze kwam binnen met mij, Nadia en de kinderen. Er was een eenpersoonsbed voor haar, en de rest van ons sliep op matrassen op de grond. De jongens moesten alleen slapen, Mohammed op zijn kamer en Abdullah in de zitkamer. Het was uitgesloten dat mijn moeder zou aanvaarden dat wij met hen zouden moeten slapen. Ze zei ons dat we bij haar moesten slapen nu zij er was. Ik wist dat als iemand erachter zou komen, we in de problemen zouden raken, maar er viel niet over te argumenteren met mijn moeder. Het enige waar ik me zorgen over maakte was dat Abdul Khada erover zou horen, en uit Saoedi-Arabië zou komen om nog meer problemen voor ons te veroorzaken. Ik was nog steeds bang voor hem, ook al waren we nu in de stad. Ik was er weliswaar tamelijk zeker van dat hij niet zou komen, omdat hij bang was voor de manier waarop hij zijn grip op alles leek te verliezen, maar hij was nog altijd dreigend aanwezig op de achtergrond.

De volgende morgen ontbeten we en bereidden we ons voor op de bijeenkomst. Nadia en ik begonnen weer onze zwarte kleding aan te trekken en onze sluier voor te doen, en mijn moeder protesteerde daartegen. Ze kon niet begrijpen waarom we ons nog steeds zo moesten kleden terwijl we toch weg uit ons dorp waren. Het idee dat we ons gezicht moesten bedekken, beviel haar niets. 'Je bent nu vrij, je bent Engels,' zei ze. 'Kleed je zoals je wilt.' Maar dat konden we gewoon niet; we waren nog steeds bang en klemden ons vast aan onze kleren, die ons in staat stelden om ons te verbergen voor de wereld. Geen van ons beiden voelde zich sterk genoeg om zulke belangrijke mannen onder ogen te zien in oneerbiedige kleding. We zouden dan het gevoel hebben gehad dat we naakt waren. Ik was me er bovendien terdege van bewust dat we nog steeds niet vrij waren, en ik wilde hen nu niet irriteren en het risico lopen dat ze mijn moeder het land uit zouden zetten, of ons zouden terugsturen naar ons dorp.

Jim kwam ons afhalen bij de flat. Het leek me een heel aardige man, heel lang, met kort, rossig haar en een Schots accent.

De taxi arriveerde en bracht ons naar het enorme stadhuis, ongeveer vier verdiepingen hoog en vol kantoren. We beklommen twee trappen en kwamen in een grote zaal met een tafel aan de ene kant, en her en der verspreid zwartleren banken en stoelen. We gingen zitten wachten en de ruimte begon zich langzaam te vullen met mannen. De functionaris van het ministerie was er, samen met de burgemeester en drie secretarissen. Abdullah en Mohammed waren er ook.

De ambtenaar sprak het meest. Hij leek heel ontwikkeld, met een goed Engels accent. Hij wilde ons verhaal horen, dus vertelden we maar weer eens de hele geschiedenis.

Marcus was lastig en wilde niet ophouden met huilen. Hij wilde rondlopen en niet stil zijn. Op een gegeven moment werd de burgemeester boos en zei dat ik Marcus zijn mond moest laten houden. Iedereen die kleine kinderen heeft weet dat je niets kunt doen als ze zich zo gedragen, dus trok ik me niets van hem aan. Uiteindelijk kalmeerde Marcus voldoende om me mijn verhaal te laten vertellen. Haney zat met grote, wijd open ogen op Nadia's schoot te luisteren, terwijl Tina sliep.

Terwijl ik sprak, zwegen alle mannen in het vertrek. Ik keek naar hen en ze hielden allemaal hun hoofd gebogen, alsof ze zich schaamden over wat er was gebeurd, en over de manier waarop we waren behandeld. Ik vertelde hem dat we niet hadden geweten dat we waren getrouwd toen we naar Jemen kwamen, en dat we gedwongen waren om met de jongens te slapen. Ik was niet agressief, ik vertelde het verhaal onopgesmukt zonder dat ik boos klonk. Ook Nadia beantwoordde een paar vragen.

'Ben je nu gelukkig?' vroeg de minister van binnenlandse zaken uiteindelijk.

'Nee,' sprak ik vastberaden.

Hij knikte en begon ons hun regels te vertellen over wat er in een situatie als deze moest gebeuren.

'Als jullie Jemen verlaten,' zei hij, 'dan zullen jullie de kinderen hier moeten achterlaten, dat weten jullie.'

'Waarom?' onderbrak ik. 'Het zijn onze kinderen. Ze zijn trouwens toch onwettig, ze behoren niet toe aan de vader, omdat we niet zijn getrouwd, dus waarom kunnen wij hen niet houden?'

Het beviel hem niet dat ik hem tegensprak, evenmin als de andere mannen, maar ik moest voor mezelf opkomen. Ze probeerden me de mond te snoeren, maar dat liet ik niet toe. Jim probeerde me niet tegen te houden; dat wilde hij ook niet, nu we zover waren gekomen.

'Wat vinden jullie ervan als jullie allemaal een visum krijgen,' vroeg de functionaris, 'en jullie allemaal samen vertrekken? Zouden jullie met jullie man naar Engeland willen? Anders is het uitgesloten dat jullie dit land samen met je kinderen mogen verlaten. Als jullie met de mannen gaan, zullen jullie de kinderen mee kunnen nemen.'

Nadia en ik keken elkaar aan. 'Goed,' zeiden we. We zouden alles hebben gezegd om samen met de kinderen Jemen uit te komen.

'En hoe staat het met jullie?' wendde hij zich tot de jongens. 'Zouden jullie met vrouw en kinderen naar Engeland willen reizen als wij dat kunnen regelen?' De jongens knikten allebei instemmend met betrekking tot het plan.

'Goed dan.' Hij leek opgelucht dat hij een mogelijke oplossing had gevonden. 'We zullen een visum voor Mohammed en Abdullah regelen.'

Dat leek het einde van de bijeenkomst te zijn. Alles zou nu afhangen van het Britse ministerie van binnenlandse zaken dat zou moeten instemmen met het verstrekken van een visum aan de jongens. Dat betekende dat we weer moesten afwachten terwijl er contact met hen werd gezocht en er een beslissing zou worden genomen. Jim zei dat ze volgens hem zouden weigeren, omdat ze zouden denken dat het allemaal een list was om de jongens Engeland binnen te krijgen, aangezien ze wisten dat Nadia en ik vaak hadden gezegd hoe erg we de jongens haatten. Maar hij was het ermee eens dat, als dit de enige manier was om de kinderen mee naar Engeland te krijgen, het op de een of andere manier zou moeten gebeuren.

Jim had een paar aanvraagformulieren die ze moesten invullen, dus vertrokken we allemaal naar een kleiner vertrek. De jongens moesten bewijzen dat ze in Engeland in hun levensonderhoud zouden kunnen voorzien, en Mohammed vertelde Jim dat hij 12 000 pond had gespaard toen hij in Saoedi-Arabië werkte. Later kwamen we erachter dat zowel Mohammed als Abdullah die dag tegen Jim had gelogen. In werkelijkheid had Mohammed helemaal geen geld, en Abdullah had Jim verteld dat hij nooit eerder de termijn van een visum in Engeland had overschreden, wat echter wèl het geval was geweest toen hij er een medische behandeling onderging. Op dat moment dacht Jim dat ze de waarheid vertelden, en hij zei ons dat het bij het Britse ministerie van binnenlandse zaken meestal een half jaar duurde voordat dergelijke aanvragen werden gehonoreerd. Hij beloofde echter dat hij zijn best zou doen om de zaak te bespoedigen.

Terwijl mijn moeder in Jemen was, ontdekte ze dat Abdul Khada en Gowad in 1980 een aanvraagformulier naar de Britse ambassade in Sana'a hadden gestuurd ten behoeve van hun zonen, waarbij ze vroegen om hun toe te staan naar Groot-Brittannië te komen, op basis van het feit dat ze waren getrouwd met Britse onderdanen. Ze ontvingen daarop een brief van de vice-consul, waarin hun werd verteld dat hun vrouwen hen moesten vergezellen naar de ambassade voor een gesprek. Omdat ze wisten dat ze dat niet konden doen, vanwege de manier waarop ze ons in een illegaal huwelijk hadden gelokt, gingen ze er verder niet op door. De Britse ambassade in Sana'a had echter nog steeds deze aanvraagformulieren, die aantoonden dat ons Britse staatsburgerschap een van de hoofdredenen was waarom we waren 'gekocht' van onze vader.

Mijn moeder logeerde vier weken bij ons in de flat. De jongens bleven het grootste deel van de tijd uit haar buurt, dus waren we met alleen mijn moeder, Nadia, ik en de kinderen, wat heerlijk was. Als de jongens in de buurt waren, was er af en toe ruzie, waarbij ze dreigden dat ze de burgemeester zouden vragen om mijn moeder naar huis te sturen, omdat ze zich mengde in hun huwelijksleven.

Iedereen hoorde toen verschillende geruchten. Iemand zei dat Gowad en Abdul Khada de burgemeester hadden omgekocht. Iemand anders zei dat we over een half jaar zouden vertrekken, terwijl weer iemand anders beweerde te hebben gehoord dat we het land nooit zouden mogen verlaten. Iemand belde ons op om te vertellen dat hij ons binnen een week het land uit kon krijgen omdat hij de president kende, terwijl een ander beweerde dat mijn vader een brief had geschreven aan de regering die ervoor zou zorgen dat we nooit weg zouden mogen. Maar daadwerkelijk gebeurde er niets.

Op een dag besloot mijn moeder om naar Sana'a te vliegen om wat geld te halen en haar paspoort, dat ze aan Jim had gegeven om haar visum te laten verlengen. Ze stelde voor dat we met haar zouden meegaan als een uitje. Toen we bij het vliegveld van Taiz aankwamen om de binnenlandse vlucht te nemen, zagen we dat onze foto's op een bord waren aangeplakt, en aan de bewaking was verteld dat we probeerden om het land uit te vluchten. We werden regelrecht teruggebracht naar het huis van Abdul Walli.

De drie vrouwen die eerder met ons hadden gesproken in het huis van Abdul Walli, kwamen mijn moeder in onze flat opzoeken. Ze lieten hun adressen achter en zeiden dat we welkom waren als we zin hadden om eens bij hen op bezoek te komen als mijn moeder zich ging vervelen en iets wilde doen. Mijn moeder ging zich inderdaad vervelen, dus maakten we gebruik van hun aanbod. Ze hadden mooie huizen, min of meer een kleinere versie van het huis van Abdul Walli. We werden alle drie onthaald op heerlijk eten. Ze hadden een tamelijk westerse leefwijze, droegen westerse kleding en geen sluier. Ze konden lezen en schrijven, en hadden gestudeerd en gereisd.

Een van de vrouwen van de vrouwenbeweging was bijzonder aardig en begrijpend. Ik raakte toevallig met haar aan de praat over de snee die Nadia had gekregen van de oude vrouw toen ze aan het bevallen was van Tina. Af en toe kwam er nog etter uit, en de vrouw leek zich daar nogal zorgen over te maken. Ze zei me dat ik Nadia moest laten komen, en zij zou dan zorgen voor een taxi, die ons naar een vrouwelijke dokter zou brengen die een vriendin van haar was. We vertelden er mama niets over, omdat we haar niet ongerust wilden maken.

De praktijk van de dokter bevond zich in een mooi gedeelte van de stad. Het had iets van een kliniek voor geboortenbeperking. We liepen meteen naar binnen. Ze onderzocht eerst mij en deed daarna hetzelfde met Nadia. Ze zag meteen dat Nadia een infectie had en gaf er wat tabletten voor. Ze vroeg ons of we enige vorm van anticonceptie toepasten, en ze schrok toen we nee zeiden. We waren voortdurend bang dat we zwanger zouden worden. De enige voorzorgsmaatregel die we konden nemen was proberen om zoveel mogelijk seksueel contact te vermijden. Het was puur geluk dat we nog maar een paar keer in verwachting waren geraakt. De dokter was ontzet toen ze het hoorde, en gaf ons allebei een voorraadje van de pil mee. Mijn moeder was verrukt en drukte ons op het hart om hem iedere avond in te nemen.

Mijn broer Ahmed kwam ons ook bezoeken terwijl mijn moeder er was. Het was voor het eerst dat ze hem weer zag sinds zijn derde jaar. We waren allemaal in de flat toen hij op de deur klopte. Mijn moeder had er geen idee van wie hij was, en stond hem aan te kijken alsof hij een vreemde was. Ik moest hen aan elkaar voorstellen en daarna omhelsden ze elkaar. Ze konden niet rechtstreeks met elkaar praten vanwege de taalbarrière, dus praatten ze via ons. De broer van mijn vader was bij hem. Deze was vanuit Saoedi-Arabië naar Jemen gekomen. Hij zei dat hij aan onze kant stond en alles wat mijn vader ons had aangedaan, veroordeelde. Hij schaamde zich over alle publiciteit. Het was een aardige man. Hij leek sprekend op mijn vader, hoewel hij een paar jaar jonger was.

De ontmoeting met Ahmed maakte mijn moeder heel gelukkig; ze straalde daarna helemaal. Hij wilde weten of ze ook hem kon helpen om Jemen uit te komen; hij had toen meer dan genoeg van het leger. Hij was depressief en wilde naar Engeland. Ze zei dat ze dat zou regelen. Mijn moeder belde Jim en hij zei haar dat ze Ahmed naar de Britse ambassade moest sturen, en dat er een paspoort voor hem zou klaarliggen als hij de desbetreffende formulieren had ingevuld. Ahmed vormde geen probleem, omdat hij Brits onderdaan was. Mijn vader kwam erachter wat er gebeurde en deed wat hij maar kon om het tegen te houden. Ik vermoed dat hij zich schaamde over alles wat hij had gedaan en Ahmed niet onder ogen durfde te komen.

Mijn oom en Ahmed logeerden bij familie in Taiz waarover we niets wisten, en ze namen ons mee op bezoek bij hen. Het was een aardig gezin dat lang geleden hun dorp had verlaten om naar de stad te verhuizen. De oudste zoon was dokter en ze waren behoorlijk verwesterd. De vrouw was een nicht van mijn vader en ze vertelde me het een en ander over mijn vader uit de tijd voor hij naar Aden was vertrokken. Ze zei dat hij als jongen in Marais was getrouwd, wat de eerste keer was dat mijn moeder of ik daarvan hoorde. Ze vertelde ons dat, nadat hij was vertrokken naar Engeland, hij zijn jonge vrouw had geschreven dat hij nooit meer terug zou komen, en het verhaal luidde dat zij was gestorven aan een gebroken hart.

Op een morgen kwam mijn oom ons opzoeken en vroeg of we wisten waar Ahmed was. Ze logeerden nog steeds bij de familie die we hadden ontmoet, maar mijn broer was verdwenen. Niemand had er enig idee van waar hij zou kunnen zijn, dus gingen we allemaal in een taxi naar het huis van Abdul Walli, om te zien of die er misschien achter kon komen wat er met hem was gebeurd. Mijn oom ging naar binnen om met Abdul Walli te praten. Die zei dat hij nergens van wist, maar beloofde om de zaak te zullen onderzoeken. Hij vroeg een paar van zijn contactpersonen om eens te informeren, en ze lieten hem daarop weten dat Ahmed in de gevangenis zat.

Ik wachtte niet totdat Abdul Walli er iets aan zou doen. Ik stapte in een taxi samen met mijn moeder, oom en Nadia en de kinderen, en ging naar de hoofdgevangenis waar ze zeiden dat hij zich bevond. Er stond een geüniformeerde wacht buiten voor het grote ijzeren hek. Hij hield een geweer vast, en ik vroeg of Ahmed Muhsen binnen was. De wacht was tamelijk vriendelijk. Ik denk dat hij verrast was dat hij op straat werd aangesproken door een gesluierde vrouw, maar hij liet niets merken. Hij zei dat hij binnen zou gaan informeren. Een paar minuten later kwam hij weer naar buiten en zei dat Ahmed daar inderdaad zat.

'Waarom is hij opgesloten?' wilde ik nu weten, maar

dat kon hij me niet zeggen. 'Ik wil hem spreken,' hield ik aan.

'Nee,' zei hij hoofdschuddend, 'dat mag niet. Hij wordt nu voorgeleid voor de gevangenisdirecteur en zal dan worden vrijgelaten.'

'Ben je betaald om dat te zeggen?' schreeuwde ik. 'Alles draait hier om geld, jullie doen alleen maar iets als iemand jullie betaalt.'

Hij hief zijn geweer en richtte dat op mij. 'Als je je mond niet houdt...' snauwde hij, en kalmeerde toen.

'Nou, doe het dan,' zei ik. Mijn oom greep mijn arm en probeerde me weg te trekken.

'Rustig, Zana,' waarschuwde hij, en ik besefte dat het geen zin had om tegen een gevangenbewaarder te schreeuwen. We stapten allemaal weer in de taxi en reden terug naar de flat.

Later die dag kwam een van Abdul Walli's politiemensen naar de flat en zei dat ze meer te weten waren gekomen over wat er was gebeurd. Ahmed was in de gevangenis gezet omdat hij en mijn oom van plan waren geweest om ons te ontvoeren en ons het land uit te brengen. Ahmed werd bij de burgemeester van Taiz ontboden. Toen hij daar aankwam, werd hij meteen gearresteerd. Het was voor het eerst dat we hoorden over een dergelijk plan.

Nadia en ik besloten om zelf naar de burgemeester te gaan, waarbij we mijn moeder samen met mijn oom achterlieten op de flat. Toen we bij het gebouw kwamen, stormden we langs de veiligheidsmensen, en op weg naar boven botsten we tegen de secretaresse op die ons eerder een bezoek had gebracht. Ze nodigde ons uit in haar kleine kantoortje. Ik was zo boos dat het me niet kon schelen wat ik zei. Ze probeerde me te kalmeren door de burgemeester op te bellen en hem te vertellen dat wij er waren.

We kregen thee en moesten toen wachten in haar kleine kamer.

We kregen de burgemeester niet te zien. In plaats daarvan namen ze contact op met Abdul Walli, die ons moest komen ophalen. Hij was woedend dat wij op eigen houtje iets hadden ondernomen, maar ik zei tegen hem dat me dat niets kon schelen. 'Kom nu mee naar huis,' beval hij.

'Ik ga nergens heen,' zei ik, 'totdat ze mijn broer laten gaan.'

'Kom op dan,' zei hij, 'dan gaan we hem halen.'

We liepen naar een taxi en reden weer naar de gevangenis. Abdul Walli ging naar binnen om te praten met de directeur, terwijl wij buiten in de taxi wachtten. Het duurde ongeveer een half uur voordat hij weer naar buiten kwam. Hij had Ahmed bij zich.

Ahmed stapte in de taxi en toen we terugreden naar de flat, vertelde hij ons dat hij was mishandeld door een bewaker toen hij daarbinnen had vastgezeten. Ze hadden hem gewaarschuwd dat hij zich verder buiten onze zaak moest houden, dat het een familiekwestie was waar hij niets mee te maken had. Het speet me voor hem omdat hij absoluut geen kwaad deed. Ze vermoedden alleen maar dat hij een plan aan het smeden was; ze hadden nergens enig bewijs van. Maar de hoge pieten daar hebben geen bewijs nodig voordat ze iets tegen iemand ondernemen. Toen we terugkwamen in de flat, was mijn moeder erg opgelucht om Ahmed weer te zien.

Op een dag, toen mijn moeder, Nadia en ik alleen in de flat waren met de kinderen, werd er op de deur geklopt. Ik deed open en zag een politieman staan, gekleed in het gebruikelijke paramilitaire uniform, compleet met baret en geweer, samen met een man in een lang wit gewaad die er officieel uitzag.

'Is je moeder binnen?' vroeg de functionaris dreigend.

'Ja, daar.' Ik wees in de richting van de zitkamer, waar mijn moeder en Nadia op de matrassen zaten, die verspreid in de kale kamer lagen om te dienen als meubilair. Ze liepen door naar binnen en de functionaris begon in gebroken Engels tegen mijn moeder te schreeuwen.

'Miriam Ali,' zei hij, 'ik zeg u dat uw visum om Jemen te bezoeken is verlopen. U overtreedt de wet door hier te zijn.'

'Nee, dat is niet zo.' Mijn moeder weigerde om zich te laten intimideren. 'Ik heb nog vier dagen.'

'Weet u wat er gebeurt als u de datum overschrijdt?' vroeg hij dreigend, terwijl de politieman aan de trekker van zijn geweer zat te vingeren.

'Maar het is nog niet verlopen,' herhaalde mijn moeder.

'Laat me uw paspoort zien,' beval hij.

Mijn moeder overhandigde hem haar paspoort en hij begon het door te bladeren. 'Wie heeft u gezegd dat u naar mij toe moest gaan?' vroeg ze, maar hij wilde geen antwoord geven. 'Geef me mijn paspoort terug,' schreeuwde ze, 'en ga dit huis uit. Val me niet meer lastig; ik mag nog vier dagen blijven en ik vertrek niet voordat die tijd is verstreken.' Ze beefde van boosheid omdat ze probeerden haar op zo'n grove manier bang te maken. De mannen vertrokken, terwijl ze zich nog steeds dreigend gedroegen.

Net zoals Jim had verwacht, wees het Britse ministerie van binnenlandse zaken het verzoek om de visa af. Ze hadden ontdekt dat de jongens hun aanvraagformulier niet naar waarheid hadden ingevuld, en dus mochten ze Engeland niet in. Toen wist ik dat ik het wel kon vergeten dat we samen met onze kinderen Jemen zouden kunnen verlaten. Ik wist dat ik Marcus zou moeten achterlaten, en ik kon het haast niet verdragen om daaraan te denken. Het had geen zin meer dat mama nog langer zou blijven, dus besloot ze dat het beter was om terug te keren naar Engeland en van daaruit haar strijd voort te zetten. Op dat moment viel er voor haar verder niets meer te doen in Taiz.

Nadia en ik namen de kinderen met ons mee in de Land Rover van Abdul Walli om haar uit te zwaaien op het vliegveld van Taiz. Het nieuwe luchthavengebouw was van glas, zodat je de vliegtuigen op het platform vanaf de andere kant kon zien. We hoefden maar tien minuten te wachten voordat het vliegtuig van mijn moeder arriveerde. Het is moeilijk om het afschuwelijke gevoel te beschrijven haar te moeten zien vertrekken, terwijl we niets liever hadden gewild dan met haar in het vliegtuig te stappen. Nadia, mama en ik stonden alle drie te huilen. Bij de aanblik van Nadia die stond te huilen, moest ook Haney huilen.

'Maak je geen zorgen,' zei ze tegen ons, 'het is nu bijna voorbij.'

Abdul Walli mocht samen met haar door de douane lopen, en wij stonden aan de andere kant van de ramen te wuiven. Hij stond op het platform toe te kijken totdat ze veilig en wel aan boord was, en kwam toen terug in het gebouw om zich bij ons te voegen. We wachtten totdat het vliegtuig was vertrokken, voordat we terugreden naar de stad. We zeiden geen van allen iets op de terugweg, en Abdul Walli was wel zo wijs om niet te proberen een gesprek met ons te beginnen.

Op de weg vanaf het vliegveld was een groot, nieuw park aangelegd met daarin een speeltuin. Mohammed en Abdullah gingen er op een dag als uitstapje met ons en de kinderen naar toe. Het werd een heerlijke dag voor de kinderen.

Mohammed en Abdullah waren meer broer dan vader voor de kinderen. Ik heb nooit gezien dat Abdullah enige genegenheid toonde ten opzichte van Marcus. Als ik nieuwe kleertjes voor de jongen nodig had, dan moest ik dat altijd vragen. Nooit bood hij uit zichzelf aan om iets te kopen.

Mijn oom en Ahmed bleven nog een poosje in Taiz nadat mijn moeder was vertrokken. Op een dag nam mijn oom me terzijde. 'Luister, Zana,' zei hij, 'kijk eens naar alle problemen die je hier hebt. Waarom ga je niet mee naar Marais; dan kunnen we alles voor jullie regelen via Aden.'

'Waarom zouden we naar Marais gaan?' vroeg ik. 'Wat zouden we daar nu kunnen doen?'

'Een hoop. Onze regering is totaal anders dan hier in Noord-Jemen. Ze kunnen zich niet met ons bemoeien.'

Ik dacht er serieus over na, maar ik besloot dat ik niet het risico wilde nemen. We waren nu al zo ver gekomen, en ook al dacht ik dat mijn oom wel te vertrouwen was, toch was het mogelijk dat mijn vader hem had overgehaald om dit te regelen, en als we dan naar Marais zouden gaan, waren we misschien weer net zo ver als toen we begonnen. Ik wist dat mijn vader en Abdul Khada daartoe in staat waren.

Op de een of andere manier kwam Abdul Walli achter het plan van mijn oom. 'Ik heb gehoord dat je oom je mee naar Marais wil nemen,' zei hij op een dag tegen me. Ik kon niet begrijpen hoe die geruchten hem hadden bereikt. Nu mijn moeder weg was, begonnen Nadia en ik ons weer onveilig te voelen, ook al waren we in de stad. We wisten niet wat er allemaal gebeurde, en het was allemaal erg verwarrend. We bleven op bezoek gaan bij dezelfde mensen en we bleven samenwonen met Mohammed en Abdullah, die uiteindelijk voor ons moesten zorgen.

Op een dag werd Marcus weer heel ziek. Hij at niet, werd heel mager en was te zwak geworden om nog iets te doen, terwijl hij daarvoor hyperactief was geweest. Deze keer gingen Nadia en ik zelf met hem naar het ziekenhuis.

Het nieuws van de bijeenkomst op het stadhuis had zich snel door de stad verspreid. Die dag had het gebouw vol met mensen gezeten, en onze geschiedenis was nu algemeen bekend. We merkten dat, ook al droegen we een sluier, de mensen ons toch herkenden op straat als we met de kinderen waren, of als ze ons in het Engels hoorden praten. Toen we in het ziekenhuis kwamen, moet iemand ons herkend hebben, en niemand probeerde ons tegen te houden toen we de wachtkamer binnenstormden.

We liepen regelrecht door naar de spreekkamer van een dokter, en ik eiste dat er iemand naar mijn kind zou kijken. Ze zeiden me dat ik even moest wachten, en er werd een andere man voor ons gebeld. Ik wist niet of hij een dokter was, maar kennelijk wist hij wie we waren, en hij sprak heel vriendelijk tegen ons. Het kon me niet schelen wie hij was zolang hij maar naar Marcus keek. Hij zei ons dat we hem moesten volgen en leidde ons een kamer binnen die eruitzag als een laboratorium, met mensen die röntgenfoto's maakten en bloedonderzoek en dergelijke deden.

'Ga zitten,' zei hij tegen ons. 'Laten we eens naar de jongeman kijken.' Hij onderzocht Marcus een paar minuten. 'Hij is heel zwak. Ik denk dat we wat bloedonderzoek moeten doen,' zei hij uiteindelijk. Hij nam een paar bloedmonsters van hem.

'Hoe lang duurt het voordat we het weten?' vroeg ik.

'Kom morgen terug,' zei hij. 'Kom regelrecht naar dit gedeelte van het gebouw; ik ben dan hier.'

De volgende dag deden we wat hij ons had gezegd, en de dokter was er inderdaad. Hij keek heel ernstig toen we binnenkwamen.

'Hebt u de uitslag?' vroeg ik.

'Ja,' knikte hij. 'Marcus heeft dringend bloed nodig. Hij is er erg slecht aan toe. Hij heeft geluk gehad. Als u hem niet hier had gebracht, dan denk ik niet dat hij nog veel langer zou hebben geleefd.'

'Waar moet ik dat bloed vandaan halen?' vroeg ik.

'Het moet van de vader komen.'

'Ik wil niet dat hij iets van zijn vader krijgt,' zei ik snel, omdat ik moest denken aan al die liters vreemd bloed die Abdullah in zich had gekregen tijdens zijn operatie in Saoedi-Arabië. 'Ik wil niet dat Marcus iets van hem krijgt.'

'Goed.' De dokter leek het te begrijpen. 'Dan geef ik hem wel mijn bloed, als mijn bloedgroep overeenkomt met die van hem.' Hij testte zichzelf en zijn bloedgroep was hetzelfde. Hij riep er nog een andere dokter bij en vroeg hem om bloed bij hem af te tappen. Het was geweldig om te merken hoe hij het gevoel leek te hebben dat hij deel van ons uitmaakte, en dat hij op de een of andere manier moest helpen. Ik weet niet waarom hij dit deed, misschien had hij medelijden met ons om wat er met ons was gebeurd en wilde hij dat op de een of andere manier goedmaken. Toen ze eenmaal het bloed hadden, legden ze Marcus neer op een tafel. Hij was die dag zo zwak dat hij zijn ogen nauwelijks kon openhouden.

'Wat gaat u doen?' vroeg ik.

'We moeten een van zijn aderen zien te vinden en het bloed er dan langzaam in pompen,' legde de dokter uit.

Ze zochten langs zijn armpje, maar ze konden geen ader vinden en ik begon in paniek te raken. Hij had een heel duidelijke ader over zijn voorhoofd lopen, en ze besloten dat ze die dan maar moesten proberen. Ik begon te huilen.

Toen ze de naald in zijn voorhoofd duwden, begon hij te gillen en te spartelen. Ik pakte hem op en hield hem vast, terwijl ik toekeek hoe het bloed in het hoofd van mijn kind werd gepompt. Ik moest doodstil blijven zitten voor het geval de naald los zou schieten. Het bloed leek zo langzaam te stromen, en vrijwel meteen viel Marcus in slaap. De bloedtransfusie duurde twee uur. Het was een vreselijk gevoel om te moeten toekijken wat er met mijn kind gebeurde, en te weten dat ik hem spoedig zou verlaten. Ik was doodsbang dat er iets fout zou gaan. Nadia was bij me, maar niemand anders wist verder waar we waren of wat er gebeurde.

Ik zei tegen Nadia dat ze iemand moest gaan zoeken en die vertellen waar we waren, en te zorgen voor vervoer wanneer we klaar waren. Ze ging terug naar de flat, maar geen van de jongens was daar. Ze vond een taxi en ging naar het huis van Abdul Walli om hem te halen. Tegen de tijd dat ze samen met hem terugkwam bij het ziekenhuis, keek Abdul Walli erg bezorgd en wilde hij weten wat er precies aan de hand was. Ik denk dat ze hem verantwoordelijk zouden hebben gesteld als er iets met Marcus zou zijn gebeurd terwijl wij aan zijn zorg waren toevertrouwd.

De dokter kwam regelmatig terug om te controleren of alles goed ging. Abdul Walli bedankte hem voor alles wat hij had gedaan. Toen het bloedpompen ophield, was Marcus' kleur veranderd van geel in rood, en we namen hem mee terug naar de flat. Het bloed leek het enige te zijn wat hij nodig had, en binnen een paar dagen begon hij weer te eten en zag hij er beter uit. Het zag ernaar uit dat hij altijd gezondheidsproblemen zou blijven houden, net als zijn vader.

Een van de redenen waarom ik me ermee kon verzoenen om hem in Jemen achter te laten, was dat hij een jongen was, en ik wist dat het wel goed zou komen met hem. Als ik een meisje had gehad, weet ik niet wat ik gedaan zou hebben. Maar het zou gemakkelijker zijn geweest om een gezonde en sterke jongen achter te laten dan een die zo'n moeite had met het leven.

18 *Een abrupt vertrek*

Jim belde ons in het huis van Abdul Walli nadat mijn moeder was vertrokken, en vroeg Mohammed te spreken. Hij vertelde hem dat hij recht had op een Brits paspoort omdat Gowad, zijn vader, nu de Britse nationaliteit had.

'Kun je naar Sana'a komen om de papieren ervoor in orde te maken?' vroeg Jim.

'Ja, dat is goed,' stemde Mohammed in. Hij leek verheugd bij het vooruitzicht.

Het klonk me in de oren als goed nieuws. Het leek een mooie kans voor Nadia en haar kinderen om als eersten het land uit te gaan, wat ik graag wilde als het dan niet mogelijk was om allemaal tegelijk te vertrekken. Ik wilde niet dat zij in haar eentje zou achterblijven, omdat ik niet dacht dat ze de kracht of de wil zou hebben om zonder mij te blijven vechten.

Hoewel hij graag naar Groot-Brittannië wilde, leek Mohammed geen haast te hebben om naar Sana'a te gaan. Nadia en ik bleven hem aan zijn hoofd zeuren om het te doen, en uiteindelijk vroeg hij of we allemaal met hem mee wilden gaan. Abdul Walli vertelde me dat mijn paspoort ook klaarlag bij Jim in Sana'a, en dat ik het moest gaan ophalen. Mijn moeder had onze papieren bij Jim achtergelaten, omdat ze het niet vertrouwde wanneer we ze zelf bij ons zouden houden. Ze dacht dat wanneer wij ze hadden, het te gemakkelijk voor de mannen zou zijn om ze van ons af te pakken, en dan zouden ze op dezelfde manier verdwijnen als de oorspronkelijke papieren.

Nadia, de kinderen en ik gingen in de Land Rover op weg naar Sana'a, samen met Abdul Walli en een van zijn politiemensen. Mohammed ging vanzelfsprekend met ons mee om zijn paspoort af te halen, maar Abdullah was nergens te bekennen. Ik wist niet waar hij uithing, en het kon me ook niet schelen. Zoals gewoonlijk vertrokken we vroeg in de morgen voor de vier uur durende rit.

Abdul Walli had een huis in een van de buitenwijken van Sana'a, waar we zouden logeren terwijl we onze zaken daar afhandelden. Ook dit was een mooi huis, hoewel iets kleiner dan het huis in Taiz. Het weer was heel koud en nat, en het huis leek verlaten na de drukte van de politiepost in Taiz. Alle naburige huizen behoorden toe aan andere rijke mensen en waren omgeven door hoge muren. Er was een schril contrast tussen de rijke en arme buurten in beide steden.

Abdul Walli zei ons dat het huis naast het zijne van een advocaat was, en tegenover hem woonde een dokter. Beide huizen waren luxueuzer en mooier dan het zijne. Een Engelse oliehandelaar en zijn gezin woonde in een van de andere huizen vlakbij. Zodra we bij het huis aankwamen, vertrokken de mannen weer om eten te kopen voor ons, waarna Nadia en ik het gingen klaarmaken.

Toen Mohammed naar de ambassade ging voor zijn paspoort, was er het een of andere technische probleem. Ze zeiden hem dat Gowad nog steeds een formulier moest invullen, wat hij weigerde te doen. Zijn vader wilde kennelijk niet dat hij naar Engeland zou komen, als dat inhield dat ook Nadia zou komen. Net als Abdullah deed Mohammed altijd wat zijn vader zei. Hij wilde van geen kritiek op Gowad weten, maar ik wist dat die opzettelijk de boel vertraagde. Nadia wilde zowel in zijn paspoort staan als haar eigen paspoort hebben, om er zeker van te zijn dat de kinderen met haar konden meereizen.

Nadia haalde mijn paspoort op bij Jim toen ze met Mohammed naar hem toeging. Ik wachtte buiten in de Land Rover en ze gaf het aan mij zodra ze buiten kwam. Het was voor het eerst dat ik een Brits paspoort zag, omdat mijn vader en Abdul Khada mijn eerste paspoort altijd bij zich hadden gehouden. Zodra ik het echter had, moest ik het aan Abdul Walli geven. Hij zei me dat hij moest zorgen voor een paar officiële stempels van het Jemenitische ministerie van binnenlandse zaken.

We maakten die dag een ritje door Sana'a. Het was een mooie stad, groot en vol oude gebouwen. Ze was veel meer verwesterd dan Taiz, meer zoals de Engelse steden in mijn herinnering waren. Er liepen vrouwen rond in westerse kleding, waarvan sommigen hand in hand liepen met hun man. Er waren toeristen op straat en alles zag er veel schoner uit.

Alle kinderen begonnen op de tweede dag verkouden te worden door de wind, waardoor we binnen moesten blijven. De volgende dag gingen we terug naar Taiz. Niemand had het nog over mijn paspoort; het leek net alsof ik er nooit een had gehad. Het leek alsof ik niets kon doen of zeggen om de zaken te bespoedigen.

Toen we terugkwamen in Taiz, liet Abdul Walli me een stuk papier zien dat bedekt was met Arabische tekens, en zei me dat mijn scheiding erdoor was, en dat dit het officiële document was. Hij stopte het papier meteen weer terug in zijn zak. Ik was geschrokken.

'Welke scheiding?' vroeg ik.

'Die van jou, van Abdullah.'

'Waar heb ik een scheiding voor nodig,' wilde ik weten, 'als ik nooit met hem getrouwd ben geweest?'

'Je bent hier nu lang genoeg om onze gewoontes te

kennen. Je hebt een document nodig om te bewijzen dat je niet meer met hem bent getrouwd. Wanneer je je vrijheid terugkrijgt, kun je gaan waarheen je wilt. Je zult een keuze hebben. Je kunt òf hier in Taiz blijven wonen met Marcus – en je hoeft niet opnieuw te trouwen – òf je kunt Marcus hier laten en teruggaan naar Engeland. De keus is aan jou.'

Ik wist niet wat ik moest zeggen. Hoewel ik wist dat ze me uiteindelijk tot een keus zouden dwingen, was het toch een schok om daadwerkelijk te worden geconfronteerd met zo'n ondubbelzinnige keus. Niet alleen zou ik Marcus achterlaten, ik zou ook Nadia achterlaten. Ik denk dat ik, om niet gek te worden, mezelf tot dan toe had wijsgemaakt dat ik op een dag het land zou verlaten, terwijl ik me diep van binnen niet kon voorstellen dat dat ooit echt zou gebeuren. Tegelijkertijd geloofde ik dat het voor ons allemaal goed zou aflopen. Nu zag ik in dat, wat er ook zou gebeuren, het zou eindigen met pijn.

Kennelijk had de Jemenitische regering plotseling besloten dat ze genoeg van me had. De minister van buitenlandse zaken, dr. Ala-Riyani, liet de Britse ambassadeur bij zich komen en zei dat hij alles zo snel mogelijk wilde regelen. Abdullah moest òf een document tekenen waarin hij me toestemming gaf om naar Engeland te vertrekken, òf hij moest van me scheiden.

Ik begreep er niets van hoe ze Abdullah zover hadden gekregen om toe te stemmen in een scheiding, omdat ik wist dat Abdul Khada dit had verboden, en hoe bang hij was voor zijn vader. We kenden een politieagent die Abdul Walli's huis in en uit liep toen wij daar hadden gelogeerd, om voor de anderen buiten water en dergelijke te halen. Hij leek het volledige vertrouwen van Abdul Walli te hebben. Hij was heel aardig tegen Nadia en mij, en vertelde ons wat er zoal gebeurde en over de geruchten die er circuleerden. Aan hem vroeg ik wat hij wist van de scheiding. Hij vertelde me dat de politie Abdullah in de gevangenis had gezet, op ongeveer vijf uur rijden van Taiz, met kettingen rond zijn enkels, en dat hij toen was gedwongen om de benodigde echtscheidingspapieren te tekenen.

Ik vroeg Abdul Walli of dat waar was, en hij gaf toe dat Abdullah een poosje opgesloten had gezeten, wat de reden was waarom hij niet met ons mee was gegaan naar Sana'a. Kennelijk had hij constant zitten huilen in zijn cel, maar in het begin had hij toch geweigerd om van me te scheiden, omdat Abdul Khada hem dat had verboden.

Een van de redenen waarom Abdul Khada niet wilde dat we zouden scheiden was vanwege de problemen die hij zou hebben om een andere vrouw te vinden voor Abdullah. Hij zou een hoop geld moeten betalen om iemand anders te vinden die nu met zijn zoon zou willen trouwen, waarschijnlijk meer geld dan hij bij elkaar zou kunnen krijgen. Ik denk dat hij ook zijn gezicht niet wilde verliezen wanneer ik het van hem zou winnen door te ontsnappen aan zijn familie.

Ik weet niet wat er met Abdullah is gebeurd nadat hij uit de gevangenis was vrijgelaten. Ik heb hem nooit meer gezien. Ik denk dat hij is teruggegaan naar Saoedi-Arabië of naar Hockail.

'Je zult al gauw weg kunnen,' verzekerde Abdul Walli me, 'maar je zult toch nog drie maanden moeten wachten, zodat we zeker weten dat je niet zwanger bent.' Zelfs in dat stadium wilden ze niet het risico lopen om een Jemenitische baby kwijt te raken aan een buitenlandse vrouw. 'En je moet Marcus bij Nadia achterlaten.'

'Mag hij bij haar blijven?' vroeg ik.

'Ja, een poosje, maar uiteindelijk zal hij toch terug moeten naar zijn grootouders.'

Ik liet Abdul Walli aan mij beloven dat Nadia in de stad mocht blijven en niet terug hoefde naar Mokbana.

Ik probeerde om niet te denken aan de komende gebeurtenissen, maar dat lukte me maar af en toe. Wanneer ik Marcus vasthield en naar hem keek, moest ik er telkens maar aan denken dat ik hem zou kwijtraken, en hoe hij zonder mij zou opgroeien. Ik vond het een veilig en geruststellend gevoel dat Nadia er voor hem zou zijn, en ik hoopte alleen maar dat als ze Nadia zouden laten gaan, ze Marcus met zich mee zou mogen nemen.

Nadia hield zich flink met betrekking tot mijn vertrek. Ze bleef alleen zeggen: 'Doe alles wat je maar kunt om mij naar Engeland te halen.' Maar ze wist dat ze zou moeten wachten totdat Mohammeds paspoort in orde zou zijn, en Gowad weigerde nog steeds om de benodigde papieren te tekenen.

Op een gegeven moment ontving ik een telefoontje van mijn moeder, waarbij ze zei dat ze van Jim had gehoord dat hij in de problemen was gekomen. omdat hij mijn paspoort uit handen had gegeven voordat het was afgestempeld door de Jemenitische autoriteiten, en nu wilden ze weten waar het was. Ik wist niet wat er met het paspoort gebeurde, ik moest er maar gewoon op vertrouwen dat Abdul Walli deed wat het beste voor mij was.

Ik had er nog steeds moeite mee om te geloven dat ik echt vrij was van Abdullah. Ik bleef de mensen maar vragen of het waar was, en ze zeiden me dat het echt zo was, dus langzaam begon ik te wennen aan het idee. Toen ik eenmaal had geaccepteerd dat ik was gescheiden, wist ik dat ik op weg was naar huis.

Abdul Walli kwam naar de flat om me te vertellen dat ik over twee dagen zou vertrekken, en dat ik mijn koffer moest pakken en me klaar moest maken om naar Sana'a te gaan. Hij gaf ons duizend rials om cadeautjes te kopen die ik mee kon nemen voor mijn familie. Dat hoefde hij ons geen twee keer te zeggen. We gingen winkelen en kochten dure flesjes bekende parfums voor mijn moeder en onze zussen, en ook een klokje voor mama. Ik kocht voor mezelf een paar dingen zoals een toilettasje en kleren voor de kinderen. We maakten niet al het geld op, en Nadia hield wat er over was.

We droegen niet meer de kleren waarin we het dorp hadden verlaten. De mode was veranderd van capes en rokken in lange zwarte jassen die helemaal tot onderaan met knopen dichtgingen, dus droegen wij die ook. Toen ik wist dat ik naar huis zou gaan, ging ik erop uit om een meer westerse, beige jas te kopen, zodat ik minder zou opvallen wanneer ik naar Engeland zou gaan. Ik droeg nog steeds de broek eronder en bedekte nog steeds mijn haar.

Nadia leek blij te zijn dat ik wegging, en ze leek er alle vertrouwen in te hebben dat ook zij snel weg zou kunnen. Mohammed was heel optimistisch toen ik met hem sprak.

'Zodra mijn vader de papieren stuurt die ze nodig hebben,' zei hij, 'kom ik met Nadia en de kinderen naar je toe.' Ik was er op dat moment van overtuigd dat ik hem kon vertrouwen, omdat hijzelf kennelijk ook heel graag naar Engeland wilde.

'Als er iets misgaat met Mohammeds paspoort,' zei Nadia tegen me. 'dan moet je er alles aan doen om mij hier vandaan te krijgen. Wacht er niet te lang mee.'

'Nee,' verzekerde ik haar, 'dat beloof ik je.'

Nadat we klaar waren met winkelen, gingen we terug naar de flat, en ik begon mijn koffer te pakken. Abdul Walli waarschuwde me dat ik niet te veel in moest pakken; niet meer dan één kleine koffer en een handtas. Mijn koffer was heel klein en de cadeautjes namen de meeste ruimte in beslag. Ik had nog steeds de Engelse kleren waarin ik acht jaar eerder was aangekomen. Ik had nooit iets weg kunnen gooien dat me nog herinnerde aan mijn vroegere leven.

We zouden 's nachts naar Sana'a rijden om vroeg in de morgen op het vliegveld te kunnen zijn, dus gingen we al 's middags naar het huis van Abdul Walli. Het leek net alsof het allemaal niet echt was, alsof ik rondliep in een droom. Ik had het gevoel alsof ik zo wakker zou worden in het dorp en zou moeten opstaan om aan het dagelijkse werk te beginnen.

We aten die avond in het huis van Abdul Walli, en mijn moeder belde op om te vragen hoe het ging. Ze beloofde dat ze op het vliegveld zou zijn om me af te halen. 'Het ergste is dat ik Nadia moet achterlaten,' vertelde ik haar.

'Maak je geen zorgen over Nadia,' verzekerde ze me. 'Die komt achter jou aan.'

De Land Rover stond achter het huis te wachten, dus verlieten we het huis via de achterdeur. Abdul Walli droeg mijn koffer, zodat ik Marcus in mijn armen kon dragen. Nadia en de kinderen kwamen met ons het huis uit om afscheid te nemen. Mohammed had besloten mee te gaan om me uit te wuiven, en er ging ook een politieman mee. Nadia was heel flink. Ik nam afscheid van haar, kuste Haney en Tina en overhandigde Marcus aan haar. Hij was wakker en keek me aan toen ik wegging, maar hij huilde niet.

'Alles komt goed,' zei Nadia.

'Ik weet het,' was alles wat ik wist te zeggen toen ik in de Land Rover stapte en we wegreden, de donkere nacht in. Geen van de mannen sprak tegen me tijdens de reis. We kwamen net voor het aanbreken van de dag op het vliegveld aan, en ik begon te huilen.

Er ging maar eens per week een rechtstreekse vlucht naar Londen, ook al was het een grote, moderne luchthaven. Toen ik al die vliegtuigen zag komen en gaan, drong het pas goed tot me door dat ik Nadia, Marcus en de andere kinderen nu echt zou gaan verlaten.

We gingen naar binnen en ik moest geduldig blijven wachten, terwijl Abdul Walli en Mohammed rondliepen op het vliegveld, met mensen praatten en dingen regelden. Wat ik niet wist, was dat Jim Halley er ook was, omdat hij een vriend had weggebracht. Hij sloeg me gade vanaf een afstand, om te zien of alles goed ging.

Uiteindelijk riep Abdul Walli me, en we gingen een paar glazen deuren door naar een ruimte waar ze de bagage wogen. Ze namen mijn koffer en ik ging terug naar het hoofdgebouw om in de lounge te wachten. Na een paar minuten kwam een luchthavenfunctionaris met Abdul Walli naar me toe en gaf me een blauw formulier. Hij zei dat ik het in moest vullen.

'Waar is het voor?' vroeg ik.

'Vul het nu maar snel in,' zei de man. 'We hebben het meteen nodig.'

De vragen waren simpel. Ik vulde het formulier in en gaf het terug, en de man verdween. Een half uur lang gebeurde er niets, en ik was ervan overtuigd dat ze weer iets anders hadden gevonden om mijn vertrek uit te stellen en me terug te brengen naar Taiz. Uiteindelijk keerde hij terug met mijn paspoort en Abdul Walli overhandigde het aan mij.

'Je uitreisvisum is nu gestempeld,' zei hij tegen me en liep weg, waarbij hij me in mijn eentje achterliet.

Ik weet niet of Abdul Walli tegen me had gelogen toen hij weken daarvoor tegen me had gezegd dat mijn paspoort gestempeld moest worden, of dat het gewoon een vergissing was, maar eindelijk had ik het dan in mijn handen, en dat was het enige wat ertoe deed. Iedere seconde die we nog op het vliegveld waren, verwachtte ik dat er politiemensen zouden verschijnen om me beet te pakken en me terug te brengen naar de Land Rover. Ik kon niet slikken en voelde me lichamelijk ziek van de nerveuze spanning. Ik beefde inwendig van angst.

De luidsprekers kondigden de komst van een vliegtuig naar Londen aan, en ik wist dat dit mijn vliegtuig was. Abdul Walli verscheen weer en zei me dat ik bij de uitgang naar het vliegtuig moest gaan zitten. Mohammed was nergens te bekennen. Ik gaf Abdul Walli een hand en nam afscheid van hem. Toen liep ik door de vertrekhal.

Nu Abdul Walli er niet meer was, was ik uiteindelijk dan alleen en ik was bang. Er was nu niemand meer tot wie ik me kon wenden als er iets fout ging. Voor wat ieder ander betrof was ik gewoon een Arabische vrouw in haar eentje. Er waren een hoop toeristen en een paar Jemenieten die op hetzelfde vliegtuig zaten te wachten.

'Is dit het vliegtuig naar Londen?' vroeg ik aan een Amerikaanse vrouw van middelbare leeftijd die naast me zat, en die deel leek uit te maken van een gezelschap.

'Ja,' glimlachte ze, 'waar ga je naar toe?'

'Ik ga terug naar Engeland.'

'Ben je Engels?'

'Ja.'

'Door de manier waarop je bent gekleed, dacht ik dat je van hier was, en je bent ook zo bruin.'

'Ik heb hier acht jaar gewoond,' legde ik uit.

'We zijn hier net drie weken geweest, op rondreis...' Ze babbelde door en ik was blij dat ik wat afleiding had. Ik zag hoe er functionarissen bij de deuren gingen staan die naar het platform leidden. Ze praatten met elkaar en ik was ervan overtuigd dat ze naar mij keken. '...We zijn in heel Jemen geweest, ik vond het prachtig. Ik heb schitterende foto's gemaakt in de steden, ze zijn zo oud, ik kon mijn ogen niet geloven...' Ik was blij dat ze me geen vragen stelde over mezelf; ik was zo gespannen dat ik wist dat ik me agressief zou hebben gedragen als ze dat had gedaan. Terwijl ik naar haar luisterde, overdacht ik dat ze zo vrij klonk. Ze kon gaan waarheen ze wilde en doen wat ze wilde.

Ze zeiden dat we naar het vliegtuig moesten gaan. Twee gewapende politieagenten stonden bij de deur, en we moesten allemaal in een rij langs hen lopen en onze tickets laten zien. De eerste keek in mijn handtas en wierp toen een blik op mijn ticket. Hij knikte en ik volgde de andere passagiers naar de wachtende bus.

'Hé!' riep hij me achterna. Mijn hart ging wild tekeer, toen hij me gebaarde dat ik terug moest komen. 'Je paspoort!' snauwde hij. Ik gaf het aan hem en hij bladerde het expres langzaam door, en keek me daarbij af en toe aan.

'Waarom wilt u mijn paspoort?' vroeg ik, terwijl mijn stem trilde. 'Alle andere passagiers hebben u alleen hun ticket laten zien.' Hij zei niets, maar bleef me gewoon aanstaren. 'U herkent me kennelijk, en ik ga nu inderdaad naar huis,' zei ik. Hij versmalde zijn ogen en wilde net iets zeggen.

'Laat haar doorlopen en geef haar paspoort terug,' schreeuwde zijn collega tegen hem. De man leek zijn protest in te slikken en duwde me het paspoort in mijn handen. Ik liep door naar de bus. Iedereen was al aan boord; kennelijk hadden ze op mij zitten wachten. Al hun ogen leken mij te volgen.

Toen ik de vliegtuigtrap opliep, kon ik haast niet geloven dat ik daar was. Het leek nog steeds niet mogelijk dat ik dit deed. Het was maar een klein vliegtuig, maar toch had ik een paar stoelen voor mij alleen. Ik staarde uit het raampje naar het luchthavengebouw. Het vliegtuig begon langzaam over het platform te taxiën, en ik bleef maar verwachten dat de deur open zou gaan en er iemand naar binnen zou springen om mij er op het laatste moment uit te halen. Toen het vliegtuig vaart kreeg, voelde ik hoe de opwinding in me groter werd, en toen gingen we de lucht in. De stewardess kwam me vragen of ik iets wilde eten, omdat het Ramadan was en de meeste Jemenieten dan vasten. Ik vertelde haar dat ik geen honger had, maar ik maakte duidelijk dat ik niet vastte.

Ze liep verder het vliegtuig door, en ik keek weer uit het raampje naar het Jemenitische landschap dat onder de vleugels van het vliegtuig door verdween, en steeds kleiner werd terwijl we verder stegen in de helderblauwe lucht, en ik begon te huilen.

Na een korte vlucht zouden we moeten landen op een ander vliegveld in het Midden-Oosten, om wat passagiers te laten uitstappen en nieuwe aan boord te nemen. Ik begon me in te beelden dat ze me er daar uit zouden halen en me terug zouden sturen. We landden, maar ze zeiden ons dat we in het vliegtuig konden blijven zitten. We hoefden niet naar het luchthavengebouw. Ik was daar opgelucht over, maar er leek verder niets te gebeuren. Ik zat uit het raampje te kijken toen ik een politiebusje over het platform op ons af zag komen rijden. Mijn hart begon weer tekeer te gaan. Het busje stopte onder ons vliegtuig en twee indrukwekkende gewapende politiemensen klommen aan boord. Ze kwamen op mijn stoel af. Ze keken me recht aan en liepen toen verder door het vliegtuig. Ze liepen naar achter en kwamen toen weer terug over het middenpad. Ik bleef naar de grond kijken, als een zedige Arabische vrouw, en bad dat ze gewoon langs me heen zouden lopen. Dat deden ze, en ze verlieten het vliegtuig.

Ik hoorde de mensen om me heen praten, en ze zeiden dat er een paar ontsnapte Palestijnse terroristen in die streek waren, en dat ze nu alle vliegtuigen die landden, aan het controleren waren. We bleven meer dan twee uur op het platform voordat we uiteindelijk naar Londen vertrokken.

19 *Op weg naar Engeland en beroemdheid*

Ik was net een slaapwandelaarster toen ik uit het vliegtuig stapte op de Londense luchthaven Gatwick. Ik volgde de rest van de passagiers over het platform naar het luchthavengebouw. Ik keek overal om me heen of ik mijn moeder zag, en ik was bang. Ik zag mensen in westerse kleding en wist dat ik de sjaal van mijn hoofd kon doen en net zo vrij was als toen ik Engeland verliet. Maar ik kon het gewoon niet; het was te veel voor een Jemenitische vrouw.

We liepen een paar trappen op en bovenaan zag ik een vrouw staan, gekleed in uniform. Ze hield een stuk papier vast. Ze keek naar iedereen die voorbijkwam.

'Zana?' riep ze toen ik passeerde.

'Ja,' zei ik, 'dat ben ik.'

'Ik zou je nooit hebben herkend.' Ze liet me het stuk papier zien dat ze vasthield, waaraan een oude foto van mij bevestigd was. 'Maak je geen zorgen, we moeten je via een andere weg naar de anderen brengen, omdat er buiten een horde verslaggevers op je staat te wachten.'

Ik volgde haar door een paar gangen, terwijl ze vriendelijk met me babbelde. We pikten mijn koffer op en ze nam hem voor me mee door de douane. We liepen door een andere deur en kwamen zo weer op het platform.

'Die is voor ons.' Ze gebaarde naar een wachtende minibus. 'Die brengt je naar je moeder.' We stapten in en het busje ging aan de andere kant van de startbaan rijden, langs de vliegtuigen die allemaal werden nagekeken en opnieuw van brandstof werden voorzien. Aan weerskanten van ons reed een politieauto met zwaailichten. De vrouw legde me uit dat er televisieploegen van het nieuws op het vliegveld waren, die allemaal op zoek waren naar mij.

'Je zult die wel niet allemaal willen zien, na alles wat je hebt doorgemaakt,' zei ze.

'Nee,' stemde ik dankbaar in, 'ik wil alleen maar mijn moeder zien.'

Ik zag een helikopter die aan het uiterste einde van de startbaan geparkeerd stond, en we leken er recht op af te rijden. Toen we dichterbij kwamen, zag ik dat mijn moeder ernaast stond. Toen herkende ik ook Eileen en Ben. De piloot zat in de helikopter. De minibus stopte en we stapten eruit.

'Hier is je dochter, Miriam,' zei de vrouw. Ze stapte weer in het busje en reed met een zwaai ten afscheid weg.

Ik rende op mijn moeder toe en omhelsde haar een hele tijd. 'Ik kan haast niet geloven dat ik hier ben,' was alles wat ik wist uit te brengen. Ze lachte en huilde tegelijk, en ik was me bewust van het klikken van een camera terwijl Ben om ons heen liep en foto's nam, maar dat kon me niet schelen. Ik had op dat moment alles wat ik wilde.

'We moeten in de helikopter stappen om van het vliegveld af te komen,' zei mijn moeder. 'Dat is de enige manier om langs de verslaggevers te komen. Eileen heeft dat geregeld.'

Ik was doodsbang – ik had nooit eerder in een helikopter gezeten – maar ik stapte erin zoals me werd gezegd. 'Wees maar niet bang,' zei mijn moeder, maar ik kon zien dat zij net zo goed bang was. Toen we opstegen, schommelde hij van de ene kant naar de andere kant, en ik was ervan overtuigd dat hij zou verongelukken, maar de piloot leek zich geen zorgen te maken.

Ook Eileen en Ben waren ingestapt. 'Hoe gaat het met je, Zana?' vroeg Eileen. 'Hoe was je reis?'

'Goed,' zei ik, en wendde me toen tot mijn moeder. 'Ik was bang, mama, ik voelde me zo eenzaam in het vliegtuig.'

Ze knikte alsof ze wilde zeggen: 'Maak je geen zorgen, ik ben nu bij je.'

'Hoe gaat het met Nadia en de kinderen?' vroeg ze.

'Goed.' Ik voelde me nu moedig genoeg om naar buiten te kijken, naar het landschap van Sussex dat onder ons door schoot. Het zag er allemaal zo groen en vruchtbaar uit. Na een korte vlucht landden we op een veld naast een huis dat helemaal verlaten in het land stond. We stapten uit en doken onder de ronddraaiende propellers door, terwijl de wind aan onze kleren rukte. We liepen over het veld naar een weggetje aan de andere kant, waar een auto met chauffeur op ons stond te wachten. Achter ons steeg de helikopter weer op en verdween boven de bomen, een diepe stilte achterlatend.

'Waar gaan we naar toe?' vroeg ik.

'We gaan naar een hotel in Brighton,' vertelde Eileen me, toen we in de auto stapten.

Het Grand Hotel was pas verbouwd, na de bomaanslag waarbij een paar jaar daarvoor de Britse regering bijna de dood had gevonden, maar daar wist ik toen niets van. Het enige wat ik zag was een duur uitziend luxe hotel met uitzicht op zee. We waren kennelijk al ingeschreven, omdat Eileen mijn moeder een sleutel gaf en haar zei hoe ze bij haar kamer moest komen, terwijl zijzelf naar de balie ging om hun te vertellen dat we er waren.

'Wanneer ga ik naar huis, mama?' was het enige wat ik bleef vragen. Ik wilde daar niet blijven; ik wilde mijn broers en zussen en vrienden zien.

'Dat weet ik niet,' zei ze schouderophalend, 'misschien morgen.'

'Waarom? Ik wil er nu heen.'

'Dat komt door de verslaggevers,' legde ze uit. 'We moeten een poosje bij hen uit de buurt blijven. Ze zitten ook thuis op ons te wachten. Als we er nu heen gaan, zullen ze ons allemaal blijven volgen, en we willen nu nog niet op de televisie. Je moet Eileen vertrouwen, ze weet wat ze doet.'

Ik begreep toen nog niets van kranten, maar ik dacht dat Eileen misschien het verhaal voor zichzelf wilde houden. Na alles wat ze voor ons had gedaan, vond ik dat ze dat ook wel verdiende, dus luisterde ik naar mijn moeder en hield me een poosje rustig. Ik was heel moe, te moe om die dag te eten of te slapen. Het laatste wat ik wilde was op de televisie komen; daarvoor was ik veel te verlegen en te nerveus. Ik besefte toen nog niet wat al die mediabelangstelling impliceerde, en mijn moeder legde me geleidelijk uit hoeveel aandacht we waarschijnlijk zouden krijgen.

'Ik wil vandaag geen vragen beantwoorden,' zei ik hun. 'Ik wil gewoon met rust worden gelaten.' Dat begrepen ze allemaal. Ik wilde eigenlijk nergens meer aan denken totdat ik Nadia terug had. Ik had het gevoel alsof een deel van mij was achtergebleven in Jemen. Ik probeerde al die tijd te bedenken hoe ik de juiste dingen moest zeggen, zodat de Jemenitische regering Nadia en de kinderen zou laten gaan. Ik was zo moe dat alles in mijn hoofd verward was. Ik wilde bijna terug naar Nadia en de kinderen, en op een bepaald moment op die dag zei ik ook zoiets. Mijn moeder had kennelijk ook onder een hoop druk gestaan, want ze snauwde me af toen ze me dat hoorde zeggen. Ik denk dat ze vond dat ik niet dankbaar was voor alles wat ze had gedaan om mij Jemen uit te krijgen. Ze beschuldigde me ervan dat ik terug wilde, omdat ik verliefd was op Abdul Walli. Het was dwaas van haar om dat te zeggen, en later verontschuldigde ze zich er ook voor, maar het was toen al te laat omdat Eileen het had gehoord en dacht dat ze het meende. Ze raakte ervan overtuigd dat ik van plan was om terug te gaan naar Jemen om met Abdul Walli te trouwen. Ik was die dag te verward om te beseffen wat voor een indruk we wel niet moesten maken, en het misverstand kwam pas aan het licht toen Eileen later meer diepgaande verhalen ging schrijven.

Ben vroeg of we mee naar buiten wilden gaan zodat hij nog wat foto's kon nemen. Het was pas april, en het was echt koud. Ik wilde eigenlijk niet, maar mijn moeder zei dat als we het snel zouden doen voor hem, hij ons verder met rust zou laten. Mijn moeder en ik gingen ongeveer twintig minuten met hem naar het strand. Ik droeg nog steeds de sjaal, ik kon de moed nog niet opbrengen om hem af te doen; zonder die sjaal zou ik me naakt hebben gevoeld.

De volgende dag bleven we op onze hotelkamer. Een paar van Eileens vrienden van *The Observer* kwamen ons opzoeken. Ze waren heel aardig en ze zagen wel dat ik nogal van streek was en stelden me verder geen vragen. Later die dag kwam Eileen naar boven om ons te waarschuwen dat een paar journalisten van een andere krant erachter waren gekomen waar we logeerden, en dat ze beneden waren. Ze vertelde ons dat ze had geregeld dat we naar een ander hotel zouden verhuizen, maar we zouden wel via een zijdeur moeten wegglippen.

We volgden haar naar beneden naar een zijdeur, waar een taxi stond te wachten om ons naar Londen te brengen, naar het Metropolitan Hotel. Het was een veel leuker hotel dan het Grand, veel comfortabeler en niet zo deftig. We bleven de hele dag op onze kamer, en tegen de avond had ik er genoeg van.

'Als ze me nu niet naar huis brengen,' zei ik tegen mijn moeder, 'dan ga ik alleen.'

'Goed,' zei ze. 'We gaan. Ik zal met Eileen praten.'

Ze vertelde Eileen hoe ongeduldig ik begon te worden, en hoe agressief ik werd. Ze kwam naar me toe.

'Wat is er toch allemaal gaande?' vroeg ik. 'Ik wil gewoon naar huis.'

'Oké,' stemde ze in. 'Ik zal zorgen voor een auto en dan vertrekken we morgen.'

Ik sliep die nacht goed. De volgende morgen reed Ben ons naar Birmingham, en ik kon nu wèl de Engelse kleren aantrekken die mijn moeder voor me had meegenomen. Ik kan me niet veel herinneren van de reis. Ik was me niet echt bewust van wat er om me heen gebeurde. Ik wilde alleen maar naar mijn familie. Ik kon haast niet stilzitten omdat ik zo ongeduldig was.

Toen we het centrum van Birmingham naderden, zag ik het Rotunda-gebouw op ons afkomen; alles zag er nog net zo uit als ik het me herinnerde, en de tranen schoten in mijn ogen.

'Ken je het nog?' vroeg mijn moeder.

'O ja,' zei ik met een stem die het bijna begaf. 'Waar gaan we nu heen?'

'We gaan naar het huis van mevrouw Wellington,' antwoordde ze. De gedachte dat ik de familie Wellington weer zou zien, Lynny en haar moeder, was fantastisch. Ik kon haast niet geloven dat het eindelijk dan echt gebeurde. Ik herinnerde me hoe Lynny en ik mevrouw Wellington vaak op zondag hielpen in haar winkel door achter de toonbank te staan, en hoe ze ons dan een zakcentje gaf om 's avonds naar de film te gaan. Ik was heel goed bevriend met hen.

Mevrouw Wellington had een huis in Sparkbrook, en toen we de buurt inreden, staarde ik uit het raampje als een kind, waarbij ik rondkeek of ik misschien niet een paar van mijn oude vrienden op straat zag. Mijn moeder keek met een glimlach op haar gezicht naar mij.

'Waar denk je aan?' vroeg ze.

'Ik kan haast niet wachten om iedereen te zien.'

Toen we voor het huis stopten, stapte ik uit de auto en de hele familie kwam naar buiten gelopen. Mo, Ashia, Tina en Ashia's dochter Lana, die ik nog nooit had gezien. Mevrouw Wellington kwam naar buiten met haar twee oudste dochters. Toen ik dichterbij kwam, zag ik dat ze allemaal huilden. Lynny had een eigen flat een eindje verderop in de straat. Ze hadden haar laten weten dat ik was aangekomen en ze was nu onderweg.

We gingen het huis binnen en gingen op de bank zitten. Iedereen werd stil. Ashia huilde het meest en Tina was zo veranderd in die acht jaar, dat ik haar niet herkende. Ze was ook zo lang geworden. Het enige waaraan ik kon denken was aan Nadia, die nog steeds vastzat in Jemen. Het bezorgde me een brok in mijn keel en ik kon niet praten. Eileen en Ben waren er ook, en toen arriveerde Lynny. Ik herkende haar onmiddellijk, ook al was ze nu een volwassen vrouw. Ze was veel mooier dan ze als meisje was geweest, met een kort kapsel, en ook zij was veel langer geworden. We omhelsden elkaar en huilden, en geen van ons wist iets uit te brengen. Ze bleef me maar aanstaren, huilde en schudde verbaasd met haar hoofd dat ik nu echt terug was.

'Wat ben je veranderd, wat ben je veranderd,' was alles wat ze kon zeggen. 'Je bent zo bruin geworden.'

Mijn moeder en ik bleven vier dagen bij de Wellingtons, en de anderen gingen terug naar mama's huis en kwamen iedere dag langs. Ben en Eileen logeerden in een hotel in Birmingham en kwamen ook elke dag langs. Ik denk dat ze in de buurt wilden blijven om zich ervan te verzekeren dat er geen andere kranten met ons zouden gaan praten. Net voordat ze vertrokken, nam Ben een heleboel foto's van ons allemaal in de tuin. Ik wilde hem en Eileen niet meer om me heen hebben; ze begonnen me te deprimeren.

'Ik wil geen foto's meer,' zei ik tegen mijn moeder.

'We hebben die foto's nodig voor de publiciteit,' zei ze, 'om Nadia te helpen.' Daarom hield ik me nog maar even rustig.

Na vier dagen was ik zover dat ik naar mama's huis in King's Heath wilde, waar ze naar toe was verhuisd nadat ze bij mijn vader was weggegaan. Mijn moeder en ik namen een taxi erheen, en iedereen wachtte daar op ons. Het was een klein huis, maar het was zo'n warm gevoel om weer terug te zijn bij mijn familie.

Een paar weken lang kwamen er af en toe verslaggevers aan de deur die naar me vroegen, maar ik wilde ze niet ontvangen. De anderen deden open en stuurden ze weg. Een paar van hen bleven rond het huis hangen, dus een poosje kon ik nergens heen. Ik kon er niet tegen om hen op straat tegen te komen. In die eerste paar weken ging ik alleen naar de flat van Lynny of naar het huis van mevrouw Wellington. Ashia bracht me daar meestal in een taxi heen.

Tom Quirke, de journalist van de *Birmingham Post*, nam weer contact met mijn moeder op om erachter te komen wat er met Nadia gebeurde. We begonnen ermee om naar zijn kantoor te gaan, en gebruikten daar de telefoon om naar Abdul Walli's huis in Taiz te bellen. We waren in staat om tamelijk regelmatig met elkaar te praten, dus ik wist dat ze nog steeds in de stad was en dat het goed ging met Marcus. Zij en Mohammed zeiden me allebei dat ik me geen zorgen moest maken en dat ze, zodra de papieren in orde waren, achter me aan zouden komen. Hij wachtte nog steeds totdat Gowad de papieren zou sturen. Ik begreep dat een hoop verslaggevers naar het huis van Gowad in Birmingham gingen, om erachter te komen wat er gebeurde, maar hij weigerde om open te doen of hen te woord te staan.

Ook al stelden ze me gerust, ik bleef me maar zorgen maken, omdat ik wist hoe gemakkelijk de zaken daar op hun beloop werden gelaten, en hoe de mensen daar nooit hun beloften hielden. Ik kon niet de rust vinden om erover na te denken hoe ik de draad van mijn eigen leven weer kon oppakken, zolang Nadia daar nog gevangen zat met de kinderen.

De enige andere man die Nadia kon helpen, was mijn vader. Als hij had gezegd dat zijn dochter en kleinkinderen daar niet gelukkig waren, dan had hij kunnen eisen dat ze naar dit land zouden mogen, en ik weet dat Gowad daar niet tegen geprotesteerd zou hebben. Maar hij wilde niet helpen.

'Ik moet naar papa toe,' zei ik tegen mijn moeder, 'om te proberen hem zover te krijgen dat hij Nadia helpt om Jemen uit te komen.'

Ik kleedde me ter ere van het bezoek weer aan als een Jemenitische, compleet met broek en sjaal, om hem te laten zien hoe ik was veranderd, en wat een eerbiedige dochter ik nu was. Ik ging alleen in een taxi naar de snackbar. Die zag er nog hetzelfde uit. Ik betaalde de taxi en liep naar binnen. Ik zag hem achter de toonbank staan en voelde niets.

'Zana!' riep hij uit, en begon te huilen. Ik huilde niet. Ik liep door naar achteren en wachtte daar op hem. Toen de klanten eenmaal weg waren, sloot hij de zaak en kwam hij ook naar achteren. Hij huilde nog steeds en kon geen woorden vinden.

'Het spijt me wat er is gebeurd,' zei hij. 'Als ik eerder had geweten hoe je daar zou worden behandeld, zou alles heel anders zijn geweest.' Ik wist dat hij loog, omdat alle Jemenitische mensen die ik in de afgelopen jaren had gesproken en die heen en weer reisden naar Engeland, hem hadden verteld wat er gebeurde. Bovendien hadden we hem al die brieven geschreven waarin we vertelden hoe ellendig we het hadden. Ik wilde dat niet nog eens naar boven halen, ik wilde alleen zijn hulp voor Nadia.

'Nou, ik ben nu terug,' zei ik, 'en zoals u kunt zien ben ik nog steeds een moslim en eerbiedig ten opzichte van u. Ik hou van u, pap, en ik wil uw hulp om Nadia en haar man Jemen uit te krijgen, zodat we weer één grote gelukkige familie kunnen worden.'

Hij knikte en accepteerde alles wat ik zei. 'Ik zal met Gowad gaan praten,' beloofde hij. 'Je hebt nu het ware leven ervaren, je spreekt Arabisch en je hebt een beter begrip van het leven. Dat is alles wat ik voor je wilde.'

'Ja, ik ben nu meer volwassen,' gaf ik toe. 'Dus u gaat met Gowad over Nadia praten?'

'Ja, dat zal ik doen. Jij mag ook mee.' Ik geloofde dat hij meende wat hij zei, omdat hij een afspraak maakte met Gowad.

Ik trok daarvoor weer mijn Arabische kleren aan en ging op de afgesproken tijd naar Gowads huis. Het was een groot oud huis. Ik zag Salama. Ik sprak met haar, maar ik voelde haat ten opzichte van haar om wat ze Nadia op het laatst had aangedaan. Ze was nog steeds gekleed als een dorpsvrouw; en ze had er een dochter bij, die inmiddels twee jaar was.

'Waarom heb je al die tijd de zorg voor jouw kinderen op ons afgeschoven?' vroeg ik. 'We wilden weten wat er gaande was, maar niemand zei ons ooit iets. Waarom heb je dat gedaan?'

'Ik ga algauw weer terug,' beloofde ze, 'en Nadia en Mohammed komen over met de kinderen.'

'Ja, dat weet ik.' Ik nam niet de moeite om nog meer te zeggen. Ik wist dat ik mijn energie verspilde. Ik slaagde er nog in om beleefd te blijven, maar ik kon voelen hoe de agressie in mij groter werd, en ik wilde er niet aan toegeven, voor het geval ik hen kwaad zou maken en Nadia's kansen zou verpesten.

Mijn vader sprak in het Arabisch met Gowad, maar ik kon nu volgen wat ze zeiden. Gowad beloofde dat hij alles zou doen wat hij maar kon. 'Het kost tijd,' zei hij, 'maar ze komen echt.'

Maar er gebeurde niets. Ik denk niet dat ze ook maar van plan waren om iets te doen; ze wilden me alleen maar kalmeren.

Ik hoorde geruchten van Arabische reizigers die in Birmingham kwamen, dat Nadia met de kinderen was teruggegaan naar het dorp. Ze herkenden me wel op straat en hielden me dan staande om me te vertellen wat er gebeurde. Ze zeiden dat ze uit vrije wil was gegaan, maar ik wist dat dat niet waar kon zijn.

Ahmed kwam ons ook opzoeken, en hij had dezelfde verhalen gehoord. Hij vertelde ons dat Leilah heel erg ziek was en naar Engeland moest om daar behandeld te worden. Mijn moeder haalde haar geboortebewijs te voorschijn, en Ahmed zei dat hij het mee terug zou nemen naar Aden.

Een paar maanden later werd er op de voordeur geklopt en mijn broer Mo vertelde me dat Leilah was gearriveerd. Ik ging naar buiten en zag haar toen voor de eerste keer, zittend in een minibus met haar man. Ze leek op Nadia. De vier kinderen sliepen in het busje. Ze stapte uit en ze huilde, maar het enige wat ik kon denken was: Waarom kan zij wèl het land uit en Nadia niet?

Ze zag er ziek uit. Het was koud en zij en mama omhelsden elkaar op het trottoir en wilden elkaar niet loslaten. Ik wilde haar zo snel mogelijk naar binnen halen, in de warmte. We namen hen mee naar binnen met hun bagage, en ze bleven een paar dagen. Intussen zorgden wij ervoor dat Leilah langs kon bij onze huisarts. Mijn moeder had haar ziekenfondskaart bewaard van toen ze een baby was, dus het enige wat ze hoefde te doen, was die te vernieuwen. Toen ze eenmaal beter was, trokken ze in een huurhuis.

Volgens de geruchten had Nadia weer een baby gekregen. Als dat waar was, dan moest ze inderdaad uit Taiz zijn vertrokken en niet meer in de gelegenheid zijn geweest om de pil te krijgen. Het was uitgesloten dat ze nog een kind zou hebben gewild na alle problemen met Tina's geboorte, en met al het werk dat ze al had met de zorg voor zichzelf, Haney, Marcus en waarschijnlijk ook de twee kinderen van Salama.

Ik probeerde Abdul Walli op te bellen om te vragen waarom hij zijn belofte had verbroken en Nadia niet in de stad had gehouden, maar hij was er nooit als ik belde. Mijn moeder belde Jim in Sana'a, maar die zei dat hij niets wist van wat er gebeurd was. De communicatielijnen waren weer verbroken, en Nadia was buiten ons bereik geraakt. We gingen weer wachten en hopen.

Mijn ervaringen hebben me bewuster gemaakt van wat er allemaal in de wereld gebeurt. Als ik nu op de televisie programma's zie over dakloze kinderen en gezinnen die uit elkaar worden gerukt, dan doet dat zo'n pijn dat ik het haast niet kan verdragen.

Een jaar na de verschijning van de Franse vertaling van haar boek en na wat zich daarna heeft afgespeeld, besloot Zana Muhsen een hoofdstuk toe te voegen aan Nog eenmaal mijn moeder zien. *Zij vertelt daarin over haar strijd om Nadia.*

20 *Terug naar Jemen*

Sinds ik mijn verhaal heb opgeschreven, sinds mijn boek iets tastbaars is geworden, sinds duizenden lezers het in handen hebben gehad, heb ik moeten leren ermee te leven. Als ik tegen Engelse of Franse journalisten zeg dat ik niet in staat ben het te herlezen, kijken ze me verbaasd aan. Een nachtmerrie kùn je toch ook niet herlezen...

Ja, de tranen verdwijnen en komen weer terug, iedere keer als ik met het onderwerp word geconfronteerd. Tranen, onzichtbaar voor buitenstaanders, maar verstikkend voor mij. Alleen een korte stilte duidt erop – de tijd die ik nodig heb om weer op adem te komen, mijn toegeknepen keel te ontspannen.

Op 5 februari 1992, terwijl ik zit te wachten tot de uitzending 'Sacrée Soirée' van Jean-Pierre Foucault begint, heb ik het merkwaardige gevoel dat ik twee Zana's ben. De Zana met haar eigen verhaal, opgemaakt voor de Franse televisie, klaar om de vragen te trotseren, ze te beantwoorden, tot alles bereid om haar missie te vervullen, en een Zana die bijna versteend is, verstijfd, in haar verlangen over Nadia te praten, van wie zij, sinds haar terugkeer naar Engeland vier jaar geleden, niets meer heeft gehoord.

Ook is er een Zana die staat te trillen, met klamme handen, met in haar hoofd de herinneringen aan het dorp Ashube in Jemen, Zana de slavin, vernederd, verkracht, met een hoofd vol haat en pijn, wier zoon is afgenomen en wier zuster, haar dubbelganger, haar evenbeeld, daar gevangen wordt gehouden.

Ik weet dat Nadia na mijn vertrek een vierde kind heeft gekregen; in de Jemenitische gemeenschap in Birmingham gaat het nieuws van mond tot mond. Gowad, haar 'schoonvader', woont in Engeland! Maar verder weet ik niets.

De aanwezigheid van Betty Mahmoody naast mij, in de studio, is een grote steun voor mij. Die sterke, Amerikaanse moeder, die zo kalm en vastberaden is, is erin geslaagd datgene te doen waar Nadia en ik zozeer op hoopten: te vluchten. Maar vluchten, ontsnappen uit een Jemenitisch dorp, zonder hulp, zonder contact met een diplomatieke vertegenwoordiging, is volkomen onmogelijk.

Ik hoor mij tegenover de presentator Jean-Pierre Foucault verklaren dat mijn leven sinds mijn terugkeer in Europa alleen nog maar een obsessie is. Ik ben zelf alleen nog maar een obsessie.

De eerste beproeving van die uitzending is het interview met mijn vader. Ongeveer twintig seconden, waarin hij de zoveelste leugen uitspreekt: 'Zoals ik steeds heb gezegd, verkoopt geen enkele Arabier, geen enkele mohammedaan, ooit zijn dochter.'

Ik antwoord als in een waas, tot het uiterste gespannen om tegelijkertijd mijn haat en mijn tranen in te houden. Ik kan het, ik heb het daarginds zo vaak gedaan... Als ik nu over die verkrachting moet praten, ben ik een blok steen dat zich iedere emotie in het openbaar ontzegt.

Zelfs met tranen in mijn ogen ben ik in staat met vaste stem te spreken als ik verklaar: 'De jongen heeft mij verkracht, zijn vader had gezegd dat, als ik weigerde, hij mij vast zou binden aan het bed. Hij had mij gekocht.'

Die verkrachting heb ik zo diep in mijn geheugen weggestopt dat ik hem zonder angst naar boven kan halen. Ik ben het niet die verkracht is, maar een zielloos lichaam. Het publiek in de studio is doodstil. In Europa is verkrachting een misdaad. Daarginds is het bijna een gewoonte.

Die opeenstapeling van leugens. En mijn moeder die daar, huilend achter haar zwarte bril, machteloos temidden van het publiek zit. Leugens, tranen, alles begint steeds maar weer opnieuw. Wat te zeggen om te overtuigen, om zo'n berg van leugens uit de weg te ruimen?

Jean-Pierre Foucault deelt mij mee dat er een vertegenwoordiger van de Jemenitische ambassade in Parijs in de studio zal verschijnen. Hij schijnt ervan overtuigd te zijn dat een gesprek met die diplomaat ons kan helpen. Ik wil natuurlijk best met hem praten; voor Nadia, voor Marcus en voor de kinderen ben ik tot alles bereid. Maar ik weet van tevoren dat het vergeefse moeite is.

De vertegenwoordiger lijkt op mijn beul, Abdul Khada, een Jemenitische man, overtuigd van zichzelf en van zijn mannelijke eer, er al bij voorbaat van overtuigd dat vrouwen geen recht van spreken hebben. En dan bovendien nog een diplomaat! Weer zal ik de litanie horen: 'Nadia is een Jemenitische burgeres, Nadia is vrij...'

Vrij! Zij heeft geen tijd gehad om op te groeien. Zij is het kind van veertien jaar gebleven, zij kan zich niet verdedigen en heeft nu de last van vier kinderen erbij; zij is onderworpen aan haar man en zijn familie.

Ik moet de haat die ik in mij draag niet laten blijken. Vechten vereist diplomatie.

Ik ben niet meer die als vee behandelde vrouw waarmee zij konden doen wat zij wilden. Ik ben een Engelse, ik ben vrij; die man is niets meer dan ik. Hij vertegenwoordigt zijn land, hij is de schuldige, niet ik.

De schuld die ik voelde toen ik voet zette op Engelse bodem, alleen, zonder mijn zoon, zonder mijn zuster en haar kinderen, dat is mijn eigen probleem. Ik had geen andere keus dan te vluchten, teneinde beter te kunnen vechten.

Ik ben dus schuldig, omdat ik sterker, heftiger, eigenzinniger ben dan mijn zuster. Schuldig, omdat ik wil vechten tegen al die mannen, tegen een heel land als dat nodig is, om haar daarvandaan te krijgen.

De pers, de televisie-uitzendingen, dat is allemaal heel zwaar, maar onontbeerlijk. Zo zijn er tenminste mannen en vrouwen op de hoogte, horen zij wat er zich afspeelt in dat schitterende land waar mijn zuster, daar ben ik zeker van, langzaam maar zeker doodgaat, opgesloten in een middeleeuws dorp. In mijn herinnering zie ik alleen maar dat fijne, vermoeide gezichtje, verbrand door de zon, haar grote, wanhopige ogen, toen ik vertrok en Marcus in haar armen achterliet, terwijl haar eerste kind, Haney, aan haar rokken hing.

Die dag heb ik beloofd dat ik haar niet in de steek zou laten.

Ik luister nu naar wat de diplomaat te vertellen heeft. Ik hoor hem zeggen dat 'die toestand onaanvaardbaar' is, dat de Jemenitische regering zich over ons heeft ontfermd, dat men ons onder de bescherming van de gouverneur van Taiz heeft gesteld, voor een tijdje verwijderd heeft van die familie van cipiers... Zeker, en verder?

Ik moest vertrekken met achterlating van mijn zoon en men heeft Nadia teruggebracht naar haar gevangenisdorp. Vier jaar later zijn wij nog geen steek verder.

Tweede beproeving. Het schijnt dat ik met Nadia mag telefoneren. Wonder van de televisie, want als je het, zoals ik al zo vaak heb ervaren, op eigen kracht moet doen, moet je via Taiz een lijn met het dorp aanvragen, en als je dan zover bent is de lijn afgesneden, althans voor mij.

Ik had mijzelf voorgenomen niet te huilen, maar dat mislukte. En dat is afschuwelijk, omdat ik niets hoor. Een zwakke stem, onverstaanbaar, weerklinkt in de studio. Een woord in het Jemenitisch? Nadia spreekt heel goed Engels. De diplomaat bevestigt dat ook; het schijnt dat hij haar vóór mij aan de lijn heeft gehad...

Ik stel mij mijn zusje voor op een officieel kantoor, omringd door mannen. Hoe kan men dan verwachten dat zij vrijuit met mij zal praten? Zelfs in de coulissen? Jean-Pierre Foucault vraagt inderdaad of men de lijn kan aanhouden, zodat ik dat gesprek buiten de uitzending kan voortzetten. Intussen vraagt hij aan de diplomaat of wij per vliegtuig naar Jemen mogen gaan om Nadia op een veilige plaats te ontmoeten.

De diplomatieke dienst gaat akkoord. Ik heb het idee dat de diplomatieke dienst tot alles bereid is om wat die man het 'kabaal van de media' noemt, maar te vermijden. Dat neemt niet weg dat als dat kabaal die avond niet gemaakt was voor miljoenen Franse kijkers, ik geen schijn van kans zou hebben mijn zuster 'veilig', zoals zij dat noemen, te ontmoeten.

Ik wind mij op als men maar steeds beweert dat ik opstandig ben. De diplomaat verklaart dat 'het probleem van mijn vader' aangrijpend is, maar dat het niets te maken heeft met de Jemenitische samenleving. Voor hem is het een familieaangelegenheid, geen Jemenitische zaak.

Ik heb niets tegen Jemen. Ik haat alleen degene die ons heeft verkocht en hen die ons hebben gekocht. En dat zijn nu eenmaal Jemenieten.

'Zou u uw dochter verkocht hebben? Opgegroeid in Europa tot aan haar vijftiende jaar, met een Engelse of Franse achtergrond, zou u haar daar verkocht hebben?'

Ik kon het niet laten de diplomatieke dienst aan te vallen. Mijn vader is niet de enige die zijn dochters heeft verkocht. Ik heb gehoord van Engelse meisjes die gevangen zaten in andere dorpen. Hoe zat dat dan?

Het is afgelopen. Betty Mahmoody, uiterst kalm, besluit de uitzending met de juiste woorden. Zij bedankt de regering van Jemen dat zij toestemmen in die reis, dat zij mij toestaan mijn zuster en haar kinderen, evenals mijn zoon Marcus, te ontmoeten.

Maar zij voegt er toch aan toe dat, zonder de hulp van de media, niemand dat ooit gedaan zou krijgen.

Ik ren naar de telefoon in de coulissen. Betty Mahmoody staat naast mij en luistert aandachtig. Zij weet wat contact per telefoon met je familie betekent, hoe moeilijk het is en hoe waardevol. Helaas, ik hoor bijna niets. Gekraak, een stemmetje, onderbroken door geruis, een paar keer wordt er 'hallo!' geroepen, maar dat zakt weer ver weg. Ik denk eruit op te maken dat Nadia bij de gouverneur van Taiz is of in een of ander officieel kantoor. Af en toe hoor ik een mannenstem achter haar. Daarna niets meer.

Ik huilde van woede. Allemaal voor niets. Maar wat had ik dan verwacht? Dat zij haar zouden laten praten? Dat zij haar een draadloze telefoon zouden geven, zo een als de journalisten tijdens de Golfoorlog hadden? Mijn zusje is voor hen alleen maar een Jemenitische dorpsvrouw, over wie de Engelse familie naar hun smaak veel te veel lawaai maakt.

Maar ik ga haar opzoeken. Zij staan machteloos tegenover een Franse televisie-uitzending. De diplomaat heeft het beloofd. Hij kan niet meer terug.

In het vliegtuig herhaal ik aan één stuk door wat ik tegen haar ga zeggen. Het belangrijkste is haar te zweren dat wij door zullen vechten totdat zij met de kinderen terug is in Engeland. De televisieploeg, al diegenen die mij op die reis vergezellen, weten niet wat er staat te gebeuren, maar ik weet het wel. Zij denken dat men mij met mijn zuster alleen zal laten, dat wij met elkaar zullen kunnen praten, waar en zolang wij willen. Dat wij naar het dorp zullen gaan en de familie zullen opzoeken, dat ik mijn armen naar mijn zoon zal uitstrekken. Ikzelf weet dat niets zal verlopen zoals ik wens.

Zij hebben Nadia vast al voorbereid; haar toegesproken, haar misschien bedreigd. Haar verteld dat ik een gevaarlijke vrouw ben geworden, uit op een schandaal en een schande voor Jemen. Zij zullen ons geen seconde alleen laten. Zij zal bang zijn zoals wij zo vaak bang zijn geweest. Bang, omdat zij moet terugkeren naar de vader van haar kinderen, omdat zij temidden van hen moet leven. Bang, omdat er geen wonder kan gebeuren, omdat ik niet tegen haar kan zeggen: 'Kom, laten we snel vluchten tussen al die mensen uit Frankrijk, laten we in het vliegtuig stappen!'

Dan is er nog de kwestie van de kinderen. De Jemenitische wet staat een vrouw niet toe om zonder toestemming van haar man te reizen.

Maar ik zal mijn zuster in ieder geval zien. Wij zullen samen tenminste nieuwe hoop koesteren, hoe weinig ook. Zonder hoop kan ik niet meer verder leven. Wij moeten het proberen.

Op 9 februari 1992 komen wij in Sana'a aan. Het vliegtuig komt tot stilstand. Ik zie dezelfde gebouwen terug waar ik, doodsbang, wachtte op het vliegtuig dat mij terug zou brengen naar Engeland. Ik begin vreselijk te trillen.

Deze keer wordt de rode loper uitgelegd, worden wij door de autoriteiten in de VIP-ruimte ontvangen. Met de televisieploeg, Jean-Pierre Foucault en mijn uitgever voel ik mij tegelijkertijd beschermd en ziek van angst; het feit dat ik dat hele arsenaal van mensen nodig heb, die officiële bescherming, alleen maar om Nadia te mogen zien...

Nog een half uur vliegen naar Taiz. Beneden mij zie ik dorpen en bergen. Ik hoor zeggen dat het mooi is. Gezien vanuit de lucht is de gevangenis van Nadia mooi.

Mijn moeder zegt niets; ik zwijg ook. Soms vraag ik mij af hoe zij die hel al zo lang doorstaat. Toen ik naar huis ging, was ik kwaad op haar, was ik kwaad op de hele wereld. Zal Nadia hetzelfde doen als ik?

Nadia, mijn obsessie.

Mama en ik wachten in een park op haar. Het is er druk. Te druk; niet ver daarvandaan staan gewapende wachten. De camera en de mensen van de televisieploeg. Wat hebben ze tegen haar gezegd? Hoe zal zij reageren op dat voor haar zo vreemde weerzien? Wat is er van haar geworden tussen de monotonie van het werk in het van de buitenwereld afgekeerde dorp, de dagelijkse corvee, de eenzaamheid?

Ik zie een zwarte, gesluierde gedaante aankomen. Er loopt een man naast haar, Samir, haar echtgenoot. Hij heeft een heel klein kind in zijn armen, zijn vierde.

Zij loopt met opgestoken handen naar voren, alsof zij bang is. Wij kijken elkaar aan. Ik voel mij naakt met mijn gezicht zonder sluier. Ik zie alleen maar de enorme, zwarte ogen van mijn zuster, ik raad de kringen onder de sluier, de angst, en niets anders.

Wij kijken elkaar aan, het lijkt wel een eeuwigheid, een schok in de eeuwigheid; daarna loopt zij naar onze moeder toe en hoor ik haar zeggen: 'Het is jouw schuld!'

Waar praat zij over? Over nu? Over al die mensen die haar bang maken? Over vroeger? Over de hele geschiedenis?

Zij vraagt mij wat er aan de hand is. Zij is bang voor de camera, zij heeft er nog nooit een gezien.

Ineens jaagt zij ook mij angst aan. Nadia in die toestand weer te zien is nog moeilijker dan ik vannacht dacht, toen ik in mijn hotelbed lag te draaien. Maar er was geen ander middel. Ik moet haar in heel korte tijd uitleggen wat er in de afgelopen vier jaar is gebeurd, waarom ik hier ben en hoe. Dat is zo goed als onmogelijk.

Zij hebben Marcus niet bij zich. Men had het mij beloofd, maar hij is er niet. Nadia heeft mijn zoon al jaren niet meer gezien. Men heeft hem van haar afgenomen. Vandaag hebben ze ook haar kinderen daarboven in het dorp gehouden, om er zeker van te zijn dat zij niet in de verleiding komt om te vluchten... Men heeft ons zojuist laten weten dat, als wij naar Ashube toe wilden, niemand onze veiligheid kon garanderen.

Zo werkt dat nu eenmaal. Zowel in als buiten Jemen zegt men steeds maar weer tegen mij: 'Maar u kunt naar Jemen toe, het is een vrij land. Een toeristenland.' Maar ik kan niet naar dat dorp toe.

Wij spreken Engels, opdat Samir, zo mogelijk, niet alles begrijpt, maar het is moeilijk. Zij is boos op mij en dat wist ik van tevoren.

'Ben je mij vergeten?'

Ik aanvaard het verwijt, er zijn dringender zaken te bespreken.

Ik leg de situatie zo snel mogelijk uit: de mensen om ons heen, het boek, de televisie... Maar ik besef bijna meteen dat zij het niet goed begrijpt. Zij ziet er afgeleefd uit, alsof zij onder de drugs zit, op een andere planeet woont. Sommige woorden schijnen niet tot haar door te dringen.

'Wat hebben zij over mij gezegd, Nadia?'

'Dat je met een televisieploeg zou komen, dat je hun al

heel wat last hebt bezorgd. Ik begrijp niet waarom de televisie erbij is.'

'Herinner je je de Engelse journalisten die een artikel schreven in Engeland? Deze keer is het de Franse televisie.'

'Ik moet niet te veel zeggen. Dat is niet goed. Samir houdt daar niet van. Men heeft hem gezegd dat ik niet moest praten. En hij heeft gezegd dat men mij mijn kinderen zou afnemen.'

Ik besef dat zij niet meer weet wat een krant is en wat erin staat. Dat zij nog minder begrijpt van Franse of Engelse televisie. Twaalf jaar van afstomping hebben haar, een Engels meisje dat naar muziek luisterde en naar school ging, helemaal veranderd. Het enige wat is gebleven is haar Birminghams accent.

'Wil je terug naar Engeland?'

'Als Samir dat wil. Hij beslist.'

'Kun je niet zonder hem weggaan?'

'Ik ben bang zonder hem. Zonder hem kan het niet.'

'Zou je wel met hem en de kinderen komen?'

'Dat hangt van Samir af.'

Zij is drie maanden zwanger. Van een vijfde kind. In twaalf jaar tijd heeft Samir haar geen rust gegund. Geen voorbehoedmiddelen, vreselijke bevallingen, geen ziekenhuis, zij is op. Haar 'man' houdt haar in zijn greep. Hij houdt haar al te lang in zijn greep. En hoe paradoxaal dat ook moge klinken, zonder hem is zij bang. Waar kan zij naar toe met vijf kinderen en zonder man? Scheiden? Hij zou de voogdijschap over de kinderen krijgen, ze zouden haar afgenomen worden zoals Marcus mij is afgenomen. En zij kan niet weigeren seks met hem te hebben. Als ik nu tegen haar zou zeggen: 'Je bent vrij, je kunt vertrekken met de kinderen, wij zijn gekomen om je te halen,' zou zij mij niet geloven.

'Ben je ziek, Nadia?'

'Nee, nee... Moe, dat is alles. Ik ben altijd maar moe.'

Samir komt tussenbeide: 'Het gaat heel goed met haar.'

Nadia is zich niet bewust van haar lichamelijke verval. Zij spreekt slechts over vermoeidheid, maar zij hoeft mij niet te vertellen hoe zij lijdt, dat zie ik wel. Ik word razend. Het is bijna onmogelijk om alleen met haar te praten. De 'echtgenoot' is de hele tijd aanwezig en blijft vlak bij ons staan, met de laatste baby als een dreiging in zijn armen.

Dat is wat de anderen, de journalisten, de mensen van de televisie, niet begrijpen. Zij zeggen: 'Wij laten jullie samen praten.' Maar daar is hij, de gijzelaar. Bovendien is hij niet helemaal verantwoordelijk, omdat hij volledig onder druk staat van zijn vader. Hij zal om toestemming vragen om met Nadia en de kinderen naar Engeland te komen, maar Gowad verleent hem die niet.

Gowad doet wat hij wil. Leeft zoals hij wil, in Europa, maar zijn zoon en schoondochter moeten in het land blijven. Het is zo handig voor hem dat er op zijn huis wordt gepast, zijn stam, zijn kinderen die hij daar achterlaat. En zijn trots? Nooit zal hij toegeven.

Jean-Pierre Foucault waagt zich op zijn beurt aan een interview. De grote, zwarte, omsluierde ogen van Nadia gaan van haar man, die een beetje terzijde staat, naar al die mensen die naar haar kijken, naar de tolk, naar de camera. Wat begrijpt zij werkelijk van dat alles? Mijn God, wat is zij in twaalf jaar tijd vervallen!

Ik hoor haar verlegen in het Engels antwoorden, haar bange stemmetje: 'Terug naar Engeland? Dat is niet mogelijk... Te veel mensen, te veel problemen... Ik ben mohammedaanse, ik heb de mohammedaanse wet geleerd.'

Jean-Pierre Foucault vraag haar of zij gelukkig is.

'Heel gelukkig. Ik heb een groot huis... te eten... kleding... Ik heb alles, ik kom niets te kort.'

Herinnert zij zich Birmingham?

'Ik herinner mij bepaalde dingen, maar niet zo goed. Ik was een kind, ik ging naar school... Ik was een kind...'

'Waarom hebben Zana en jij elkaar niet omhelsd?'

'De schok, ik was ontroerd.'

Na zo'n lange verwijdering omhelst men elkaar niet zomaar. Men beseft niet dat de angst, de eenzaamheid, de verandering die zij tijdens mijn afwezigheid heeft ondergaan een soort hersenspoeling teweegbrengen. Wie niet in dat dorp heeft gewoond, tussen die mensen, onder de omstandigheden die ik ken, is niet in staat zich ook maar enigszins een voorstelling te maken van wat men kan worden als men niet wordt geholpen door woede, haat, kracht. En Nadia is een teer, gedwee, zwak wezentje. Ze hebben haar klein gekregen.

Dat is, geloof ik, mijn grootste bron van haat.

Deze ontmoeting heeft iets irreëels. Mijn zuster heeft nog steeds haar sluier niet afgedaan en zal dat ook niet doen. Er zijn te veel mannen in de buurt. Het is trouwens beter zo. Ik ben te bang dat gezicht terug te zien, die vermoeide trekken, die huid waarvan ik vermoed dat hij bedorven is, verbrand door de zon.

Ik ga weer naar haar toe, ver weg van de camera's, en ik mompel: 'Wil je terug naar Engeland, Nadia?'

Haar man staat te dichtbij. Zij aarzelt, buigt zich daarna voorover en wendt haar hoofd enigszins af. Ik hoor haar onder de sluier fluisteren: 'Ik wil naar huis.'

Hij heeft het niet begrepen, niet gehoord. Zo krijg ik kstukje bij beetje, terwijl zij zich naar mij toekeert, in korte, gefluisterde zinnen, in de tijd van een paar seconden, ontstolen aan de oplettendheid van haar man, andere vertrouwelijke mededelingen te horen. Steeds weer herhaalt hij: 'Luister niet naar hen. Luister niet naar haar. Haast je een beetje.'

'Ik ben bang.'

Daarna: 'De regering zegt dat men mij mijn kinderen zal afnemen.'

En daartussendoor: 'Hoe gaat het met de vrienden van school?'

'Ze zijn volwassen geworden, ze zijn nog in Birmingham; af en toe zie ik ze. Ze vragen naar je, ze willen weten of je terugkomt.'

De herinnering aan haar jeugd roept geen speciale emoties bij haar op. Ik vermoed dat zij te verward is. Ik heb te veel te zeggen en niet genoeg tijd; zij heeft niets te zeggen en ze is bang.

Het is alsof wij ons op een perron bevinden, voordat de trein vertrekt, en we geen tijd hebben om over essentiële dingen te praten waarover wij toch lang hebben nagedacht.

Het begint te regenen in dat park en wij worden naar een huis gebracht. Een kleine kamer, stoelen. Daar zijn we alleen met Nadia, mijn moeder en ik, maar Samir is niet ver weg. De kamer heeft een goede akoestiek, het is onmogelijk er iets te fluisteren.

Het woord is nu aan mama, zij is aan de beurt om met haar dochter te praten en ik weet dat dat moeilijk voor haar is. Zij sleept al jarenlang haar eigen schuld mee. De mensen begrijpen vaak niet hoe zij haar dochters heeft kunnen laten weggaan zonder iets te vermoeden, hoe zij hun spoor is kwijtgeraakt, hoe het mogelijk was dat zij niet wist hoe slecht wij werden behandeld. Dat komt doordat de mensen er niets van snappen hoe zij langzamerhand het slachtoffer geworden is van zinsbegoocheling.

Wij waren daar zogenaamd gelukkig en wilden niet meer terug. Wij hadden onze keus gemaakt! Wij waren uit eigen vrije wil Jemenitische vrouwen geworden. Onze Engelse moeder had niets te zoeken in het land van onze vader. Alleen liep zij er trouwens groot gevaar.

Waar mama zich op het ogenblik het drukst om maakt is de gezondheidstoestand van Nadia, die nieuwe zwangerschap. Zij praten over de kinderen. Kinderen in dat land zorgen ervoor dat een moeder geen kant meer uit kan. Een tedere, wrede gevangenis waar de mannen met succes op rekenen.

Samir komt dichterbij: 'We moeten nu weg wegens de kinderen.'

We stappen in de jeep. Samir en de zwijgende, gehoorzame Nadia gaan met ons mee tot aan het hotel. Zij buigt zich naar mij over, omhelst mij door haar sluier heen, een bijna automatisch gebaar waarvan ik ondersteboven ben, en zegt alleen maar met tranen in haar ogen: 'Tot gauw.'

'Ik laat je niet in de steek.'

Een nieuwe belofte die zij in een nevel ontvangt. Ze is al heel ver weg van mij, terug in haar gevangenis.

Dat vreselijke gevoel dat men haar van mij afneemt!

Het is afgelopen. Zij is vertrokken en keert terug naar het dorp.

Aan het eind van de dag maken wij met de filmploeg een wandeling door de stad Taiz. Er is niets veranderd. Tijdens de Golfoorlog zijn er gebouwen verwoest, het maakt een armere indruk dan ervoor. 's Avonds gaan wij terug naar Sana'a, waar wij de nacht in het hotel doorbrengen.

Ik wil maar één ding: vertrekken. Op een gegeven ogenblik was ik bang in te storten, toe te geven. Tegen Nadia had ik kunnen zeggen dat ik bleef, hoewel ik heel goed weet dat dat niets zou uithalen. Nu voel ik mij schuldig dat ik vertrek en toch is dat nodig. Met blijven komen we niet verder. Ik zou niet meer in het dorp kunnen leven, ik zou niet veilig in de stad kunnen wonen. Ik zal haar niet meer mogen ontmoeten. Zonder de aanwezigheid van de Europese ploeg, het officiële oog van de camera, word ik weer hun zondebok, de vrouw die de slavernij verhindert.

Als ik zou blijven met de geringe hoop haar af en toe te zien, zou dat mijn moeders dood betekenen. En mijn strijd zou niet ten einde zijn... Ik denk niet alleen aan Nadia, maar aan al die andere kinderen die men daar gevangen genomen heeft en die wanhopig naar huis verlangen.

Dat land maakt mij doodsbang. Zelfs als we het vliegtuig weer nemen met de hele Franse ploeg, kan ik niet nalaten steeds achterom te kijken. Ik ben bang dat iemand mij oppakt om mij terug te brengen naar dat dorp.

En het is nog niet afgelopen. Mama en ik zullen de beproeving van nog een televisie-uitzending moeten doorstaan. Die diplomaat moeten trotseren die verklaart alles voor ons gedaan te hebben. Dat moet nu eenmaal. In Jemen hebben ze ons in contact gebracht met iedere vrouw die ze maar konden vinden die iets met de regering te maken had. Een vrouwelijke minister heeft zelfs beloofd mij te zullen helpen. Als ik wil telefoneren met Nadia of haar wil schrijven, hoef ik het haar alleen maar te zeggen.

Dank u, mevrouw de minister. Ik zal het doen, maar ik ben bang voor de gevolgen. Er is al zoveel beloofd! Door de gouverneur, door diplomaten. En ik heb ook al zoveel raadgevingen aangehoord. 'Maak niet zoveel kabaal in de media...' 'Als uw zuster niet naar Engeland wil, is dat haar goed recht, zij is vrij...' 'Als u terug wilt naar Jemen bent u daar vrij in...'

Ik zou het willen uitschreeuwen. Nadia vrij? Toestemming vragen aan haar man die op zijn beurt toestemming moet vragen aan zijn vader, die zal weigeren? Want zo staan de zaken: hij is de baas.

Nadia verschijnt enige dagen later op de televisie, met haar grote, zwarte ogen en haar grote, zwarte sluier, mysterieus, voor de Franse kijkers.

In de studio moet ik antwoord geven; ik verzamel al mijn krachten, al mijn kalmte om niet tegen die diplomaat te schreeuwen: 'U heeft mij voorgelogen. Wij waren niet alleen. De kinderen waren in het dorp, ik heb mijn zoon niet te zien gekregen.'

Hij durft tegen mij te zeggen dat het mijn schuld is. Maar Jean-Pierre Foucault maakt hem erop attent dat onze veiligheid onderweg niet verzekerd kon worden...

Had ik die nachtmerrie weer moeten herleven? Waarom hebben ze de kinderen niet meegenomen? Alle kinderen?

Het is zeker dat Abdul Khada Marcus niet heeft willen laten gaan. Ze beweren dat de kinderen naar school moesten. In Jemen gaat men pas met zeven jaar naar school! Alleen de oudste van Nadia is zeven jaar. De diplomatieke dienst beroept zich ten slotte op het feit dat het te gecompliceerd was en tamelijk nutteloos om de kinderen te verplaatsen. Leugens.

Nadia is gelukkig en vrij in het dorp. Leugens.

Ik hoor de diplomaat heel rustig zeggen dat zij misschien geweld en dwang gekend heeft, maar dat zij dat leven nu prettig vindt! En met een superieur glimlachje, dat Nadia niet de Sacharov van Jemen is...

Voor mij wel. Zij is gevangene, gegijzelde, met niet meer eigen identiteit dan een huisdier.

Ik heb te veel woede gezien in haar ogen. Dat is niet de

blik van vrijheid. En ik weet wat zij tegen mij heeft gezegd, wat zij uit angst niet in het bijzijn van mannen durft te zeggen.

Die angst heb ik beleefd en die ken ik. Zij kennen die niet.

In Birmingham hervind ik mijn kalmte weer enigszins. Mijn zoon Liam helpt mij weer tot mijzelf te komen. Voor hem moet ik mij goed houden en zijn liefde maakt mij rustiger.

Mijn moeder begint zich op te winden. Zij wil naar Jemen, het onmogelijke proberen. Onze uitgever zal haar helpen met de formaliteiten, en daar de diplomatieke dienst zich zo gedienstig heeft getoond, heeft zij daarginds niets te vrezen; maar om zich veiliger te voelen zal een Engelse vriendin met haar meegaan. Als buitenlandse vrouw kan men in Taiz beter met z'n tweeën zijn.

Mama is bang voor die vijfde bevalling van Nadia. Zij wil erbij zijn, Samir dwingen haar te laten bevallen in Taiz, waar een ziekenhuis is.

Intussen heb ik geprobeerd te telefoneren. Er is daar een telefooncel in de straat op vijf minuten afstand van het huis van Nadia. Voor Europeanen lijkt alles eenvoudig. Maar zij kan niet alleen telefoneren, het dorp zou het meteen aan de familie verklappen. Als wij de verbinding vanaf Birmingham kunnen krijgen, kan zij alleen maar antwoorden in gezelschap van een man.

Trouwens, het kantoor in Taiz verzekert mij dat de lijn defect is.

Het is alsof je daar op de maan zit. Mijn zuster zit op de maan, zij is een buitenaards wezen, verloren in *de vierde dimensie*!

Ik schrijf ook aan de vrouwelijke minister die ons beloofd heeft te helpen, maar ik krijg geen antwoord. Erger nog, tijdens een derde uitzending in Frankrijk, op dezelfde set hoor ik dezelfde diplomaat beweren dat ik niet heb geschreven! Of dat mijn brief niet aangekomen is. Dat dat allemaal mijn schuld is, dat ik dwars tegen de vrije wil van mijn zuster inga.

Volgens hem ben ik een leugenaarster, een 'televisiehuilebalk'.

Toch vraag ik maar heel weinig: dat zij een vakantie in Engeland komt doorbrengen met haar man en haar kinderen. Als wij dat gedaan krijgen en als zij daarna naar Jemen terug wil keren, leg ik mij neer bij haar beslissing. Maar zolang men haar die eenvoudige vakantie in vrijheid weigert, aanvaard ik niets en zal ik de strijd niet opgeven. Ik geloof hen niet, ik geloof alleen haar maar. Ik geloof alleen maar in de kracht van mijn strijd.

Op 1 augustus 1992 neemt mama met haar vriendin Jane het vliegtuig naar Parijs en vervolgens naar Sana'a. Jane is uitgesproken Engels: rossig, een bleke teint en lichte ogen; met haar erbij zullen ze geen diplomatieke complicaties durven riskeren. Jane lijkt op Betty Mahmoody. Rustig en lief, en vastberaden. Sinds enige tijd heeft zij samen met mama een kleine vrijwilligersvereniging opgericht om vrouwen zoals Nadia te helpen en te adviseren.

Ik zie vrijwillig af van die reis. Die zal verscheidene weken duren, mijn zoon Liam heeft mij nodig; ik ben bang de zaken ingewikkelder te maken en mama eist haar deel in de strijd op.

Het geduld van de arme ziel zal op de proef worden gesteld en de frustraties zullen niet van de lucht zijn, maar wij moeten iedere kans aangrijpen om weer contact op te nemen.

De avond van haar aankomst mag ik snel een telefoontje plegen. Niet meer dan vijf minuten. We weten dat we kans hebben dat ons gesprek op mysterieuze wijze afgebroken wordt...

Zij belt mij op vanuit haar hotel in Taiz, waar iedereen al op de hoogte is van haar komst; morgen zal zij meteen proberen een taxi te huren om naar het dorp te gaan.

Twee dagen later weer zo'n kort telefoontje; de stem van mijn moeder klinkt gehaast, angstig.

'Ik wilde per jeep naar het dorp gaan, maar wij zijn aangevallen. Zodra ik zei waar ik naar toe wilde, werden we omsingeld door mannen, zo'n stuk of vijftig. Zij hebben ons beledigd, ons uitgescholden. We waren erg bang en zijn snel het hotel weer binnengegaan; zij sloegen op de taxi... Ik heb een afspraak met iemand op de ambassade van Sana'a. Misschien kan hij mij helpen. De gouverneur zegt dat we niet naar het dorp moeten gaan, dat men niet kan instaan voor onze veiligheid.'

Zoals gewoonlijk, het eeuwige probleem. Ga uw gang, als u wilt, maar u gaat alleen de bergen in, op eigen risico, en als er een chauffeur te vinden is die u erheen wil brengen...

De dagen gaan voorbij. Bij stukjes en beetjes, zoals in een feuilleton, kom ik erachter dat een raadsman van de Engelse ambassade mama in Sana'a heeft ontvangen en heeft beloofd met de gouverneur te zullen praten. Hij zegt haar niet zelf te proberen naar het dorp te gaan, dat is te gevaarlijk, men zou eenvoudigweg op hen kunnen schieten.

Het is oorlog. Zij moet het zelfs vermijden door de straten van Taiz te wandelen. De zaak heeft sinds 1987 te veel opschudding teweeggebracht; haar foto is, evenals de mijne en die van Nadia, in de kranten verschenen.

Opnieuw gaat de telefoon en eindelijk heb ik goed nieuws. Mama heeft Nadia gezien. Tien minuten. Tien minuutjes voor zo'n reis!

Ze hebben haar, samen met haar dochter Tina, vanuit het dorp naar mij toe gebracht,' zegt mama tegen mij. 'Zij heeft mij huilend omhelsd. Zij is uitgeput en moet binnenkort bevallen. Het was niet mogelijk om alleen te zijn. Samir was er, zijn broer, geloof ik, en een andere man. Plus zeven officials. De andere man sprak aan één stuk door in het Jemenitisch tegen haar. Het was zo'n vreemde toestand, al die mannen om haar heen; ik kon niet rustig met haar praten, en heb haar toen meegenomen naar mijn kamer. Ik ben rustig gebleven, ik heb Samir zelfs de hand geschud.

Zij heeft haar sluier afgedaan, haar huid is zo fijn, vol rimpeltjes, al haar tanden zijn verrot; zij heeft kringen onder haar ogen. Het deed mij pijn haar zo te zien. Ik maak mij bezorgd om haar, Zana...

Ten slotte hebben zij ons een paar minuten in de kamer alleen gelaten met een gewapende wacht achter de deur! Zo kon ik haar een paar foto's laten zien van thuis; zij zei dat zij best wilde komen, maar dat zij er niets aan kon doen, dat Samir niet wil. Zij huilde en daarna lachte ze bij het zien van de foto's die ik uit Engeland meegenomen had.

Alles ging zo vlug! Ik had geen tijd om echt met haar te praten, haar alles over thuis te vertellen en haar te zeggen wat wij voor haar doen. Na amper tien minuten kwam Samir binnen en beval haar in het Arabisch: "*yallah*" (Snel!)

Nadia deed haastig haar sluier weer om en zei: "Ik moet weg, de auto staat te wachten."

Ik heb geprobeerd Samir te overtuigen. "Laat haar een tijdje in Taiz, laat haar hier bevallen, je ziet toch dat zij ziek is..."

Hij antwoordde: "Zij hoeft niet hier te blijven om te bevallen, zij is niet ziek, zij heeft jou niet nodig en ook geen dokter, zij heeft thuis alleen maar een mat nodig."

Nadia vroeg of zij een poosje bij ons in het hotel mocht blijven, zij is moe, maar Samir wilde het niet. Hij was erg agressief en ik heb niet aangedrongen.'

De lijn is zo slecht dat de stem van mijn moeder soms wegvalt. Ik hoor gekraak, andere stemmen erdoorheen. Ik stel mij haar voor in haar hotelkamer in Taiz, omsingeld door al die mannen, bedelend om haar dochter tien minuten te mogen zien! Het is idioot. Er is niets veranderd.

Dat noemen ze in diplomatieke taal 'vrijheid'. Aan het lijntje gehouden, omsingeld door mannen, bewaakt met een geweer, voor een ontmoeting van tien minuten in een hotel in Taiz! Vrijheid.

Laat men mij niet zeggen dat mijn zuster hun gegijzelde niet is. Wat hebben zij van mijn moeder te vrezen? 1,55 meter, 50 kilo... Dat zij haar met geweld ontvoert?

En Marcus, mijn zoon? Geen nieuws, geen enkel nieuws, alsof hij niet bestaat, alsof ik nooit zijn moeder ben geweest. Soms vraag ik mij af of hij nog leeft.

Sinds dat bezoek, dat de gouverneur met moeite werd ontfutseld dankzij de tussenkomst van de raadsman van de Britse ambassade, durven mama en Jane niet goed meer naar buiten te gaan, behalve voor hun dagelijkse levensbehoeften. Het grootste deel van hun tijd brengen zij op hun hotelkamer door. Zij onderhouden telefonisch contact met de raadsman in Sana'a, die fantastisch is. Zij rekenen er nog steeds op dat hij een nieuwe ontmoeting organiseert, een echte. Maar wanneer?

Intussen zal Nadia in het dorp bevallen.

Mama zegt tegen mij dat zij soms het gevoel heeft te worden gevolgd. Paranoia, gevoel van onveiligheid – wat ik volledig begrijp – of realiteit?

Er doen geruchten de ronde. Mijn zuster Ashia heeft mijn vader ontmoet die haar, zelfgenoegzaam en uiterst tevreden over zichzelf, vertelde dat Samir een grote som geld van de regering ontvangen had, dat hij niet meer hoefde te werken en natuurlijk geen enkele zin had om de goede gevers tegen te werken door een tijdje in Engeland te verblijven.

Weer een televisie-uitzending, weer de woede van de diplomatie die, als met een vlag, zwaait met zijn goede trouw en de eer van Jemen...

Heeft mijn vader gelogen in de hoop ons voorgoed te ontmoedigen? Mogelijk. Maar hij is degene die dat gerucht verspreidt; laat de diplomatieke dienst hem dan maar vragen stellen. Laten ze mij niet verwijten dat ik mij vastklamp aan geruchten; dat is het enige wat ik heb. Het gerucht dat mijn zoon in leven is, geruchten dat mijn zuster vrij is...

Mama heeft telefonisch contact met de televisiestudio. Daarvoor moest zij een dag in een ander hotel doorbrengen en kreeg zij een geheim telefoonnummer.

Iedere aangevraagde verbinding wordt onmiddellijk gesignaleerd, afgeluisterd; je moet uiterst listig te werk gaan om een gesprek te voeren zonder onderbroken te worden, vooral als de media erbij betrokken zijn.

Einde van de uitzending, einde van de stress die als een blok aan mij hangt.

Terugkeer naar Birmingham.

In sommige slapeloze nachten, waarin ik denk aan de nachten die ik daarginds, in de gevangenis, tussen hemel en bergen, heb doorgebracht, verlies ik opnieuw de hoop.

Het toppunt is dat mijn oudste broer en zuster, die mijn vader twintig jaar geleden naar Jemen had gebracht, dat land zonder zich een moment te bedenken verlaten hebben zodra zij de mogelijkheid daartoe zagen. Zij wonen weer in Birmingham. Mijn zuster is met haar man gekomen, mijn broer is vrijgezel. Zij zijn vrij.

Iedere keer als ik over het probleem pieker, kom ik weer bij Gowad terecht, Hij is de 'koper' van Nadia, zoals Abdul Khada mij had gekocht. Hij is degene die weigert, die iedereen manipuleert, hij is de sleutel.

De Jemenitische autoriteiten hebben de onwettigheid van onze huwelijken erkend, zij hebben (toch wel) erkend dat wij de Britse nationaliteit hebben. Dus vrij zijn Jemen te verlaten. Op papier... Vijf kinderen en een man die weigert je te laten reizen, al is het maar voor een week, dat is niet de gebruikelijke vrijheid van een Brits onderdaan. Zelfs niet op papier.

De weken gaan voorbij zonder enig nieuws. Geen enkel nieuws van Nadia; mama ijsbeert door haar hotelkamer en gaat alleen naar buiten om met haar vriendin Jane naar de markt te gaan. Zij begint zich ook een gevangene te voelen, haar zenuwen worden zwaar op de proef gesteld en zij huilt vaker aan de telefoon.

De tranen komen en gaan. Nieuwe hoop. Nadia is bevallen en volgens Samir moet zij veertig dagen wachten voordat zij naar Taiz kan komen. De raadsman van de ambassade heeft een gesprek met hem gehad.

Vraag: 'Waarom wilt u niet naar Engeland?'

Antwoord: 'Als ik ernaar toe ga, word ik in de gevangenis gezet.'

Dat is idioot. Mama heeft hem uitgelegd dat Engeland een vrij land is, dat hij er vakantie kan houden, dat zijn vader, Gowad, er zelf woont en er niet in de gevangenis zit! Onze vader evenmin, trouwens!

Ontwijkend antwoord: 'Ik wil wel, maar Nadia zal het nooit willen!'

Daar niemand hem gelooft, geeft hij ten slotte de laatste, misschien juiste, reden op: 'Mijn vader en moeder hebben mij verboden te komen. Ik moet naar mijn vader luisteren.'

Mama heeft veertig dagen gewacht; daarna is zij weer naar de gouverneur toe gegaan, in aanwezigheid van Samir.

De gouverneur heeft haar verzekerd dat hij al het mogelijke zou doen om die geschiedenis recht te zetten. Hoe vaak heb ik dat al niet gehoord?

Mama houdt een dagboek bij, zij schrijft er alles in op en leest het mij bij ieder contact dat wij hebben, voor.

Bij de gouverneur van Taiz is Samir dus aanwezig op het kantoor waar zij ontvangen wordt.

De gouverneur: 'Wat is je probleem, Samir? Waarom wil je niet naar Engeland?'

'Wegens die propaganda.'

Mama legt hem uit dat er geen propaganda meer is, dat alles nu afgelopen is en dat men in Engeland niet meer over ons spreekt.

Dan verklaart Samir: 'Volgend jaar ga ik.'

Mama antwoordt: 'Dat zeg je al vijf jaar. Zana kan jullie retourtickets aanbieden, alle verblijfkosten voor haar rekening nemen. Jullie hoeven je nergens zorgen over te maken, de ambassade stelt een visum ter beschikking van Samir...'

Ze luisteren niet meer naar haar. De gouverneur heeft zijn werk gedaan, hij heeft met Samir gesproken, Samir heeft antwoord gegeven. Het incident is gesloten.

Maar dankzij de tussenkomst van onze ambassade zal mama Nadia op het kantoor van de gouverneur kunnen ontmoeten.

Deze keer iets langer dan tien minuten: men heeft haar welwillend een gesprek van een half uur met haar dochter toegestaan, na haar de dubbele tijd te hebben beloofd.

7 november 1992, een zaterdag, is een historische datum voor ons. In Taiz is het 12.30 uur.

Mijn moeder wordt naar een soort grote zaal, dicht bij het kantoor van de gouverneur gebracht. Een kale ruimte met lege stoelen langs de muren. Nadia zal komen, zij is nog met Samir op het kantoor van de gouverneur. Waarschijnlijk wordt haar verteld wat zij wel en niet moet zeggen.

Dan komt Nadia, gesluierd, met de jongste baby in haar armen. Deze keer staat er geen gewapende wacht achter de deur; het kantoor van de gouverneur biedt kennelijk voldoende veiligheid. Deze keer zijn mama en Nadia echt alleen.

Mama vraagt haar haar sluier af te doen. Zij vertelt haar over ons leven in Birmingham, vraagt naar Marcus. Er is nog steeds geen nieuws van hem. Nadia spreekt op zachte, vermoeide toon. Haar laatste bevalling is, evenals haar tweede, moeilijk geweest. Zij had een keizersnede moeten krijgen, de baby was te groot, maar in het dorp kent men het woord 'keizersnede' niet, men kent alleen maar het lemmet van het scheermes.

Mama wil een foto nemen van haar en het kind. Nadia stemde ermee in, maar slechts één foto, niet meer, alsof zij ergens bang voor was. Bang gestraft te worden?

Ik heb die foto nu onder ogen, mama heeft hem mij meteen toegestuurd. Het is de eerste keer dat ik mijn zuster zonder sluier zie. De tranen springen mij in de ogen. Zij is zo veranderd. En die vijfde baby in haar armen, dat maakt me bang en ik moet ervan huilen. Zij blijft maar kinderen produceren; dat wordt haar dood nog.

Haar gezicht is verouderd; zij lijkt niet meer op de vrouw die ik achtergelaten heb, zij heeft rimpels om haar ogen, glimlacht vermoeid, maar toch is ze mooi met die verloren blik in haar ogen.

Mama vraagt zich af of zij, zoals alle Jemenieten, *qat* pruimt. Al haar tanden zijn verrot, zij is zo zwak dat zij langzaam, gebogen loopt.

Haney, haar oudste kind, is acht jaar. Tina is zes jaar. De derde is een jongen en de vierde ook. Wij hebben hem in februari gezien, toen nog een baby. Van de laatste weet ik zelfs niet hoe hij heet; toen mama hem zag had hij nog geen naam; Samir is degene die de naam van de kinderen kiest, niet Nadia.

Als zij dit jaar nog een kind moet voortbrengen, zal zij de schok niet meer kunnen doorstaan. Ik weet wat voor leven zij daar leidt. Voor de kinderen zorgen, op het land werken, iedere dag hetzelfde. Er valt alleen maar te werken.

Zij begrijpt zelfs niet dat zij in slavernij leeft. Zij was veertien jaar toen zij daar kwam, zij heeft daar dertien jaar doorgebracht; nu weet zij niets meer af van een normaal leven. Zo was het ook met mij en dat besefte ik pas echt toen ik in Engeland aankwam. Dat valt pas te begrijpen als men afstand heeft genomen. Als zij op vakantie naar Engeland zou komen, zou zij die afstand hebben... zou zij haar identiteit terugvinden. Dat is waar zij bang voor zijn. Wat zouden ze dan kunnen inbrengen tegen de wil van een vrije vrouw?

Wat ik op de foto zie is een geheel in het zwart geklede geestverschijning met grote, zwarte ogen, tegen de achtergrond van een witte muur: een geestverschijning die het gewaagd heeft haar sluier een paar seconden af te nemen voor mijn moeder en die meteen weer omdeed uit vrees dat de 'meester' haar erop zou betrappen zich te veel vrijheden te permitteren in aanwezigheid van haar familie.

Zij zei nog tegen mama: 'Ik ben niet degene die weigert te komen, mama, dat is hij.'

Iedere keer dat ik die foto bekijk is een marteling. Zij ziet eruit alsof zij onder de drugs zit... ergens anders is... verloren. Er zal een moment komen dat het te laat is voor haar...

Ik wil haar zelfs niet schrijven. We moeten uitkijken met wat we zeggen in brieven, er nog maar van uitgaande dat men ze haar geeft, wat ik betwijfel. Eén brief kan de crisis in het dorp weer aanwakkeren. Zal haar bang maken. Soms weet ik niet meer hoe ik moet vechten, hoe ik door die muur heen moet komen.

Mama weet het ook niet meer. Na dat bevoorrechte halfuur is Nadia, op bevel van Samir, weer vertrokken, met gebogen rug onder het gewicht van haar vijfde kind, en dat op de leeftijd van zevenentwintig jaar.

Mama heeft mij door de telefoon gezegd dat zij naar huis ging, dat zij niets meer te verwachten had van de plaatselijke autoriteiten. Zij heeft daar vijf maanden doorgebracht om haar dochter tien minuten en daarna een half uur te mogen zien en voor die gestolen foto, onze enige schat.

Soms lukt het mij alles even te vergeten, niet meer aan Nadia te denken, aan alles wat er gebeurd is. Dat is noodzakelijk. Maar al heel vlug overvalt het mij weer en komen de tranen weer terug. Ik kan geen normaal leven leiden, niet zoals ik zou wensen. Ik leef niet, ik overleef. Ik heb nog moeite met slapen, mijn baby Liam helpt mij soms, ik neem hem in mijn armen, wij slapen samen, ik laat hem niet los. Het is een beetje of ik tegelijk met hem Marcus in mijn armen neem.

Ik kon niet verder doorleven met Mackie, zijn vader. Wel zijn wij vrienden gebleven. Hij heeft mij, bij mijn terugkeer, erg geholpen, maar ik ben bang voor een diepgaande verbintenis, het lukt mij niet om me helemaal te geven, om een liefdesrelatie al te serieus op te vatten. Ik heb er nog steeds behoefte aan een bepaalde afstand te houden.

Mijn oudste zuster is, sinds zij terug is in Engeland, gelukkig. Zij is eenendertig jaar en was achtentwintig toen zij terugkwam uit Jemen. Ik zie haar van tijd tot tijd met haar kinderen, die in Birmingham naar school gaan en Engels spreken. Met haar man kan ik het minder goed vinden. Hij doet mij te zeer aan mijn vader denken. Hij praat net zoals hij en daar kan ik niet goed tegen. Mijn zuster heeft daar begrip voor.

Ik zou graag kinderen willen adopteren. Ik ben de ideale man nog niet tegengekomen. Misschien komt hij nog, misschien ook niet. Ik ben negenentwintig jaar en ik word er niet jonger op. Een kind voor mezelf adopteren, is als een missie, ik denk daar al lang over. Marcus is misschien wel de belangrijkste reden. Als ik een kind zou adopteren zou dat zijn alsof ik Marcus terugbracht naar huis. Zelfs al weet ik heel goed dat dat niet zo is.

Ik moet ook toegeven dat hij zo goed als verloren is voor mij. Om hem zelfs maar één keer te mogen zien, moet ik een verzoek doen aan een Jemenitische rechtbank. En daar Abdul Khada niet wil dat ik hem zie, zou dat een nutteloze strijd zijn. Het gerucht gaat dat hij in leven is en daar moet ik genoegen mee nemen.

Nadia heeft in november tegen mama gezegd dat zij verscheidene keren gevraagd heeft hem te mogen zien en dat is ook haar geweigerd.

Het kind is een echt chantagemiddel. Het kan niet beslissen en ook niet kiezen. Een zwak wezen waar de man volledig zijn macht op uitoefent.

Toen mama daar was, hoorde zij de volgende vreselijke uitspraak van een Jemenitische man: 'Mannen maken kinderen bij hun vrouw totdat zij er desnoods bij neervalt. Daarna trouwen zij weer en dat is heel gewoon.'

Ik beef van angst om Nadia. Ik ben ontsnapt aan die monsterlijke slavernij, ik heb het elementaire recht van een vrouw heroverd om over haar eigen lichaam te beschikken. Zij niet. Daarom gaat het weer slecht met mij, daarom blijf ik hoop koesteren, tegen de stroom op boksen.

Na mijn gesprek met Nadia raakte ik in een soort trance. Zoveel woede. Ik heb mij zelfs heel onaangenaam gedragen tegenover mijn moeder en dat doe ik nu nog wel eens. Ik reageer mijn agressiviteit af op de familie, en speciaal op haar.

Mijn haat tegenover die mensen die Nadia vasthouden, is nog heviger geworden sinds ik met haar heb gesproken.

Nadia heeft, evenals mijn haat, haar limiet bereikt, het kan niet erger.

Toen ik haar hoorde zeggen: 'Was je mij vergeten?' begreep ik dat zij was blijven hopen dat wij haar zouden helpen.

En ik was bang naar haar te kijken, mijn eigen nachtmerrie in haar ogen te zien. Bang haar aan te raken, in tranen uit te barsten, mij op de grond te werpen en te smeken dat er nu eindelijk een eind aan komt, dat men ons laat leven! Leven!

Mama heeft een mohammedaanse deskundige ontdekt, een wijze man, de enige naar het schijnt die Gowad, de tiran, misschien kan overtuigen.

Hem zal hij niet minachtend kunnen antwoorden.

Het is mijn laatste hoop. Want wij hebben in veel dingen toegegeven. Men vraagt mij om mijn aanklacht tegen onze vader in te trekken en dat wil ik best doen als dat de gemoederen kan bedaren. Maar als die wijze, religieuze man niets bereikt dan...

Ik zal er iets anders op vinden. Want Nadia zal dat bestaan niet overleven. Ik heb haar gezien, ik voel het. En als het, zoals de diplomatie zegt, nodig is om daarvoor weer in een televisiestudio of ergens anders te 'huilen', zal ik dat onvermoeibaar doen.

Wij zijn verkocht en verkracht; Nadia wordt nog steeds verkracht.

Ik heb niets meer te verliezen.

Zana Muhsen, februari 1993

Duygu Asena
De vrouw heeft geen naam

Opgroeien in Turkije

Roman over een jonge Turkse vrouw die in opstand komt tegen de in haar ogen onrechtvaardige tradities en gebruiken in het hedendaagse Turkije.

Rainbow Pocketboek 144

***

Wim de Bie
Morgen zal ik mijn mannetje staan

Een genadeloos zelfportret èn een satirische roman over de Nederlandse media.

Rainbow Pocketboek 189

***

Ian McEwan
De troost van vreemden

'Een prachtig en morbide boek, opgebouwd met de koele spanning van een thriller.'
Vrij Nederland

Rainbow Pocketboek 190

***

Dubravka Ugrešić

Het leven is een sprookje

'Smakelijk tegengif voor de lezers van kilo's zwaarwichtig literair getob.'
NRC Handelsblad

Rainbow Pocketboek 191

***

Alice Walker

Het geheim van de vreugde

Schokkende roman over de besnijdenis van een jonge vrouw.

Rainbow Pocketboek 192

***

Frits Abrahams

Uiteindelijk helpt niets

Gesprekken over leven en overleven.

Rainbow Pocketboek 193

***

Rainbow Pocketboeken:

Frits Abrahams – *Uiteindelijk helpt niets*
Duygu Asena – *De vrouw heeft geen naam*
Ingeborg Bachmann – *Het dertigste jaar*
Elisabeth Badinter – *De mythe van de moederliefde*
Elisabeth Barillé – *Anaïs Nin*
Elisabeth Barillé – *De kleur van woede*
Elisabeth Barillé – *Lijfelijkheid*
Georges Bataille – *Het oog / De dode*
Wim de Bie – *Morgen zal ik mijn mannetje staan*
J.M.A. Biesheuvel – *De wereld moet beter worden*
Marion Bloem – *Geen gewoon Indisch meisje*
Victor Bockris – *Andy Warhol*
Victor Bockris – *Keith Richards*
A.S. Byatt – *Obsessie*
Marie Cardinal – *Het moet eruit!*
Bruce Chatwin – *In Patagonië*
John Cleese en Robin Skynner – *Hoe overleef ik mijn familie*
Maryse Condé – *Ségou I: De aarden wallen*
Maryse Condé – *Ségou II: De verkruimelde aarde*
Maryse Condé – *Tituba*
Maryse Condé – *Tocht door de mangrove*
Jenny Diski – *Onnatuurlijk*
Florinda Donner – *Shabono*
Roddy Doyle – *The Commitments*
Isabelle Eberhardt – *Brieven, dagboeken en verhalen*
Buchi Emecheta – *Als een tweederangs burger*
Buchi Emecheta – *De prijs van de bruid*
Buchi Emecheta – *De slavin*
Laura Esquivel – *Rode rozen en tortilla's*
Gustave Flaubert – *Reis door de Oriënt*
John Fowles – *Het liefje van de Franse luitenant*
Jean-Paul Franssens – *Een gouden kind*
Nancy Friday – *Mijn moeder en ik*
Bella Fromm – *Bloed en banketten*
Martha Gellhorn – *Reizen met mijzelf en anderen*
David Gilmore – *De man als mythe*
Paola Giovetti – *Engelen*
Françoise Giroud – *Alma Mahler*
Nadine Gordimer – *De bourgeoiswereld van vroeger*
Martha Graham – *Een leven in dans*
Marlen Haushofer – *De wand*
Kristien Hemmerechts – *Zegt zij, zegt hij*
Kristien Hemmerechts – *Een zuil van zout*

Judith Herzberg – *Doen en laten*
Shere Hite – *Vrouwen en minnaars*
Billie Holiday – *Lady Sings the Blues*
Chenjerai Hove – *Beenderen*
Robert Hughes – *De fatale kust*
Elfriede Jelinek – *Lust*
Elfriede Jelinek – *De pianiste*
Tahar Ben Jelloun – *Gewijde nacht*
Viktor Jerofejev – *Een schoonheid uit Moskou*
Erica Jong – *Hoe red ik mijn eigen leven*
Erica Jong – *Het ritsloze nummer*
Freek de Jonge – *Neerlands bloed*
Ryszard Kapuściński – *De keizer*
Wolf Kielich – *Vrouwen op ontdekkingsreis*
Annette Kobak – *Isabelle*
Agota Kristof – *Het dikke schrift*
Hanif Kureishi – *De boeddha van de buitenwijk*
David Leavitt – *De verloren taal der kranen*
David Leavitt – *Waar ik nooit geweest ben*
Amin Maalouf – *Leo Africanus*
Amin Maalouf – *Rovers, Christenhonden, Vrouwenschenners*
Axel Madsen – *Chanel*
Elisabeth Marain – *Rosalie Niemand*
Ian McEwan – *De cementen tuin*
Ian McEwan – *De troost van vreemden*
Eduardo Mendoza – *Het geheim van de behekste crypte*
Eduardo Mendoza – *De stad der wonderen*
Philip Metcalfe – *1933*
Rosa Montero – *Als een vorstin zal ik je behandelen*
Alberto Moravia – *De voyeur*
Zana Muhsen – *Nog eenmaal mijn moeder zien*
Cees Nooteboom – *De koning van Suriname*
Cees Nooteboom – *Een middag in Bruay*
Cees Nooteboom – *Een nacht in Tunesië*
Cees Nooteboom – *Een ochtend in Bahia*
Cees Nooteboom – *De ridder is gestorven*
Cees Nooteboom – *De verliefde gevangene*
Susie Orbach en Luise Eichenbaum – *Hoe zijn vrouwen eigenlijk?*
Luigi Pirandello – *Iemand, niemand en honderdduizend*
Luigi Pirandello – *Kaos*
Sylvia Plath – *De glazen stolp*
Anil Ramdas – *De strijd van de dansers*
Gerard Reve – *Een Circusjongen*
Gerard Reve – *Ik Had Hem Lief*

Gerard Reve – *Lieve Jongens*
Gerard Reve – *Moeder En Zoon*
Gerard Reve – *Oud En Eenzaam*
Gerard Reve – *De Stille Vriend*
Gerard Reve – *De Taal Der Liefde*
Gerard Reve – *De Vierde Man*
Gerard Reve – *Wolf*
Hetty Rombouts – *Echt verliefd*
Lillian B. Rubin – *Het erotisch slagveld*
Nawal El Saadawi – *De gesluierde Eva*
Nawal El Saadawi – *God stierf bij de Nijl*
Nawal El Saadawi – *De val van de imam*
Nawal El Saadawi – *Vrouwengevangenis*
May Sarton – *Terugblik*
Jean-Paul Sartre – *Over het existentialisme*
Tom Sharpe – *Hard gelach*
Tom Sharpe – *Wilt*
Simone Signoret – *Nostalgie is ook niet meer wat het was*
Isaac B. Singer – *Yentl*
Agnes Sommer – *Houden van Afrikanen*
Karin Spaink – *Het strafbare lichaam*
Arianna Stassinopoulos – *Maria Callas*
Arianna Stassinopoulos – *Picasso*
Peter van Straaten – *Agnes*
Peter van Straaten – *Agnes moet verder*
Harry Stroeken – *Van dochter tot vrouw*
Dubravka Ugrešić – *Het leven is een sprookje*
Dubravka Ugrešić – *Steffie Steek in de klauwen van het leven*
Robert Vernooy – *De dingen die er niet toe doen*
Robert Vernooy – *De tedere tirannie*
Julia Voznesenskaja – *Vrouwendecamerone*
Piet Vroon – *Allemaal psychisch*
Piet Vroon – *Kopzorgen*
Alice Walker – *Het geheim van vreugde*
Alice Walker – *De kleur paars*
Alice Walker – *De tempel van mijn gezel*
Harry van Wijnen – *De Prins-Gemaal*
Leon de Winter – *De (ver)wording van de jongere Dürer*
Leon de Winter – *Zoeken naar Eileen*
K.G. van Wolferen – *Japan*
Marguerite Yourcenar – *Met open ogen*
Helen Zahavi – *Dirty Weekend*